ELLEN HEINZELMANN
Es geschah in der Wolfsschlucht

Inhalt

Heiko Thomasin, Lehrer für Physik, Mathematik und Informatik beginnt in Kandern ein neues Leben. Er will die unangenehme Geschichte, die ihn in Karlsruhe in Schwierigkeiten brachte, hinter sich lassen. Im Hans-Thoma-Gymnasium in Lörrach hat er alle Chancen für einen erfolgreichen Neuanfang. Doch auch hier im Markgräflerland holt ihn die Vergangenheit ein.

Als in der Wolfsschlucht in Kandern eine weibliche Leiche, eine Schülerin des Gymnasiums, gefunden wird, führen alle Spuren, unter anderem der Hinweis eines stummen Zeugen, direkt zu ihm. Nun soll er sich vor dem Landgericht in Freiburg verantworten.

Doch seine Schwester, Doris Wendtland, ist von der Unschuld ihres Bruders überzeugt. Sie bittet ihre Freundin Celine Endress, eine erfolgreiche Rechtsanwältin, um Hilfe. Celine und ihr 'Matula', wie diese ihren Kompagnon Friedhelm Kulau gerne scherzhaft nennt, nehmen sich des Falles an. Bei der Recherche stoßen sie auf erschreckende, äußerst gefährliche Details.

Erklärung

Die Geschichte und die Personen in diesem Roman sind frei erfunden. Beschreibungen wie Umgebung, Wetter, Mondphasen oder Himmelsereignisse sowie Institutionen und Lokale entsprechen zur Zeit der Handlung der Realität, außer dem Café Barcode. Es existiert zwar real, wurde aber erst 2009 eröffnet. Meine künstlerische Freiheit, hatte sich erlaubt, es früher ins Leben zu rufen.

Die Autorin

Ellen Heinzelmann, Fachfrau für Marketing und Kommunikation, wurde 1951 im Kreis Waldshut geboren. Während ihrer langjährigen beruflichen Tätigkeit - zuletzt als Marketing- und PR-Verantwortliche in einer Organisation des öffentlichen Rechts in Basel - übersetzte sie Texte vom Deutschen ins Französische und Englische, wirkte als Dolmetscherin bei Vertragsverhandlungen in Paris. Sie schrieb viele Artikel in Fachzeitschriften und Heimatbüchern, war Redakteurin eines offiziellen, branchenbezognenen Vereinsorgans, entwarf Broschüren und Werbematerialien und organisierte umfangreiche geschäftliche Events. Sie lektorierte Fremdtexte und wirkte als Ghostwriterin. Die geschriebene Sprache hatte schon in früher Kindheit große Faszination auf sie ausgeübt. Heute, nach dem Ausstieg aus dem Berufsleben, ist sie ihrer Berufung gefolgt. Mit ihrem Debütroman "Der Sohn der Kellnerin", eine nicht alltägliche Geschichte, startete sie 2011 ihre Schriftstellerlaufbahn und nahm ihre Leser gleich mit auf eine emotionale Reise.

www.ellen-heinzelmann.de

Ellen Heinzelmann

Es geschah in der Wolfsschlucht

Der Markgräfler Krimi

Bibliografische Information der Deutschen Nationalbibliothek

Die Deutsche Nationalbibliothek verzeichnet diese Publikation in der Deutschen Nationalbibliografie; detaillierte bibliografische Daten sind im Internet über dnb.d-nb.de abrufbar.

FSC®-zertifiziertes Papier

BoD druckt Bücher der Umwelt zuliebe auf FSC®-zertifiziertem Papier! Das heißt, dass für alle über BoD produzierten Bücher (ob Hardcover, Paperbacks oder Booklets) ausschließlich Papiere eingesetzt werden, die vom FSC zertifiziert wurden und somit aus einer verantwortungsvollen Forstwirtschaft stammen.

© 2016 Ellen Heinzelmann
Alle Rechte vorbehalten. All rights reserved.

Umschlaggestaltung: David Jentzen
Titelfoto: Wolfsschlucht Kandern

Herstellung und Verlag: BoD Books on Demand, Norderstedt, www.bod.de

ISBN: 978-3-7392-4803-5

Das Werk, einschließlich seiner Teile, ist urheberrechtlich geschützt. Jede Verwertung ist ohne Zustimmung des Verlages und des Autors unzulässig. Dies gilt insbesondere für die elektronische oder sonstige Vervielfältigung, Übersetzung, Verbreitung und öffentliche Zugänglichmachung.

1

»Das hier versammelte Kollegium der Oberstufen wünscht Ihnen einen guten Start, auf dass Sie sich in unserem Gymnasium bald heimisch fühlen«, kommt der Schuldirektor Dr. Werner Kohler mit einem wohlwollenden Blick in Richtung des neuen Kollegen mit seiner Ansprache langsam zum Ende. Dabei würdigt er das Hans-Thoma-Gymnasium Lörrach als zeitgemäße Bildungseinrichtung und lobt die Unterprima, dessen Klassenlehrer für Mathematik und Physik Thomasin zum Schuljahresbeginn 2002 sein wird, als hervorragende Klasse, die neben anderen Koryphäen vor allem einige mathematisch- und naturwissenschaftlich begabte Schüler in sich birgt. »Wie vereinbart werden Sie dann in zwei Jahren, wenn Sie Ihre Klasse zum Abitur geführt haben werden und unser werter Herr Oberstudienrat Bernhardt in Pension gegangen sein wird, den Hochbegabtenzug als Klassenlehrer übernehmen.«

»Ich danke Ihnen für den herzlichen Empfang und freue mich auf die Klasse und natürlich auch auf eine gute Zusammenarbeit im Kollegium«, richtet Heiko Thomasin seine Worte an die im Lehrerzimmer versammelte Lehrerschaft und hebt sein Glas.

Ebenso sein Glas hebend, preist der Direktor dem Kollegium die herausragende naturwissenschaftliche Kapazität Thomasin als weitere Bereicherung für das Gymnasium an. Denn in der Tat, Thomasin hatte sich mit seinen 33 Jahren durch seine Publikationen einen guten Namen geschaffen. Ursprünglich war sein Ziel eigentlich, zu promovieren. Doch dann hatte er diesen Plan wieder verworfen. Da nutzte es auch nichts, dass sein Professor für Physik, der das naturwissenschaftliche Genie Thomasin gerne als dessen Doktorvater betreut hätte, mit Engelszungen versucht hatte, ihn dazu zu überreden.

Nach dieser offiziellen Begrüßung stößt die Lehrerschaft auf den neuen Kollegen an und im Nu ist der Raum erfüllt von angeregten Gesprächen

*

Thomasin ist glücklich, dass die Versetzung vom Otto-Hahn-Gymnasium in Karlsruhe hierher nach Lörrach so schnell und problemlos geklappt hatte, ohne dass die Affäre an die große Glocke gehängt worden war. Wenn auch erwiesenermaßen unschuldig und gegen ihn das Ermittlungsverfahren wegen sexuellen Missbrauchs einer Schutzbefohlenen fallen gelassen wurde, war es für ihn nicht mehr zumutbar, dort weiterhin zu unterrichten. Sein Renommee hatte, ob schuldig oder nicht, einen bedeutenden Schaden erlitten. Wer sollte ihm noch Achtung entgegenbringen? Das Kollegium? Die Schüler? Oder deren Eltern? Er wäre wahrscheinlich zu einem Lehrer mutiert, der um Autorität hätte kämpfen müssen, und das ist nun mal nicht sein Ding. Er ist keine Kämpfernatur. Er gehört eher zur Gattung der entspannten sorglosen Menschen, die allem Schönen und zugegebenermaßen auch allen Annehmlichkeiten, die das Leben so zu bieten vermochte, sehr zugetan ist. Da bietet ihm, dem ausgesprochenen Weinliebhaber, das sonnenverwöhnte Markgräflerland das ideale Ambiente für ein angenehmes Leben. Hier kann der vom Schicksal begünstigte Unternehmerssohn mit seiner Frau adliger Herkunft einen Neuanfang starten. Für Kandern, das kleine hübsche Schwarzwaldstädtchen südlich von Freiburg, schwärmte er schon seit er nach einem passenden Haus auf die Suche ging. Es sollte nicht allzu weit von Lörrach entfernt und doch in ländlicher Umgebung liegen und da erschien ihm das ›Städtli‹, wie die Kanderner ihren Ort liebevoll zu nennen pflegen, bestens geeignet. Schon im April dieses Jahres wurde er fündig. In der Friedrich-Hecker-Straße, fand er eine schöne große Immobilie in bezaubernder Lage. Sogar seine verwöhnte Frau Patrizia von Ow, die ihren ledigen Namen bei der Hochzeit nicht ablegen wollte, war sofort von der lieblichen Landschaft des Markgräflerlands und vor allen Dingen vom ›Städtli‹ verzückt. Sie konnte sich schmerzlos von ihrem Haus bei Karlsruhe trennen. Unweit ihres neu erworbenen Hauses liegt auch die Haupt- und Realschule, die nach dem Expressionisten August Macke benannt wurde. Seine Frau, die in München am Institut für Kunstgeschichte der Ludwig-Maximilians-Universität studierte, wird künftig als Teilzeitlehrerin an dieser Schule das Fach Kunst unterrichten.

Sie war nach dieser bitteren Zeit in Karlsruhe wieder richtig glücklich, weil alles so unkompliziert über die Bühne ging und sie in dieser schönen kleinstädtischen Umgebung auch gleich eine Schule, die einem Künstler gewidmet ist, in ihrer Nähe hatte. Ganz euphorisch erklärte sie Heiko, wie schon August Macke 1905 in einem Brief an seine Freundin, Elisabeth Gerhardt, von Kandern schwärmte. *›Ich kenne keinen*

Ort, der derart klassisch schöne Partien aufzuweisen hätte wie dieses herrliche Kandern. Du glaubst nicht, wie wohl ich mich hier fühle‹, soll er seiner Liebsten geschrieben haben. Auf jeden Fall ist die Umgebung für Patrizia genau das Richtige. Er weiß, dass sie gleich auf die Suche nach Kanderns Geschichte gehen würde, um sich darin zu vertiefen. Denn davon bietet Kandern und Umgebung einiges. Sie hatte sich auch gleich in die Museumsbahn ›s'Chanderli‹, die immer sonntags zwischen Kandern und Weil-Haltingen verkehrt, verliebt und sie beide möchten das sonntägliche Pfeifen der Bahn nicht mehr missen. Das Leben kann nun, nach kurzem Pausieren, also wieder beginnen.

*

Das Kollegium löst sich langsam auf und begibt sich in ihre jeweiligen Klassen. Bevor Thomasin seinen Dienst in der Unterprima, die sich in der ersten Stunde dem Fach Englisch zu widmen hatte, antritt, wird er vom Direktor zum ersten in diesem Jahr neu gestalteten Multimediaraum geführt. Hier wurden den Schülern sechs Multimedia-PCs an zwölf Arbeitsplätzen mit entsprechender professioneller Lernsoftware eingerichtet. Thomasin war bestimmt worden, die Netzwerkbetreuung zu übernehmen und CAS-Mathematik, das heißt Mathematik mit einem Computer-Algebra-System, im Kursangebot zu unterrichten. Er freut sich auf diese Aufgaben, zumal ihm schon im Vorfeld eine interessierte Schülermannschaft angekündigt wurde.

Pünktlich zur zweiten Stunde steht Thomasin vor seiner neuen Klasse, die er für die kommenden zwei Jahre als Klassenlehrer unterrichten und betreuen wird. Neugierig sind 19 Augenpaare auf ihn gerichtet, die ihn genau mustern. ›*Eine überschaubare Schülerzahl*‹, denkt er bei sich, bevor er die Worte an die Klasse richtet, die ihm sehr gespannt lauscht.

»Hej, der Typ sieht ja echt cool aus«, raunt Sandra ihrer Banknachbarin Anja zu, während sie ihren Klassenlehrer mit schwärmerischen Augen fixiert. Anja antwortet nicht und folgt wie entrückt seinen Worten.

Als der Kommentar von ihrer Banknachbarin ausbleibt, blickt Sandra schelmisch zu ihr hinüber und kommentiert deren Schweigen amüsiert: »Aha, die stille Genießerin!«

»Quatsch«, widerspricht Anja mit gespielt empörtem Gesichtsausdruck, »ich bin nur aufmerksam.«

»Ja, ja, aufmerksam … mit *dem* Blick, den du aufgesetzt hast.«

Anja wirft Sandra einen genervten Blick zu.

Thomasin ist diese kleine Szene natürlich nicht entgangen, hatte aber, zumindest im Moment, kein Interesse, darauf einzugehen. Später, wenn er die Klasse, und die Klasse ihn, dann besser kennt, würde er die beiden Schülerinnen vielleicht zu mehr Aufmerksamkeit auffordern. Doch jetzt am ersten Tag geht er nicht darauf ein. Stattdessen beginnt er, nachdem das Vorstellungsprozedere, das auch die Erwartungen im neuen Schuljahr beinhaltete, erledigt war, gleich mit dem Unterricht. Der Unterricht geht auch ziemlich zügig vonstatten und es geht auch nicht lange, bis er die Stars der Klasse ausgemacht hat. ›*Ja*‹, denkt er bei sich, ›*die haben* es *wirklich drauf. Mit denen werde ich meine Freude haben.*‹

Der Pausengong kommt für ihn viel zu früh, denn er ist gerade richtig in Fahrt. Er entlässt seine Schüler widerwillig in die große Pause. Selbst bleibt er im Klassenzimmer, denn die Klasse hat gemäß provisorischem Stundenplan danach noch zwei Stunden Physik, was sich dann in den nächsten vierzehn Tagen aber noch ändern wird. Die Schülerin in der vordersten Reihe, deren Name gemäß Sitzplan Sandra Schaffner ist, geht mit kokettierendem Blick an ihm vorbei. Unweigerlich denkt er mit Grauen an die unglückliche Geschichte, die ihm in Karlsruhe widerfahren war.

*

Diese Begebenheit wird ihm im Innern immer nachhängen, ob er will oder nicht. Sie ist in seinem Unterbewusstsein tief verankert. Es nutzt nichts, dass er unschuldig war. Die Schülerin hatte die Klage zurückgezogen. Sie hatte erklärt, dass sie davon träumte, mit einem solchen Mann wie Thomasin zusammen zu sein. Dann kam sie auf die Idee, sich bei ihren Freundinnen wichtig zu tun, um mehr Anerkennung zu bekommen. Sie hatte natürlich nicht damit gerechnet, dass dieses Dick-Auftragen solche Kreise ziehen würde. Ohne ihr Wollen hatte es sich herumgesprochen. Aber es gab kein Zurück mehr, wenn sie ihr Gesicht nicht verlieren wollte. Irgendwann jedoch war sie dem Ganzen nicht mehr gewachsen.

Rainer, Heikos um zwei Jahre älterer Bruder, hatte damals schon verständnislos die Augen gerollt, als er erfuhr, dass Heiko sich für ein Studium in den naturwissenschaftlichen Fächern entschied. Als er dann auch noch von Heikos Vorhaben erfuhr, eine Laufbahn als Lehrer einzuschlagen, hatte er nur den Kopf geschüttelt und ihn gewarnt. ›*Einer, der aussieht wie George Clooney, entscheidet sich nicht fürs Lehramt. Der kriegt doch nur Probleme, weil es den Mädchen in der Klasse schwerfallen wird, sich auf den Stoff zu konzentrieren, wenn so ein Beau vor ihnen steht. Und, dass du dem weiblichen Geschlecht sehr zugetan bist, na ja, das ist ja kein Geheimnis. Du bist ja ein richtiger Herzensbrecher.*‹ Leider sollte sein Bruder, was die Lehrerlaufbahn betrifft, recht behalten. Gut, es stimmte. Er hatte eine Schwäche fürs weibliche Geschlecht. Er schaute immer gerne schönen Frauen nach. Er flirtete auch gerne mal mit Blicken und Komplimenten, weil er einfach ein geborener Charmeur war. Es lag ihm sozusagen im Blut. Doch seit der Ehe mit Patrizia galt für ihn ausnahmslos: ›*Appetit darfst du dir holen, aber gegessen wird zu Hause.*‹ Natürlich ist es auch schon vorgekommen, dass er einer Schülerin, wenn sie außergewöhnlich attraktiv oder gar eine Schönheit war, nachschaute … länger als gewöhnlich. Aber mehr als diese Aufmerksamkeit durch Blicke war es nie, was er für eine hübsche Schülerin übrig hatte. Wenn er sich einmal mehr als üblich mit einem Mädchen, natürlich gelegentlich auch mit einem Jungen, befasste, dann geschah es, weil er es für notwendig erachtete. Für ihn als Lehrer stand immer die Fürsorge für seine Schüler und Schülerinnen im Vordergrund. Nie jedoch machte er den jungen Mädchen Avancen. So zumindest dachte er - blauäugig in seiner männlichen Unschuld. Dass die Mädchen sich in seiner Gunst sahen, wenn er sich näher mit ihnen befasste, und glaubten er stünde ihnen etwas näher als den anderen, ist ihm nie in den Sinn gekommen.

Doch nicht nur Rainer, versuchte ihm das Lehramt auszureden, sondern auch sein Vater. Der hätte es lieber gesehen, wenn er mit seinem Bruder und seiner um drei Jahre jüngeren Schwester Doris die Leitung der von ihm 1983 in Flachslanden gegründeten Thomasin Laser- & Graviermaterial GmbH übernommen hätte. Aber Heiko war noch nie ein Geschäftsmann. Ihm lagen schon damals Wirtschaftsfächer nicht und er verspürte nicht die geringste Lust, sein Studium nach dem Betrieb seines Vaters auszurichten. Er fand, dass die Firma bei seinen Geschwistern in guten Händen lag.

*

Der Schulgong reißt ihn aus seinen Gedanken. Diese kecke Sandra muss schon in der Nähe der Türe gewartet haben. Denn sie ist die erste, die den ganzen typischen Charme einer Siebzehnjährigen aufbietend, verführerisch lächelnd, das Klassenzimmer betritt, kurz darauf gefolgt von ihrer Banknachbarin Anja Sailer, die sich etwas mehr zurückhält. Er muss gestehen, dass Letztere ein außergewöhnlich liebreizendes Geschöpf ist. Die Natur war sehr gönnerhaft, als sie für diese Schülerin die weiblichen Attribute verteilte. Ihr engelsgleiches Gesicht rundet ihre Erscheinung ab. Heiko kann gar nicht anders, als ihr hinterherzusehen. Für ihn ist Anja eine Augenweide. Doch im selben Moment ermahnt ihn seine innere Stimme: ›*Halte dich zurück mit deinen Blicken. Du hast die Chance für einen Neuanfang. Vermassle sie nicht*‹.

2

Die ersten zwei Monate bis zu den Herbstferien hatte Thomasin hinter sich gebracht. Rückblickend kann er sagen, dass es zwei wirklich gute Monate waren. Er mag seine Klasse und die Klasse mag ihn. Es gibt teilweise ganz hervorragende Schüler, die ihm viel Freude bereiten. Er hat aber auch seine Sorgenkinder. Zum Beispiel Sandra in der vorderen Bank. Sie wirkte plötzlich andauernd müde und ihre Leistungen hatten schlagartig nachgelassen. Ein Mädchen namens Lisa Picco, Sandras linke Banknachbarin und beste Freundin, hatte durchblicken lassen, dass Sandra sich verliebt habe. Sie sei da in eine Clique hineingeraten, die oft bis spät nachts zusammensitze und in der der Angebetete der Chef sei. Niemand ihrer bisherigen Freunde kennt ihn. Nur eines wisse man, dass er um einiges älter als Sandra sein soll, und dass er nicht möchte, wenn seine Freundin über ihn spricht. Er möchte auch nicht zusammen mit ihr gesehen werden. Er soll ihr gesagt haben, dass es früh genug sei, wenn sie mal eine Weile zusammen gewesen sein würden und sie sich ihrer Gefühle füreinander wirklich sicher sein könnten, so dass anzunehmen sei, die Beziehung könne Bestand haben. Deswegen wisse auch niemand etwas Genaues. Doch Lisa schien sich ernsthaft Sorgen um ihre Freundin zu machen und Thomasin beruhigte sie vorläufig. Er meinte, dass sie nicht gleich schwarzsehen solle. Er selbst hatte beschlossen, erst einmal abzuwarten. Kein Grund für eine Überreaktion oder gar eine Alarmstimmung. Er kannte das nämlich. Wenn die erste Verliebtheit einmal vorüber sein wird, würde ihr Gehirn wieder frei sein für Schulisches. Außerdem ist es doch meist so, dass gerade ältere Jungs sehr bald mal die Nase voll haben von unerfahrenen Girlies, wie sie diese heranwachsenden Mädchen oft abfällig nennen. Dann wird sich das Problem sowieso wieder von selbst gelöst haben. Das neue Schuljahr hatte schließlich erst begonnen ... also kein Grund sich zu sorgen und schon gar nicht den vorübergehenden Leistungsabfall über zu bewerten.

*

Das Leben in Kandern hat für die Thomasins wie erwartet angenehm begonnen. Sie beide lieben die Bräuche, die hier sehr intensiv gepflegt werden. Diese ganzen Feste, die in Kandern und Umgebung von Frühling bis Herbst zelebriert werden, sind Anziehungspunkte, bei denen man sich trifft, sich austauscht, sich kennenlernt. Dabei gibt es vielfältige Gelegenheiten für die Feste. Zum Beispiel der Städtlitag, der ›Chanderner Rossmärt‹ mit dem dazugehörenden Budenfest oder der Töpfermärt, Maihockete, Erntedankfeste in den umliegenden Gemeinden. Und wenn es keinen besonderen Anlass gibt, als das Fest als solches, dann wird einer erfunden. Der alemannische Wortschatz ist da recht vielfältig, so dass die Veranstalter bisher nie in Verlegenheit gerieten, irgendwelche hübsche Namen zu finden, die als Motiv für die Feiern herhalten könnten. Ganz interessant finden sie beide den 1974 gegründeten Traditionsanlass ›Zeechefescht‹ in Schallbach. Diesen Namen habe man gewählt, weil es der Überlieferung zufolge in Schallbach

Brauch war, bei Hochzeiten über der Haustür der frisch gebackenen Eheleute Schweine- oder Hühnerfüße als Glücksbringer aufzuhängen. Und da man mit dem Dorffest in Schallbach Glück haben wollte, habe man dem Fest einfach diesen Namen verpasst.

Am liebsten jedoch mag Thomasin die Winzerfeste, bei denen es während der Weinlese erstmals neuen Wein zusammen mit ›Ziebelewaie‹ - ein Norddeutscher würde dazu Zwiebelkuchen sagen - gibt. Natürlich bedarf es dazu nicht ausschließlich der Feste. Den Wein und die Waie genießt man auch überall in den umliegenden Weinschenken oder Straußwirtschaften, kurz Strauße genannt, die sich bei der Bevölkerung größter Beliebtheit erfreuen. Sie sind immer ziemlich gut besucht, denn die Zeit des neuen Weins ist schließlich begrenzt und man sollte sie schon ausgiebig nutzen.

*

»Darling, kommst Du?«, ruft Patrizia vom Balkon zu ihrem Mann hinunter, der gerade dabei ist Holz zu hacken. Die Wettermeldungen geben Sturmwarnung und da möchte er gerüstet sein und einen Vorrat haben.

»Lass mich noch eine halbe Stunde arbeiten, dann habe ich genug für den Anfang. Du weißt ja, dass die im Radio Orkanwarnung durchgegeben haben und meist folgt dann auch eine Kaltluftfront.«

»Die Warnungen betreffen nicht uns. In Hamburg soll es stürmisch werden, hieß es. Wir hier unten werden verschont bleiben«, widerspricht Patrizia.

»Soviel ich gehört habe, soll ganz Deutschland betroffen sein. Vielleicht bei uns nicht so stark, aber wir werden es zu spüren bekommen«, versucht Heiko seine Frau zu überzeugen, dass er noch etwas arbeiten möchte. Wenn er ganz ehrlich ist, will er eigentlich noch das schöne Wetter draußen nutzen, statt mit seiner Frau einkaufen zu fahren. Sie hat noch einige Verschönerungen fürs Haus im Sinn, und da hatte sie darauf bestanden, dass Heiko selbstverständlich mit dabei sein sollte. Ihm ist jedoch mehr ums Holzhacken.

Patrizia lässt sich aber nicht überzeugen und da er ihr eigentlich versprochen hatte, mitzukommen, bleibt ihm nichts anderes übrig, als nachzugeben. Er rammt das Beil in den Spaltklotz, schiebt die fertigen Scheite unter dem geschlossenen Dach der Pergola etwas zusammen und fegt noch ordentlich die Späne weg.

Patrizia steht oben auf dem Balkon und beobachtet ihn gedankenverloren. Sie sind nun drei Jahre verheiratet und sie ist wieder zufrieden. Natürlich hatte die Affäre in Karlsruhe eine Ehekrise heraufbeschworen … ja, sie war enttäuscht, verzweifelt, richtig verärgert über ihren Mann. Die Leute zeigten mit dem Finger auf sie beide und sie hatte nicht mehr gewagt, unter Menschen zu gehen. Das hatte sie einfach nicht ertragen. Sie war schließlich eine ›von‹ und da war sie von Haus aus seit jeher gewohnt, dass man ihr Respekt und Achtung entgegenbrachte. ›*Mit einem Kinderschänder wolle sie nichts zu tun haben*‹, hatte sie ihrem Mann gehässig an den Kopf geworfen und war drauf und dran, ihn zu verlassen. Sie hatte dann selbst erkannt, wie sehr sie Heiko mit dieser Aussage kränkte, zumal sich bald herausgestellt hatte, dass das Mädchen, die ihren Mann belastete, gelogen hatte … diese kleine Hexe wollte sich nur wichtigtun. Unerfüllte Jungmädchenträume ... sie hatte von ihrem Lehrer geschwärmt und hatte dann erfunden, dass er ein Verhältnis mit ihr begonnen habe. Patrizia fiel ein Stein vom Herzen und sie entschuldigte sich bei Heiko, wenn auch nur halbherzig, denn sie gehörte schon standesgemäß nicht zu den Menschen, die sich entschuldigten. Das wurde ihr schon sehr früh beigebracht.

Während sie Heiko beim Aufräumen beobachtet, huscht ein Lächeln über ihr Gesicht, denn vor ihrem geistigen Auge spielt sich die Zeit ihrer beider Anfänge ab. Sie waren damals in der elften Klasse, er in der Parallelklasse, des Platen-Gymnasiums in Ansbach. Ja, und er war der Schwarm aller Mädchen. Sein Bruder Rainer, der ihm an Aussehen das Wasser bei weitem nicht reichen konnte, hatte damals den passenden Vergleich mit dem seinerzeit in der Kinowelt noch relativ unbekannten George Clooney angestellt, und es hatte wirklich etwas für sich. Clooney wurde sehr bald sehr bekannt, und die Ähnlichkeit zwischen beiden wurde immer augenfälliger. Bei diesen Gedanken entfernt sich Patrizias Blick, scheint durch alles hindurchzugehen.

Sie machte natürlich keine Ausnahme und schwärmte ebenfalls von diesem Burschen, von dem auch noch bekannt war, dass er ein schlaues Kerlchen war. Sie erinnert sich noch zu gut, wie sich auf dem Pausenhof ihre Blicke zufällig trafen. Sie schwelgte dahin, denn schon durch diesen kurzen Blick, fühlte sie sich in seiner Gunst. Sie lächelte ihn vielsagend an. Antje ihre Freundin und Banknachbarin, versuchte ihr diesen Zahn zu ziehen. ›*Mach dir da mal keine Hoffnungen. Der kann an jedem Finger eine haben ... und zwar richtige Schönheiten‹*, hatte sie ihr knallhart an den Kopf geworfen, denn Patrizia war zwar nicht hässlich, aber eine Schönheit war sie eben auch nicht. Ihre Augen lagen zu weit auseinander, die Nase war etwas zu groß, zwar noch in der Toleranz des Nicht-Wirklich-Hässlichen, aber dennoch zu groß, und dem Mund fehlte die berühmte Sinnlichkeit, die Männer so an Frauen lieben.

›*Danke für die Blumen*‹, antwortete Patrizia trocken.

›*Ich sag nur, wie es ist*‹, unterstrich Antje ihre Behauptung.

Solche Aussagen ließen die selbstbewusste Patrizia die Contenance natürlich nicht verlieren. Im Gegenteil, sie spornten nur ihren Kampfgeist an. ›*Ich habe bis jetzt immer bekommen, was ich wollte. Weißt du Süße, es geht halt nicht immer nur um makellose Schönheit. Es gibt neben ihr auch noch Interessantheit und andere vielversprechende Werte.*‹

Doch, auch Antjes Schlagfertigkeit war nicht von schlechten Eltern. ›*Ach ja*‹, sagte sie, ›*fast hätte ich es vergessen; dein Haupt ziert der Adel; das wiegt natürlich schon etwas.*‹

›*Das mag vielleicht für andere gelten, dass nur das Ansehen und der Reichtum ziehen. Ich habe von anderen Werten gesprochen. Aber, wenn man diese selbst nicht einmal kennt, wie will man da mitreden*‹, konterte sie sehr überlegen.

Das hatte bei Antje dann doch gesessen. Dennoch konnte sie es geschickt verbergen. Auch sie verstand es, Haltung zu bewahren. Schließlich wollte sie es mit ihrer besten Freundin nicht verderben. Durch sie hatte sie nämlich durchaus die Chance, zuweilen in besserer

Gesellschaft zu verkehren, wo gute Aussichten für eine gute Partie bestanden. Außerdem war ihr sehr wohl bewusst, dass nämlich auch sie scharf geschossen hatte. Mit ihrer spitzen Zunge hatte sie es sich schon bei manchen Schulkameraden verdorben. Patrizia indes hatte nur gelächelt. Sie hatte es nicht nötig, mit ihrer Herkunft zu protzen. Sie stand darüber. Na ja, immerhin waren ihre Eltern Alexandra und Maximilian von Ow mit dem Haus Thurn und Taxis befreundet. Sie brauchte sich also nicht prominenter zu machen, als sie schon war.

Auf jeden Fall vergingen keine zwei Monate, da waren Heiko und sie ein Paar. Nach dem Abitur trennten sich aber ihre Wege wieder. Sie ging nach München an die Ludwig-Maximilians-Universität und Heiko nach Bayreuth um am Physikalischen Institut der Uni Bayreuth zu studieren.

Zufällig trafen sie sich dann im August 1996 wieder. Sie beide, inzwischen 27jährig, besuchten die Bayreuther Festspiele - die Meistersinger von Nürnberg. Es war ein freudiges Wiedersehen, als sie sich in der Pause im Foyer begegneten.

*

Patrizia ist gedanklich so sehr in ihrer beider Vergangenheit versunken, dass sie gar nicht merkt, wie Heiko plötzlich hinter ihr steht. Erst, als er plötzlich zu sprechen beginnt,

schrickt sie zusammen und fährt herum.

»Mein Gott, hast du mich jetzt erschreckt«, sagt sie aufgeregt, ihre Hände auf die Brust gepresst.

»Das tut mir leid«, bedauert Heiko ehrlich. »Wo warst du denn gerade in Gedanken?«

Patrizia schmunzelt. »Ich war gerade in Gedanken bei unseren Anfängen.«

»Und? Nichts bereut?«, fragt er grinsend.

Ein kleines Küsschen ist die Antwort auf seine Frage. Er ist über diese Antwort vorläufig zufrieden.

3

»Gute Nacht, ich geh' ins Bett. Bin müde«, verabschiedet sich Sandra von ihren Eltern. Die Eltern sind nicht sehr überrascht, dass sich ihre Tochter schon um halb zehn ins Bett verabschiedet. Morgen früh muss sie schließlich wieder früh aufstehen und zur Schule. Ihnen ist auch nicht entgangen, dass ihre Tochter in letzter Zeit ziemlich müde wirkt. Von ihrem Leistungsabfall in der Schule haben sie bis jetzt nichts bemerkt. Bisher gab es ja auch nie Grund, sich um die Leistungen ihrer Tochter zu sorgen. Sie war immer eine gute Schülerin. Was sie ebenfalls nicht wissen, das ist, dass Sandra, wie schon viele Nächte davor, diese Nacht nicht in ihrem Bett verbringen wird. Kurz nach dreiundzwanzig Uhr wird sie sich aus dem Haus in der Gartenstraße in Kandern schleichen, um sich in der Wolfsschlucht mit ›The Black Moon Gang‹ zu treffen, die Clique, die ihr Freund Andreas gegründet hatte.

Andy, wie er von allen genannt wird, ist, so hatte er erzählt, erst vor kurzem von Freiburg nach Lörrach gezogen, wo er sehr bald Sandra kennengelernt hatte. Sie hatte sich auch gleich in ihn verliebt, war fasziniert von ihm. Seine Ruhe, seine Gelassenheit gaben ihr das Gefühl, er würde sie in jeder Situation beschützen können. Sie ist ein sehr anlehnungsbedürftiges Mädchen, das nach Liebe lechzt. Ganz fasziniert kann sie sich in seine dunklen Augen versenken. Sie strahlen etwas Geheimnisvolles, Fremdländisches aus. Dass er ihr nicht verraten will, wo genau er wohnt und arbeitet, macht sie nicht misstrauisch. Sie vertraut ihm. Man könnte es schon Hörigkeit nennen. Außerdem hatte er es gut begründet, warum sie sich etwas zurückhalten sollten mit dem ›Sich-in-der-Öffentlichkeit-zeigen‹. Er ist ja schon einiges älter als sie und er braucht eine gewisse Diskretion schon von Berufs wegen. Sein genaues Alter jedoch, hatte er ihr ebenso nicht verraten. Auch das stört sie nicht. Sie ist geschmeichelt, dass ein richtiger, gestandener Mann in sie verliebt ist. Sie schätzt ihn auf etwa 24 Jahre.

Lisa, ihre beste Freundin, hatte sie zwar gewarnt, denn sie hat die Änderungen an Sandra sehr bald gespürt und die Geheimnistuerei um die Clique machte sie sehr skeptisch. Sie äußerte den Verdacht, dass Sandra in die Fänge einer Sekte geraten sei. So höre es sich für ihre Ohren zumindest an. ›*Bitte sei vorsichtig Sandra*‹, hatte sie ihre Freundin ermahnt. Doch Sandra widersprach energisch, hatte aber darauf bestanden, dass Lisa mit niemandem darüber sprechen dürfe. Sie wolle nicht, dass da falsche Gerüchte in Umlauf gebracht würden. Dass sie deswegen Angst vor den Cliquenmitgliedern und auch vor Andy hatte, obwohl sie ihn liebte, behielt sie für sich. Denn der Verdacht, wenn irgendwelche Informationen durch Nichteingeweihte an die Öffentlichkeit drangen, würde nämlich genau auf sie fallen und das könnte sie teuer zu stehen kommen. Da waren die Regeln der Gemeinschaft ziemlich streng.

Immer bei Neumond und Vollmond trifft sich die Gang rituell in der Wolfsschlucht. Nicht zu erscheinen während der offiziellen Mond-Anlässe - es gibt auch noch die inoffiziellen Treffen - wäre undenkbar, gar eine Todsünde. Also würde Sandra alles daransetzen, nicht zu fehlen. Und heute ist ein ganz besonderer Tag. Erstens ist es der Tag der feierlichen Aufnahme von Sandra in die Gang und es ist auch gleichzeitig der Tag der Sternschnuppen, der Grund auch, warum man das Treffen diesmal um zwei Tage vor Vollmond verlegt hatte. Es handelt sich um ein äußerst seltenes Ereignis, wie in der Zeitung vom 18.11.2002 zu lesen war:

›*Leoniden Sternschnuppen-Feuerwerk*
Meteorsturm am Novemberhimmel, ein in der erwarteten Ausprägung nicht so bald wiederkehrendes Himmelsspektakel

Ein großes Feuerwerk, entfacht durch einen Sternschnuppenstrom der Leoniden, wird den Nachthimmel erhellen. Bis zu 6000 Meteore pro Stunde werden gemäß Prognose des Astrophysikalischen Instituts (Potsdam) am Morgen des 19. November aufflammen. Nach Schätzung von Joachim Jost, Meteor-Experte der Vereinigung der Sternenfreunde (VdS), haben Laien am Dienstagmorgen von etwa 04.30 Uhr an die Möglichkeit bis zu 500 Sternschnuppen pro Stunde zu beobachten.‹

Dieses Spektakel will sich die Gang natürlich nicht entgehen lassen, zumal behauptet wird, dass kaum einer der heute Lebenden ein solches Leoniden-Schauspiel noch einmal wird erleben können. Die Nacht ist klar, also stehen die Chancen für eine gute Beobachtung sehr gut.

Sie werden also ihr rituelles Treffen mit der sogenannten Aufnahmeweihe beginnen und im Morgengrauen, zur genannten Stunde, das Meteorfeuerwerk auf der Lichtung oberhalb der Wolfsschlucht, die man über den Böscherzenweg erreicht, beobachten.

Sandra hat ein bisschen Herzklopfen, als sie zum vereinbarten Treffpunkt in die Wolfsschlucht kommt. Sie weiß nicht genau, was sie erwartet. Andy hatte sehr geheimnisvoll davon gesprochen.

Als sie am gewohnten Platz der Veranstaltung ankommt, sind schon vier Mitglieder von sechs anwesend. Es fehlt jetzt nur noch Sonja, die zusammen mit Sandra die einzigen weiblichen Mitglieder darstellen. Es sollen in Zukunft noch weitere Mitglieder hinzukommen, hatte Andy ihr erzählt, aber diese müssten sorgfältig ausgewählt werden.

Andy hatte schon ein kleines Lagerfeuer entzündet. Neben ihm liegen ein Sack, in dem sich etwas zu bewegen scheint und ein Krug. Zuerst der Boss, dann jeder einzelne wird herzlich mit den Worten ›Hail Black Moon‹ begrüßt, während sie jeweils die Stirn kurz aneinanderhalten. Küssen ist bei den offiziellen Treffen nicht erlaubt. Fünf Minuten später erscheint auch schon Sonja.

Andy eröffnet das Mondtreffen mit den üblichen rituellen Worten und kommt anschließend gleich zur Weihe. Die Mitglieder beginnen leise das *Lied an den Mond* von Antonin Dvorák zu summen während Andy spricht. Dieses Lied zu kennen war für Mitglieder der BMG, wie sie die Black Moon Gang kurz nennen, erste Pflicht. Sandra erhielt die CD mit dem Lied eine Woche vor der Weihe, damit sie sich die Melodie einprägen konnte.

Andy fordert sie nun auf, auf die Knie zu gehen, während die Gruppe immer noch summt. Es hört sich irgendwie gespenstisch an. Dann beobachtet sie das Zeremoniell, das sich dicht vor ihren Augen abspielt.

Andy holt den Sack und entnimmt ihm eine schwarze Katze. Er hält das zappelnde Tier an den Hinterbeinen hoch, murmelt ein paar unverständliche Worte und reicht es dann seinem Vize. Sonja holt schon den Krug. Dann nimmt Andy ein großes Messer, das hinter einem Stein verborgen lag und schneidet dem Tier die Kehle durch, genau da wo das durchgehende Schwarz von einem weißen Fleck an der Kehle unterbrochen ist. Sandra zuckt zusammen, schlägt ihre Hände vors Gesicht und dreht ihren Kopf weg. Sie kann nicht hinschauen. Doch Ralph, ein weiteres Mitglied, der hinter ihr steht, nimmt ihren Kopf zwischen beide Hände und dreht ihn in Richtung der Opferzeremonie. Dann ergreift er ihre Arme an den Handgelenken und zieht die Hände vom Gesicht. Damit zwingt er sie, hinzusehen. Sonja hält den Krug unter das noch immer zappelnde Tier, um das Blut aufzufangen. Das Summen der kleinen Gruppe hallt dämonisch in ihren Ohren, während Andy weiter beschwörende, unverständliche Worte herunterleiert.

Dann reicht er ihr feierlich den Krug und sagt »Trink Sandra!« Sandra schaut ihn erschrocken an. Sein Gesicht jedoch wirkt in diesem Moment unnahbar. Er drückt den Kelch an ihr Gesicht und wiederholt »Trink!«, und Sandra trinkt, während sie gegen den qualvollen Würgereiz ankämpft. Sie will sich gerade übergeben, als Sonja ihr ein Glas Rotwein reicht, damit sie den Geschmack des Blutes überdecken und den quälenden Ekel mildern kann. Mit viel Anstrengung schafft sie es, sich nicht zu erbrechen.

Zum Abschluss muss sie nur noch den Eid aussprechen, Worte, die sie zuvor auswendig gelernt hatte.

Darin schwor sie ewige Treue, Verschwiegenheit, Einigkeit mit den Mitgliedern und ihren Plänen und als letztes die Selbstopferung im Notfall, wenn es der ›Gang‹ dient.

Nach der Weihe hatte Sonja ihr übrigens erklärt, dass die ganze Zeremonie abgebrochen worden wäre, wenn Sandra sich übergeben hätte. Das Ganze wäre dann auf ein späteres Mondereignis verschoben worden, das heißt, dass sie das ganze Weihe-Prozedere nochmals hätte über sich ergehen lassen müssen. Das hätte sie auf gar keinen Fall gewollt.

Doch nicht nur Sandra war es, die im Moment des Tieropfers einen halben Schock erlitt. Auch ein anderer, unbeteiligter Junge mit wirrem blondem Haar, der sich in der Nähe in einer Höhle in der Wolfschlucht versteckt hielt, musste sich die Hand auf den Mund pressen, um den Laut des Ekels zu ersticken. Niemand in der Gruppe hatte wahrgenommen, dass hier noch jemand war, der sie beobachtete.

Jetzt, da sie die Zeremonie erfolgreich hinter sich gebracht hatten, wird die Atmosphäre locker und entspannt. Alle umarmen Sandra und gratulieren ihr zur erfolgreichen Aufnahme in die BMG. Sie unterhalten sich unbeschwert und schmieden auch Pläne, vor allen Dingen über ein ›Projekt‹, das als nächstes ansteht, und das als ihre erste Aufgabe Sandra zugedacht war. Dazu hatte Andy sie schon früher über ihre Schule und ihren neuen Klassenlehrer interviewt.

Gegen vier Uhr gehen sie dann gemeinsam hoch auf die Lichtung, um dort das Himmelsspektakel zu erwarten. Andy legt den Arm um Sandra, während er mit dem Daumen sanft ihre Wange streichelt. Sie fühlt sich anerkannt, ist stolz, nun definitiv dazuzugehören und ... ja, sie liebt Andy.

Das Spektakel am Himmel ist so faszinierend, dass sie fast vergisst, sich rechtzeitig zu verabschieden. Um sechs, also bevor ihre Eltern aufgestanden sind und sie beim Frühstückstisch erwarten, muss sie nämlich in ihrem Zimmer sein. Auf keinen Fall darf ihre Mutter ins Zimmer kommen, um sie zu wecken. Deshalb verlässt sie die Gruppe kurz vor halb sechs. Sie ist beschwingt, während sie ziemlich schnell nach Hause läuft und sie lächelt zufrieden. Sie ist stolz, dass sie die Zeremonie so tapfer überstanden hatte und die Gratulationen entgegennehmen durfte. Immer wieder sagt sie leise vor sich hin: »Du hast es geschafft. Nun gehörst du dazu. Nun wirst du in alle Geheimnisse eingeweiht.«

Leise schleicht sie ins Haus. Sie atmet erleichtert auf, denn alles ist noch still. Auf Socken geht sie die Stufen hinauf in ihr Zimmer und es geht auch nicht lange, bis sie ihre Eltern sprechen hört. Dann spielt Sandra alles routinegemäß durch: Duschen, Anziehen, Türenklacken, so dass es für die Eltern keinen Grund zur Annahme gibt, etwas könnte anders sein als sonst. Ein ganz normaler Dienstag, so wie immer. Frisch fröhlich mit einem fast überschäumenden »Guten Morgeeen« kommt Sandra ins Esszimmer.

»Oh, du hast wohl diese Nacht besonders gut geschlafen. Es tat dir offenbar gut, dass du mal früher als sonst ins Bett gegangen bist«, stellt ihre Mutter erfreut fest. Dass Sandra zum Umfallen müde ist, bemerkt sie nicht. Die sichtbaren Auswirkungen der Übermüdung werden sich wohl erst zu späterer Stunde bemerkbar machen. Aber dann ist sie ja in der Schule. ›*Irgendwie werde ich den Tag schon herumkriegen*‹, denkt sie.

*

»Hallo, Sandra«, ruft Herr Thomasin, »was ist los? Aufwachen.« Alle schauen auf Sandra, die aufschreckt, weil sie wohl eingeschlafen war.

»Oh, ähm, …«, sie blickt sich um. Anja schaut sie ganz überrascht an. Jetzt muss sie etwas sagen, denkt Sandra. »Ähm … ja, ähm … wissen Sie Herr Thomasin, heute Morgen so um halb fünf war doch dieses Feuerwerk am Himmel, das gestern in der Zeitung angekündigt wurde. Ich wollte mir dieses Ereignis nicht entgehen lassen, denn wer weiß, ob ich jemals diese Chance wieder haben werde. Vermutlich nie mehr, so wie es hieß. Natürlich habe ich letzte Nacht kaum geschlafen. Doch in der kommenden Nacht werde ich dieses Defizit nachholen.«

Die wenigsten der Mitschüler interessierten sich für dieses Ereignis, waren auch gar nicht genau darüber informiert. Herr Thomasin indes wusste, dass dieses Spektakel in den frühen Morgenstunden stattfinden würde, doch Astrophysik war nicht so sehr sein Gebiet, dass er es über sich gebracht hätte, sich den Wecker zu stellen, um zu nachtschlafender Zeit in den Himmel zu starren. Da ist ihm der Schlaf allemal wichtiger. »Nun, wenn dem so ist«, erwidert der Klassenlehrer, »dann haben wir ja noch Hoffnung. Ich würde dir nur raten, dass du dann auch noch andere Defizite aufholen solltest. Du bist in letzter Zeit oft sehr müde, auch ohne Himmelsspektakel, und entsprechend lassen auch deine Leistungen zu wünschen übrig.«

Sandra schaut beschämt auf ihre Hände und dann wieder direkt in Herrn Thomasins Augen. »Entschuldigen Sie. Ich werde mir in Zukunft wieder mehr Mühe geben.« Doch innerlich kocht sie, weil sie sich vor der Klasse bloßgestellt fühlt.

»Dann ist ja gut«, antwortet Thomasin und fährt mit dem Unterricht weiter, so als hätte es diese Unterbrechung gar nicht gegeben.

Sandra versucht dem Unterricht aufmerksam zu folgen. Doch fällt es ihr schwer, den Stoff zu erfassen, deswegen schweift sie gedanklich immer wieder ab. Nicht nur die Müdigkeit hindert sie an einer aufmerksamen Stoffaufnahme sondern ganz etwas anderes geht ihr durch den Kopf. Sie denkt an ihr Projekt, das sie erfolgreich zu Ende bringen möchte, um in der Gang ihre Anerkennung zu erhalten und damit in der Rangstufe zu steigen.

Ihr war schon seit längerem aufgefallen, dass Herr Thomasin auffallend oft und intensiv die tüchtig mitarbeitende Anja ansieht. Sehr oft sogar und zu intensiv, wie sie findet. Anfänglich war sie schon etwas eifersüchtig, zumal dieser Lehrer der Schwarm aller Mädchen ist, die nur davon träumen mit ihm intensive Blicke auszutauschen. Er ist für einen Lehrer einfach zu gutaussehend.

Doch spätestens dann, nachdem sie sich in Andy verliebt hatte und seitdem sie mit den BMG-Mitgliedern zusammenhing, hatte es sich mit der Eifersucht gelegt. Plötzlich gab es für sie andere, wichtigere Dinge, geheimnisvolle und spannende Dinge, zu denen andere keinen Zutritt haben und sie zählt zu den Auserwählten. Das erfüllt sie mit Stolz.

Inzwischen passen ihr die Blicke des Lehrers zu Anja sogar ganz gut in ihre Pläne. Jetzt muss sie nur noch Anja überzeugen. Aber da ist sie sich sicher, dass Anja mitmachen wird, denn, wie sie findet, steht sie noch immer in ihrer Schuld. Konkret ausgedrückt, hatte sie Anja und vor allen Dingen ihren Bruder in der Hand. Sie lächelt, als sie sich bewusst macht, dass das tragische Ereignis vor etwas mehr als einem Jahr, die schlimmste Nacht in Anjas und ihres Bruders Leben, ihr einmal sehr dienlich sein würde.

Sie waren damals auf dem Weg von einer Lörracher Disko nach Hause. Florian, Anjas um zwei Jahre älterer Bruder, saß am Steuer des Autos ihrer Eltern. Die Sailers waren nämlich für ein paar Tage zu einem Ärztekongress nach Hamburg geflogen. Somit hatten die Geschwister sturmfreie Bude. Florians Kleinwagen war damals nicht ganz fahrtüchtig, weil er gerade daran herumbastelte.

Auf dem Weg nach Hause passierte es. Herr Gresslin aus Holzen war mit seinem Sohn unterwegs nach Hause. Nach der Lucke, kurz vor Rümmingen trug es ihn aus der Kurve. In der Zeitung stand später, dass er zu schnell in diese gefährliche Kurve hineingefahren war. Xaver, der vierzehnjährige Sohn, hatte erlebt, wie sein Vater, der nicht angeschnallt war, mit dem Kopf durch die Windschutzscheibe schlug und starb. Unter Schock stieg er aus dem Auto aus und lief ganz verstört über die Straße, just in dem Moment, als die Jugendlichen auf ihrem Heimweg nach Kandern angefahren kamen. Es kam alles so plötzlich. Florian hatte den Jungen zu spät gesehen, Anja schrie noch auf, aber es war zu spät. Ihr Auto erwischte den Jungen und schleuderte ihn weg in den Straßengraben. Die beiden Mädchen schrien panisch vor Schreck und Florian fuhr einfach weiter. Er zitterte.

»Du kannst doch nicht einfach abhauen, Flo«, hatte Anja geschrien, »der Junge und vielleicht auch der Fahrer brauchen doch Hilfe. Wir müssen die Polizei rufen.«

»Bist du verrückt«, schrie er zurück, »dann bin ich doch dran.«

Mit schluchzender Stimme erklärte Anja, dass er doch nichts dafür könne, denn niemand konnte den Jungen sehen; der sei ihm doch aus dem Dunkeln heraus direkt vors Auto gelaufen. Ausweichen war gar nicht möglich, und zu schnell gefahren sei er ja auch nicht. Und genauso wenig könne er etwas für den Selbstunfall des anderen Fahrers. Doch Florian widersprach: »Schwesterchen, das nützt doch alles nichts. Ich kann doch noch so im Recht sein, denn es hätte jedem anderen wirklich auch passieren können, so unterwartet wie das alles auf uns zukam. Aber wenn die Polizei mir eine Blutprobe entnimmt, dann bin ich dennoch dran. Ich hatte doch Alkohol, wenn auch nicht viel, so doch sicher im Blut nachweisbar, und das nachdem ich den Lappen erst seit kurzem in der Tasche habe. Ich kann mir einen Führerscheinentzug in meinem Job beim besten Willen nicht erlauben.«

Florian hatte nach der Mittleren Reife bei Mercedes in Lörrach die dreieinhalbjährige Lehre als Kraftfahrzeugmechantroniker begonnen, ein neuer Beruf, der aus den Berufen Kfz-Mechaniker, Kfz-Elektriker und

Automobilmechaniker zusammengefasst wurde. Er wollte verständlicherweise nichts auf Spiel setzen.

An diesem Abend leisteten die drei Jugendlichen einen Schweige-Eid. Dieses Geheimnis wollten alle bei sich behalten. Niemand würde bei der Suche nach dem Unfallflüchtigen jemals auf sie kommen.

Am Auto der Eltern war praktisch nichts zu sehen. Das bisschen Blut hatte Florian entfernt, das Auto selbst hatte keinen Schaden davongetragen. Dazu war der Aufprall zu wenig stark.

4

Sandra hatte die Weihnachtsferien, in der sich auch die BMG nicht getroffen hatte, weil Andy Weihnachten bei seiner Familie in Freiburg verbringen und anschließend eine Woche Ski fahren wollte, intensiv genutzt, den Stoff, der ihr fehlte, wieder aufzuholen. Sie hatte sich auch mit Lisa, die ganz speziell in den Fächern Mathematik und Physik besonders gut ist, zusammengesetzt. In den anderen Fächern brauchte sie keine besondere Hilfe. Da konnte sie sich, dank ihrer Intelligenz und vor allem sehr schnellen Auffassungsgabe selbst helfen. Sie musste nur die Zeit gut nutzen, und das tat sie auch. Als sie im Januar wieder zum Unterricht antrat war sie auf dem Laufenden und konnte wieder gut folgen. Mitte Januar traf sie sich auch wieder mit Andy. Das erste Mondtreffen war erst wieder bei Neumond am 1. Februar 2003 vorgesehen und Sandra freute sich schon darauf.

Die Begrüßung der Gangmitglieder war nach dieser langen Pause sehr herzlich. Sie saßen recht eng ums Feuer, denn es ist nach einem recht milden und nassen Januar auf Anfang Februar abrupt ziemlich kalt geworden. Sandra fröstelte vor Kälte. So gerne hätte sie es gehabt, dass Andy sie in die Arme genommen hätte, um ihr etwas Wärme zu geben. Doch auf solche Nähe mit dem Boss während der Mondtreffen musste sie verzichten. Das war schlicht verboten. Privilegien für einzelne Mitglieder waren bei der BMG-Satzung nicht vorgesehen. Damit hatte sie sich schon längst abgefunden. Dennoch fühlte sie sich als etwas Besonderes, ausgerechnet mit dem Boss liiert zu sein. Es war dieses Mal eine ziemlich kurze Sitzung. Die Mitglieder hatten ihre Aufträge erhalten; Sandra selbst hatte den bedeutendsten bekommen und somit war die Aufmerksamkeit ganz auf sie gerichtet. Sie fühlte sich in diesem Moment so wichtig. Schon um ein Uhr am Morgen des 2. Februar lag sie in ihrem Bett und schlief auch gleich ein.

Auch wenn sie gut und genug geschlafen hatte, so sitzt sie an diesem Februarmorgen wieder einmal ziemlich abwesend in der Klasse. Das geht ihr immer so nach einem Mondtreffen. Diese Treffen haben so etwas Mystisches, etwas Erhabenes. Sie spielen sich unentwegt vor ihrem geistigen Auge ab.

In der Pause nimmt sie Anja zur Seite, um ihr etwas Wichtiges zu sagen. »Du, der Thomasin schaut dich immer ziemlich lange an, findest du nicht auch? Ich glaube, der steht auf dich.«

»Ach, du spinnst ja«, kontert Anja, wobei ihr leichte Röte ins Gesicht steigt, so als fühle sie sich ertappt.

»Du brauchst nicht gleich rot zu werden. Weißt du, Frauen spüren, wenn sich bei anderen Zwischenmenschliches abspielt. Bei euch scheint es mir wie ›*Flirten mit den Augen*‹. Ich würde sogar sagen, zwischen euch knistert es gewaltig.«

Anja öffnet den Mund und will gleich protestieren; von wegen rot werden, knistern, flirten ... Doch sie kommt gar nicht dazu, denn Sandra hält ihr abwehrend eine Hand entgegen, um zu signalisieren, ›*jetzt rede ich, du bist nachher dran*‹. Sie will ihr einen Deal vorschlagen. »Na ja, du bist klug genug, um zu wissen, dass daraus nie etwas werden wird, außer vielleicht einem kleinen unverbindlichen Flirt. Der Thomasin ist schließlich verheiratet, und wird seine Frau nie wegen einer Schülerin verlassen. Aber, ich hätte da eine super gute Idee. Daraus, um genau zu sein, mit einer kleinen Erpressung, ließe sich da ganz einfach schnelles Geld machen. Die Thomasins sind nämlich stinkereich. Da könnte man ja ein klein bisschen für eine süße Schülerin locker machen. Meinst du nicht? Denen tut's nicht weh, wir haben Knete für Extrawünsche und so richtig zu Schaden kommt dabei niemand.«

Anja reißt erschrocken die Augen auf. »Hä? Du spinnst wohl. Ich habe keine Extrawünsche.«

»Jeder hat Wünsche, auch du.«

»Ja, aber ich erfülle mir meine Wünsche nicht unrechtmäßig, nicht mit Geld, das mir nicht gehört. Außerdem, wie stellst du dir denn eine solche Erpressung überhaupt vor? Das Wort ist schneller gesagt, als dann die Durchführung. Eine Erpressung ist doch gar nicht möglich. Er müsste da schon etwas ausgefressen haben.«

»Ach Süße, bist du naiv. Für die kleinen erpressbaren Unregelmäßigkeiten, wirst *du* dann sorgen. Das ist doch ganz einfach. Eine kleine harmlose Erpressung, mehr nicht. Und zwar lässt du ein bisschen mehr zu, als nur Blicke, ermunterst unseren Sonnyboy sogar ein wenig, indem du ihn vielleicht auch mal ein bisschen anmachst - Gelegenheiten dazu wird es schon noch geben - und dann komme ich ins Spiel, oder besser gesagt, eine Drittperson im Komplott, jemand aus meiner Clique, und der sagt dann, dass er euch beobachtet habe, was er mit ein paar gelungenen Fotos beweisen könne, und fordert Geld. Wir beide riskieren nichts, weil Thomasin ja nicht weiß, dass es ein abgekartetes Spiel zwischen uns ist, dafür gewinnen wir aber ne Menge Geld.«

Anja schüttelt energisch den Kopf. »Sag mal, bist du jetzt total durchgeknallt? Aber wahrscheinlich steckt da deine Clique dahinter«, sagt sie entrüstet. »Thomasin ist ein durch und durch anständiger Mensch. Die Klasse mag ihn, weil er ein fairer Lehrer ist. Den betrüge ich nicht auf eine solch abscheuliche Weise. Und ich sagte schon, ich brauche sein Geld nicht. Ich verdiene mein Geld irgendwann einmal ehrlich und zwar mit einem ordentlichen Beruf.«

»Eh, komm wieder runter Anja. Es braucht ja nicht gleich jeder zu hören, worüber wir sprechen. Ich kann dir nur sagen, so harmlos ist unser Herr Thomasin nicht, wie du denkst. Ich habe nämlich erfahren, dass er seine Versetzung von Karlsruhe nach Lörrach beantragt hatte, weil er wegen sexuellen Missbrauchs einer Schülerin angezeigt wurde.«

Anja reißt erstaunt die Augen auf. »Das glaube ich nicht. Und woher willst du das überhaupt wissen?«

»Nun, ich weiß es halt. Glaube es mir einfach«, antwortet Sandra ziemlich selbstsicher.

»Ach, wenn dem so wäre, dürfte er doch gar nicht mehr an Schulen unterrichten«, widerspricht Anja.

»Nun, die Anzeige wurde fallen gelassen. Das beweist aber gar nichts. Das heißt noch lange nicht, dass er auch unschuldig ist. Nicht jeder, der mal etwas ausgefressen hat, muss sich vor Gericht verantworten …«, und das ist der Moment, in dem sie das Gespräch in die beabsichtigte Richtung lenken kann, »… ich denke da an …«, sie zögert nochmals, will ihrer Rede dadurch die nötige Spannung geben, um dann mit herausfordernder Miene weiterzufahren, »… ich sage nur Florian und Fahrerflucht nach Körperverletzung.« Bei diesen Worten zuckt Anja zusammen und wieder steigt Röte in ihr Gesicht. Mit erschrockenen Augen schaut sie Sandra an.

»Beruhige dich«, sagt Sandra beschwichtigend. »Es passiert nichts. Niemand weiß davon, und ich habe auch nicht vor, irgendjemandem etwas darüber zu erzählen. Nur, ein klein bisschen könntest du mir jetzt schon auch entgegenkommen. Ich meine diese Sache ist ja überhaupt nicht schlimm … verglichen mit FAHRERFLUCHT.« Diesmal betont sie das letzte Wort ganz besonders. Sandra schien von der Gang schon viel gelernt zu haben. Sie wirkt einerseits sehr beschwichtigend, unheimlich lieb und verständnisvoll und doch übt sie unmissverständlich Druck auf ihr Gegenüber aus. Eine ganz andere, bisher unbekannte Seite bei Sandra, aber nicht ungewöhnlich im Gebaren der Gangmitglieder. Anja ist geknickt. Ihr ist gleichzeitig heiß und kalt. Würde Sandra tatsächlich so weit gehen und ihren Bruder bei der Polizei anschwärzen? Ihr enttäuschter Blick trifft Sandra. Diese klopft ihr freundschaftlich auf die Schulter und versucht sie zu beruhigen. »Anja, meine Liebe, reg dich nicht auf. Lass das Ganze sich erst einmal setzen und reifen. Du wirst sehen, es fühlt sich dann gar nicht mehr so schlimm an. Es ist wirklich eine relativ harmlose Angelegenheit, wir werden es nicht übertreiben. Es muss kein riesiger Betrag sein. Ich sagte ja, ›*kleine Erpressung*‹. Vielleicht ein paar mickrige Tausender, so dass jeder etwas hat, wenn man schon durch drei teilen muss. Thomasin selbst, ich mag ihn schließlich auch, dem wird nichts passieren.«

»Aber du hast mich ganz klar unter Druck gesetzt. Wenn ich auf deinen Vorschlag nicht eingehen würde, müsste ich um meinen Bruder Angst haben, weil du dich dann nicht an deinen Schwur von damals halten würdest.«

»Na ja, Anja, es ist im Leben immer ein bisschen so. Eine Hand wäscht die andere. Ich meine, ich habe mich damals ja auch versündigt, indem ich zum Unfall geschwiegen habe. Der kleine Xaver Gresslin ist seither nicht mehr ganz richtig im Kopf. Es könnte ja sein, dass ich unter dieser Last schwer zu tragen hätte. Nicht abwegig, oder?« Doch im nächsten Moment entschärft sie ihre Aussage wieder. »Aber, was würde es nutzen, wenn ich Flo verpfeifen würde? Xaver ginge es auch nicht besser, wenn dein Bruder bestraft würde, doch das Leben eines weiteren Menschen, nämlich das von Flo, wäre zerstört. Und das will ich nun wirklich nicht.«

»Du weißt ganz genau, dass nicht alleine der Unfall mit Flo für die Krankheit von Xaver verantwortlich ist. Er hatte miterlebt, wie sein Vater starb. Das war nämlich die Ursache für sein psychisches Trauma.«

»Nun, darüber kann man spekulieren. Aber Fakt ist, dass Flo den möglichen Tod des Jungen in Kauf genommen hatte, als er ihm nicht zu Hilfe kam, oder zumindest keine solche anforderte. Er hätte das ja auch anonym tun können. Stattdessen ist er einfach weitergefahren. Na ja, ich will die Geschichte jetzt im Nachhinein nicht nochmals in allen Einzelheiten aufwärmen. Der Unfall liegt schließlich schon fast zwei Jahre zurück und Xaver hatte ja Glück, dass kurz nach uns ein anderer Autofahrer vorbeikam.«

Anja wird schneeweiß im Gesicht Die Erinnerung daran nagt noch schwer im Innern trotz der langen Zeit, die dazwischen liegt. Ihr ist bewusst, dass diese kopflose Tat unentschuldbar ist. Sandra sieht Anjas Gefühlsaufwallung mit Genugtuung und sagt: »Nun reg dich ab. Ich habe ja gesagt, dass ich Flo nicht schaden möchte. Ich mag ihn schließlich sehr und Freundschaft ist mir unendlich wichtig und verpflichtend, deswegen werde ich auch weiterhin schweigen.« Sie macht dabei eine Bewegung vor ihrem Mund, als würde sie ihn mit einem Reißverschluss verschließen.

»Ja, ja, das hört sich alles sehr schön an. So wie du das sagst, klingst du wie die beste Freundin, die nur das Beste für mich will …« Anja kann nicht weiterreden, denn Sandra unterbricht sie. »Das bin ich doch auch. Das weißt du.«

»Nun, dann will ich von meiner besten Freundin hören, was zu tun sie bereit wäre, wenn ich bei diesem Komplott nicht mitmachen wollte oder schon gar nicht mitmachen könnte, weil es gegen mein Verständnis von Ethik verstößt.«

Sandras Blick wird nun ernst. In Gedanken reflektiert sie abfällig über Sandras Worte ›*gegen ihr Verständnis von Ethik; ha, wie vornehm! Madame aus gutem Hause*‹. Sie zögert noch einen Moment, bevor sie antwortet. Schließlich sagt sie: »Leider müsste ich dann die Konsequenzen ziehen und ich könnte dann für deinen Bruder keine Garantie mehr übernehmen … also die Garantie, dass sein Vergehen straflos bleibt.«

»Dann bist du aber auch dran, denn sie werden dich fragen, warum du mit deinem Wissen fast zwei Jahre lang gewartet hast.«

»Oh Anja, mache dir um mich keine Sorgen«, sagt Sandra lässig überlegen, »ich werde dann schon eine passende Erklärung finden. Ich habe nämlich einen guten Lehrer, weißt Du. Mein Freund ist ziemlich clever.«

Anja schweigt. Sie kann es nicht fassen, was ihre Freundin da an sie herangetragen hat. Ist sie wirklich eine so durchtriebene Person, die vor nichts zurückschreckt? Kann sie wirklich so knallhart sein, Freunde zu erpressen und so zu tun, als handle es sich um eine harmlose, ganz alltägliche Angelegenheit? Sandra lächelt Anja unschuldig an, und bevor sie sie einfach stehen lässt, sagt sie: »wir reden später darüber; überlege es dir einfach mal bis dahin.«

Jens, ein Klassenkamerad, der schon lange ein Auge auf Anja geworfen hatte, nutzt die Gelegenheit, da sie jetzt gerade alleine dasteht, sich zu ihr zu gesellen. »Na, so traurig?«, fragt er. »Hat diese kleine Hexe ...« er weist mit dem Kopf in Richtung der sich entfernenden Sandra, »... hat sie dich genervt oder gar beleidigt?«

»Nein«, gibt Anja nur kurz zur Antwort. Ihr ist jetzt nicht um Unterhaltung. Zu tief sitzt der Schock in ihren Knochen. Sie ist zutiefst berührt und geknickt.

»Es sah halt nur so aus. Ich hätte ihr sonst gerne zünftig die Meinung gegeigt«, bietet er der Angebeteten lachend an.

»Nein«, sagt Anja etwas energischer.

»Du, sag mal«, ändert er abrupt das Thema, »hättest du Lust, mich am Samstag auf eine Party zu begleiten? Ich würde mich riesig freuen.«

Anja schaut Jens an, als hätte sie ihn nicht richtig verstanden. Er deutet es aber so, dass sie es sich gerade überlegte, ob sie zusagen solle.

»Na? Sagst du ja?«, drückt er seine vage Hoffnung aus.

»Nein«, sagt diese wieder kurz angebunden.

Doch Jens will nicht aufgeben. Er scheint die Situation wirklich misszudeuten und lässt nicht locker. »Für die Party brauche ich eine Partnerin und dich finde ich richtig toll.«

›Aha‹, denkt Anja geringschätzig, ›*soll ich also eine Lücke füllen*‹

»Du weißt doch, dass ich schon seit jeher auf dich stehe«, fährt Jens um Zustimmung bemüht weiter.

»So, weiß ich das?«, fragt sie gleichgültig. Was sie aber nicht ausspricht: ›*Mein Gott, welche tölpelhafte Annäherung! Er steht auf mich. Dümmer könnte er es nicht ausdrücken*‹

»Also hör mal, Anja, du bist doch nicht aus Stein. An einer so tollen Frau, wie du es bist, können Komplimente doch nicht einfach so abprallen. Du kannst doch nicht immun sein, wenn ein Mann dir schöne Dinge sagt.«

›*Das wird ja immer schlimmer.*‹ denkt sie, ›*was heißt hier _Mann_? Wie geschwollen tönt das denn? Hört sich eher an wie die linkische Anmache eines unerfahrenen Pubertierenden*‹. Laut sagt sie »Vielleicht doch. Vielleicht bin ich ja lesbisch.« Sie will gerade weggehen, den Kameraden einfach stehen lassen, als dieser sie am Handgelenk festhält.

»Quatsch. Du bist doch nicht lesbisch.« Er schluckt, dann startet er einen erneuten Versuch. »Du warst auch schon mal anders, netter, zu mir. Oder hast du vielleicht einen Freund? Ist es deswegen?«

»Könntest du mich bitte loslassen.«

»Mensch Anja, stell dich doch nicht so an. Ich spüre doch, dass du mich auch magst. Hättest du denn sonst so lange gezögert bei meiner Einladung?«

»Erstaunlich, was du so alles spürst. Mehr als ich selbst«, sagt sie zynisch ... zynischer als sie eigentlich wollte.

Jens schaut sie enttäuscht an, dann dreht er sich um und macht sich geknickt davon. Irgendwie tut er Anja im Nachhinein jetzt doch ein bisschen leid. Seine Augen wirkten eben so hilflos und traurig. Ja, eigentlich mochte sie Jens. Er ist ein sympathischer Junge und sie war ihm auch mal sehr freundlich gesinnt, nicht richtig verliebt, aber einem kleinen Flirt nicht abgeneigt ... aber eben, ›war‹. Seit dieser neue Lehrer die Klasse übernommen hatte, kam ihr Jens wie ein kleiner Junge vor, und sie wusste in dem Moment, dass sie, sollte sie sich wirklich einmal verlieben, einen Mann und keinen Schulbubi wollte.

Doch, jetzt hat sie ganz andere Sorgen. Etwas viel Größeres, Gewaltigeres lastet auf ihrer Seele - es ist das Gespräch von eben mit Sandra. Was sie da von ihr verlangte, ist einfach verrückt. Das kann nicht gut gehen, nie und nimmer. Sie weiß ja nicht einmal, wie sie so etwas anstellen sollte. Thomasin würde sicher nicht gleich bei der ersten Gelegenheit aufspringen und sich mit wehenden Fahnen in ihre Arme werfen, zumal er eine Frau zu Hause hat. Und die beiden sehen nicht so aus, als wären sie unglücklich verheiratet. Sie hatte sie schon des Öfteren bei Festen und im Städtli zusammen gesehen. Es war immer ein Bild, das den Eindruck von Harmonie vermittelte. Er würde doch nie das Risiko eines Flirts mit einer Schülerin eingehen. Das kann er sich als Lehrer gar nicht erlauben. Aber andererseits, was war dran an der Missbrauchsgeschichte, von der Sandra erzählt hatte? Woher kommt diese Information? Anja ist verwirrt.

Sandra lässt Anja eine Woche Zeit, damit sie sich mit dem Vorschlag anfreunden kann. Sie ist überzeugt, dass dieses Vorhaben, wenn man sich lange genug gedanklich damit befasst und dieser Gedanke im Kopf seinen festen Platz gefunden haben wird, an Schrecken verliert. Plötzlich wird es zu einer harmlosen Sache, ein Abenteuer, ein Spaß, zu allem hin sogar ein sehr einträglicher Spaß.

Nach dieser Wochenfrist sagt Anja ihrer Banknachbarin, wenn auch schweren Herzens, ihre Teilnahme am Komplott zu … nicht ohne im Hinterkopf die Hoffnung hegend, dass Thomasin auf ihren Annäherungsversuch gar nicht eingehen würde. Wenn es nämlich nicht klappt, könnte Sandra ihr keine Vorwürfe machen, und sie wäre fein raus. Trotzdem ist ihr nicht wohl bei der ganzen Sache, denn es plagt sie die Angst. Erstens weil es ein äußerst gewagtes Spiel ist, das ihrer Natur total zuwiderläuft und zweitens hat sie Angst, dass Sandra ihren Bruder wegen der Fahrerfluchtgeschichte in Schwierigkeiten bringen, gar seine Zukunft damit zerstören könnte. Sandras Drohung könnte nämlich auch bei erfolgloser Erpressungsaktion in die Tat umgesetzt werden, denn es besteht ja immer noch die Möglichkeit, dass, sollte es nicht funktionieren, sie ihr Vorwürfe machen könnte, sie habe sich bewusst nicht angestrengt. Und Sandra hatte ihr unmissverständlich zu verstehen gegeben, dass sie zu allem fähig sei, auch wenn sie es nicht so konkret in Worte gefasst hatte. Anja weiß zumindest, woran sie bei Sandra ist, und dass sie die einstige Freundin mit Vorsicht genießen muss. Was ist nur aus diesem Mädchen geworden?

Thomasin merkt, dass Anja sehr bedrückt wirkt. Irgendetwas scheint sehr schwer auf ihr zu lasten. Er mag dieses Mädchen zu sehr, als dass er mitansehen könnte, wie sie unter einer ihm noch unbekannten Bürde litt. Als beim Pausengong alle Schüler daran sind, das Klassenzimmer zu verlassen, sagt er zu Anja, dass sie einen Moment hier bleiben solle, weil er kurz mit ihr reden wolle. Die Schülerin sieht ihn erschrocken an, als wäre sie in flagranti bei einer schlimmen Tat ertappt worden. Indessen Sandra blinzelt ihr siegesgewiss zu, als sie an ihrer Banknachbarin vorübergeht. Jetzt, da Anja mit Herrn Thomasin, nachdem dieser hinter dem letzten Schüler die Türe geschlossen hatte, alleine im Klassenraum ist, spürt sie ihr Herz bis zum Halse schlagen. Thomasin setzt sich auf die Tischplatte vor ihr.

»Anja, was ist los? Du scheinst mir in letzter Zeit sehr bedrückt. Hast du Kummer? Brauchst du Hilfe?«, fragt ihr Lehrer sie geradeheraus.

Anja schüttelt den Kopf und senkt ihren Blick. Thomasin beobachtet sie stumm. ›*Wie hübsch sie ist*‹, denkt er, ›*es ist herzbewegend, sie so leiden zu sehen.*‹ Dann beginnt er wieder. »Wenn du Sorgen hast, Anja, wenn dir etwas schwer auf dem Herzen liegt, dann hilft manchmal auch ein Gespräch. Oft ist es so, dass man sich, wenn man einmal darüber gesprochen hat, gleich besser fühlt. Und oft kann eine unabhängige Person, die alles aus der Distanz betrachtet, auf ganz einfache und sachliche Weise helfen.« Nach einem kurzen Moment des Schweigens macht er ihr ein Angebot: »Soll ich mal die Schulpsychologin für einen Termin kontaktieren?«

Wieder schüttelt Anja den Kopf. Dann stammelt sie: »Die kann mir auch nicht helfen.«

Das war für Thomasin eine klare Ansage, die zeigt, dass es wirklich etwas gibt, womit Anja nicht fertig wird. Er legt hilflos eine Hand auf Anjas Schulter und sie zuckt kaum merkbar bei dieser Berührung zusammen. Das Schlimmste ist, dass sie diesen Lehrer sehr mag und es ist mehr als nur Sympathie. Sie spürt das erdrückende Dilemma, in dem sie sich befindet und aus diesem es keinen Ausweg zu geben scheint.

Nach einer kurzen Pause erhebt sich Thomasin und sagt: »Anja, du weißt, dass du jederzeit zu mir kommen kannst. Wenn du also doch einmal das Bedürfnis verspüren solltest, dich jemandem anzuvertrauen, kannst du dich an mich wenden.« Er überlegt kurz. Worüber er jetzt gerade nachdenkt, ist für ihn wirklich Neuland. Es ist ein Vorschlag, der nur für Ausnahmesituationen gedacht ist. Bisher hatte er diese Ausnahmesituation bei Schülern noch nicht erlebt. Und er weiß, dass er sich damit auf dünnes Eis begibt, wie ihn die unrühmliche Erfahrung in Karlsruhe lehrte. Aber

Anja tut ihm einfach leid und so wirft er alle Zweifel über Bord: »Hier, Anja, hast du meine Karte mit meiner Handy-Nummer und ich bitte dich, dies für dich zu behalten. Diese Nummer gebe ich nur in besonderen Notfällen heraus, und dein Fall scheint mir nun einer zu sein. Über diese Nummer erreichst du mich, falls du, egal was die Ursache für deinen Kummer ist, mit jemandem sprechen möchtest.« Er lächelt und sagt: »Lehrer sind nicht nur monotone Stoffübermittler, sondern auch Pädagogen mit psychologischem Background.« Wieder stockt er für einen Moment, denn eine Bitte liegt ihm noch auf dem Herzen. »Nun, Anja, ich baue darauf, dass du mein Vertrauen nicht missbrauchen wirst. Ich möchte dir gerne helfen.«

Anja blickt ihn herzbewegend an, nickt und nimmt die Karte entgegen. Mit gequälter Stimme bedankt sie sich. Dann erhebt auch sie sich, um das Klassenzimmer zu verlassen. Thomasin bleibt nachdenklich zurück. Auf dem Weg zum Pausenhof, gibt Anja eben Thomasins Handy-Nummer in ihr eigenes ein und steckt die Karte weg.

Unten an der Eingangstüre wird sie schon von Sandra erwartet. »Na Süße, hat der erste Annäherungsversuch schon gefruchtet«, fragt Sandra froh gelaunt.

»Ach lass mich in Ruhe«, antwortet Anja mit deprimiertem Gesichtsausdruck.

»He, he, nicht so gehässig. Ich habe höflich gefragt und darf doch auch eine eben solche Antwort erwarten. Und Mensch Mädchen, mach' ein anderes Gesicht. Man könnte meinen, die Welt wird gleich untergehen.«

»Was du von mir verlangst, ist verantwortungslos. Nein mehr noch. Es ist kriminell«, sagt Anja mit gedämpfter Stimme, damit niemand anderer Zeuge dieses Gesprächs werden könnte.

»Denk daran. Alkohol am Steuer und Fahrerflucht sind auch verantwortungslos und kriminell«, kontert Sandra mit beschwörender Miene, um Anja gleich wieder daran zu erinnern, was alles auf dem Spiel stand, sollte sie ihrem Auftrag nicht erwartungsgemäß nachkommen.

»Du warst damals auch dabei, und wir haben einen Schweige-Schwur geleistet, weil wir wussten, dass Flo sich am Unfall nicht wirklich schuldig gemacht hatte. Es waren unglückliche Umstände, die zusammentrafen. Und dass er unter Alkohol stand, kann man so auch nicht behaupten. Es war ja nicht viel, das er getrunken hatte, so dass seine Fahrtüchtigkeit hätte eingeschränkt sein können. Er fuhr ja auch sehr langsam, nur 40 km/h, so wie das Verkehrsschild es dort vorschrieb. Außerdem kannte er die gefährliche Kurve … aber …«, Anja schluchzt fast bei diesen Worten. »… aber, wenn nur eine Spur von Alkohol im Blut hätte nachgewiesen werden können, dann hätte man ihm Mitschuld unterstellt, egal, ob er für die Situation etwas konnte oder nicht. Sie hätten ihm verminderte Reaktionsfähigkeit vorgeworfen. Das hätte viel gewogen, zumal er ja noch ein Fahranfänger war. Davor hatte Florian einfach Angst.«

»Du brauchst mir das alles gar nicht zu erzählen. Ich war ja selbst dabei. Oder glaubst du, ich hätte den Schwur geleistet, wenn ich von seiner Unschuld am Unfall nicht überzeugt gewesen wäre? Doch …«,

Sandra wiegt mit dem Kopf hin und her und feixt hämisch, »... doch Fahrerflucht steht auf einem ganz anderen Blatt.«

»Du weißt, dass die Flucht eine Kurzschlussrektion war, denn im Moment des Schocks und der Angst war er ja auch nicht mehr zu vernünftiger Handlung fähig. Und darum ging es doch bei unserem Schwur: ihn deswegen nicht zu verraten. Nicht wegen des Unfalls, für den er nichts konnte.«

»Das weiß ich doch auch«, sagt Sandra beschwichtigend.

»Und, warum willst du ihn dann bei der Polizei verpfeifen?«

»Will ich doch gar nicht«, betont Sandra energisch. »Wenn du tust, was wir besprochen hatten, dann werde ich mich bis an mein Lebensende an meinen Schwur gebunden fühlen«, dieses Versprechen unterstreicht sie erneut mit einer Bewegung des Reißverschluss-Schließens vor ihrem Mund. »Jedoch wenn nicht, dann könnte es sein, dass mich das schlechte Gewissen plagt und ich dieses erleichtern möchte«, erklärt Sandra unbekümmert, »so einfach ist das.«

Sie tätschelt Anja freundschaftlich auf die Wange und sagt: »Du wirst das durchstehen. Diese Erpressung ist schließlich harmlos im Vergleich zu Fahrerflucht.« Das Wort Fahrerflucht scheint sie liebend gern zu wiederholen, so also wolle sie es bei Anja richtig tief einzementieren. »Du wirst sehen: nichts wird passieren. Thomasin wird bezahlen, weil er die ganze, in Karlsruhe schon einmal erlebte, Misere nicht noch einmal durchmachen möchte. Niemand erfährt etwas von unserem Deal und unser geliebter Lehrer kann an unserer Schule weiter unterrichten, so als wäre nichts geschehen. Tja, und wir werden einfach ein bisschen Knete mehr in der Tasche haben.« Dann verlässt sie Anja augenzwinkernd.

Diesen Moment, da Anja alleine steht, nutzt Jens auch diesmal wieder, sich ihr zu nähern. »Hi Anja. Komisch, jedes Mal, wenn Sandra bei dir stand, machst du ein ganz deprimiertes Gesicht. Irgendetwas ist hier doch im Busch. Irgendetwas stimmt da nicht zwischen euch.«

Anja schaut Jens nur mit müdem Blick an und sagt: »Warum könnt ihr mich denn nicht einfach in Ruhe lassen?«

»Anja, auch wenn du mir bis jetzt die kalte Schulter gezeigt hast, so bin ich dennoch ein Freund. Und wer weiß, vielleicht kann man einen guten Freund irgendwann einmal sehr gut gebrauchen?« Er macht eine Pause und mit Blick darauf, dass Thomasin mit Anja das Gespräch unter vier Augen suchte, beginnt er mit flüsterndem Ton: »Ich glaube, dass du in unseren Klassenlehrer verliebt bist.«

Anja schaut ihn genervt an und denkt ›*gibt's denn noch ein anderes Thema, als Thomasin? Ich mag nimmer. Lasst mich doch alle in Ruhe.*‹

Ohne auf Anjas Miene zu achten, fährt Jens unbekümmert, teilweise sogar in belehrendem Ton weiter: »Gut, ich kann das verstehen. Er ist wirklich ein klasse Typ, gegen den wir Jungs nur ein Schattendasein führen. Aber was erwartest du? Glaubst du, dass er dich vielleicht in die Disco begleiten würde? Nun, ich habe Geduld. Ich kann warten, denn irgendwann nämlich wirst du einsehen, dass es eine einseitige Liebe, ein unerfüllter Wunschtraum bleiben wird, ganz einfach weil unser guter Herr Thomasin für dich viel zu alt und außerdem glücklich verheiratet ist.«

Anja schaut Jens mit einem gequälten Lächeln an. Er ist eigentlich ein ganz netter Junge. Der freundliche Ausdruck seiner Augen und überhaupt seine ganze Erscheinung sind nicht von schlechten Eltern. Aber eben, er ist halt noch ein Junge. Jedoch will sie ihn dieses Mal nicht wieder mit Unfreundlichkeit brüskieren, zumal sie spürt, dass er es bestimmt nicht böse meint.

Für diese sie fast erdrückende Geschichte kann er ja schließlich nichts. Eigentlich würde sie sich ihm gerne anvertrauen, weil sie annimmt, dass auf ihn Verlass sein könnte ... nein, sie ist sich sogar sicher darüber. Wie sagte er doch ›*ich bin ein Freund, und wer weiß, vielleicht kann man einen guten Freund irgendwann einmal sehr gut gebrauchen!*‹ Ja, er war schon immer ein lieber Kerl und vielleicht ist sie wirklich auch einmal froh um ihn. Aber dennoch verwirft sie den Gedanken, mit ihm insbesondere über diese Geschichte zu sprechen, bevor sie überhaupt gereift war ... und nicht einmal dann. Unmöglich, jemanden einzuweihen. Zuviel stünde auf dem Spiel. Auf jeden Fall wäre es garantiert der Todesstoß für ihren Bruder. Sie fühlt sich in der Zwickmühle. In Anjas Schweigen vermutet Jens eine Bestätigung seiner Annahme, dass sie unglücklich verliebt sei ... in ihren Lehrer. Er versucht es nochmals, ihr die Augen zu öffnen, ganz einfach weil er Anja mag:

»Anja, egal in welche Klasse Herr Thomasin hereinkommt, es wird sich überall dasselbe abspielen. Es wird immer ein paar Mädchen geben, die von ihm schwärmen, die dahinschmelzen. Sie alle träumen im

Geheimen von ihm. Alle bilden sich ein, dass er nur Blicke für sie hat. Auch wenn er mit dir unter vier Augen gesprochen hat, glaube mir, du bist nicht die einzige, die ...«

Anja unterbricht ihn. »Ich mag ihn, Jens, ja, und ich schwärme auch für ihn. Man kann ja fast nicht anders. Immerhin hast auch du festgestellt, dass ihr Junges ein Schattendasein neben ihm führt. Aber ich bin doch nicht verliebt, zumindest nicht so, dass ich mir Hoffnungen machen würde. Das siehst du falsch, Jens. Meine Betrübtheit rührt von einer ganz anderen Sache her, aber darüber kann ich nicht sprechen. Sei mir bitte nicht böse. Ich bin auch im Moment wirklich nicht in Plauderlaune.«

Er sieht sie sehr ernst an, nickt zustimmend und klopft ihr freundschaftlich auf die Schulter. »Okay. Okay. Ich respektiere es. Du sollst einfach wissen, dass du einen Freund hast, wenn du wirklich mal das Gefühl haben solltest, dass es nicht mehr weitergeht.« Sie nickt ihm zu. »Danke Jens. Danke für dein Verständnis.«

Der Schulgong ertönt und die Schüler strömen zum Eingang.

5

»Jetzt dürftest du langsam mal etwas mehr Vollgas geben. Der März ist bald um und bis jetzt ist noch nichts Konkretes passiert«, wird Sandra langsam ungeduldig. »Dieser Flirt mit den Augen war ja schon mal ein schöner Anfang, muss ich zugeben. Auch, dass du bis jetzt schon zweimal unter vier Augen mit ihm zusammengesessen bist, ist ebenso lobenswert. Das zeigt doch zumindest, dass Thomasin auf Gespräche unter vier Augen gut angesprungen ist, und das wäre er nicht, wenn du ihm egal wärst. Aber jetzt müsste mal so eine richtige Annäherung passieren. Der Kumpel auf Beobachtungsposten wird auch langsam ungeduldig. Er sitzt in den Startlöchern.«

»Mensch Sandra, wir haben ausgemacht, dass ich mir Zeit lassen kann. So etwas muss wachsen. Wenn ich mich ihm an den Hals werfe, laufe ich Gefahr, dass er mich womöglich abweist und mich auf Distanz hält. Es könnte auch sein, dass er in diesem Fall Meldung an die Direktion macht. Schließlich wird Thomasin kein Risiko eingehen wollen. Und wenn Meldung an die Direktion geht, habe ich erstens meinen Ruf weg und zweitens würden meine Eltern auch davon erfahren.« Diese Äußerung hat ihre Wirkung auf Sandra nicht verfehlt. Sie macht sie nachdenklich. Irgendwie hat Anja schon recht. Daran, dass der Lehrer auf eine Mädchenanmache nicht mit wehenden Fahnen reagieren könnte, hatte sie bis jetzt noch gar nicht gedacht. Ja, und dazu, dass eventuell Meldung gemacht werden könnte, darf es auf keinen Fall hinauslaufen. Dann nämlich könnte auch ihre Gruppe auffliegen. Das ist viel zu riskant. Vielleicht müsste eine ganz andere Taktik angewandt werden. Sie überlegt, doch bevor sie sich dazu äußern kann, nimmt Anja ihre Rede wieder auf. Sie denkt dabei an Thomasin, wie einfühlsam er bei den Gesprächen war. Wie viel ihm an seiner Schülerin gelegen ist und an sein Angebot, ihr zu helfen. Vielleicht könnte sie sich geschickt aus der Affäre ziehen, indem sie eine andere Strategie verfolgt. Eine Strategie, die mit Anmache nichts zu tun hat, sondern die seinen väterlichen Instinkt weckt. Doch über diese Option will sie nicht sprechen. Stattdessen sagt sie: »Ich habe mir sowieso überlegt, dass wir uns auch mal darüber unterhalten sollten, wie wir vorgehen, wenn die ganze Sache nicht klappt. Ich meine, wenn ich spüre, dass er nicht anspringt auf meine Annäherung. Ich kann ihn ja nicht zwingen. Dann muss ich die Möglichkeit des Rückzugs haben, ohne dass du mir drohst. Oder hast du geplant, dass das Schicksal meines Bruders, auf Gedeih und Verderb, alleine in meinen Händen liegt?«

»Aalso«, beginnt Sandra langgezogen, »ja, du hast recht … teilweise. Wenn er nicht anspringt, müssen wir uns etwas anderes einfallen lassen, ganz klar. Aber wenn ich merke, dass du dies nur als Vorwand nimmst, dich nicht mehr anzustrengen, weil du dann fein raus bist, habe ich natürlich kein Verständnis. Und keine Sorge, Anja, ich werde das dann schon merken. Ich hab da ein gutes Gespür. Ich werde dich beobachten. Deshalb mein Vorschlag. Ich lasse dir Zeit bis in den Sommer. Bis dahin kannst du unseren Schönling langsam weichkochen. Wie du das anpackst, überlasse ich dir. Auf jeden Fall werden wir unseren Klassenabschlussabend vor den Sommerferien für das endgültige Corpus Delicti, also für das Beweisfoto ›*auf frischer Tat ertappt*‹, nutzen.«

Die Klasse hatte schon jetzt im Frühjahr fest vereinbart, zum Abschluss der 12. Klasse, vor den Sommerferien, zusammen mit ihrem Klassenlehrer eine Klassenfete mit Grillen und Gaudi in der Wolfsschlucht zu organisieren. Diese Feier soll eine letzte unbeschwerte Veranstaltung vor dem anstrengenden Abiturjahr sein. Und für Sandra ist es der Zeitpunkt, an dem sie endlich zuschlagen will. Sie weiß, dass sie den Erfolg jetzt unbedingt braucht, um in der Gruppe bestehen zu können, die schon recht ungeduldig geworden ist.

»Dann werden wir zuschlagen. Mein Kollege kann sich mit seiner Nachtsichtkamera schon mal auf die Lauer legen. Wo genau das sein wird, werden wir zuvor noch absprechen. Wir halten eine Woche davor einen Lokaltermin ab.« Sie ist stolz auf sich selbst, über ihre Flexibilität, bei unerwarteten Einwänden, in der Lage zu sein, taktisch zu planen. Andy wäre wahrscheinlich ebenso stolz auf sie, wenn er sie hören könnte. Euphorisch zwinkert sie Anja zu. »Na? Zufrieden mit meinem Vorschlag?« Dann pufft sie ihren Lockvogel, wie sie Anja seit Zustandekommen ihres Planes zu nennen pflegt, freundschaftlich auf den Oberarm. »Komm lächle.«

»Mir ist nicht nach Lächeln zumute«, brummelt Anja missgelaunt vor sich hin.

»Also, ich bin zuversichtlich. Das wird funktionieren, du wirst sehen. Wir werden anschließend so richtig tolle Sommerferien haben und bis die Schule wieder beginnt, wird alles schon fast vergessen sein und der normale Alltag kann wieder einkehren. Unser Kopf wird wieder frei sein fürs Abi.«

»Wer ist eigentlich dein Kollege, der sich da auf die Lauer legen will? Kenne ich den?«

Sandras Lachen erstirbt bei dieser Frage. »Das kann ich dir nicht sagen. Das ist geheim. Aber es braucht dich ja auch gar nicht zu interessieren. Es ist immer gut, wenn man nicht weiß, wer hinter einer Sache steckt. Dann kommt man auch nicht in Verlegenheit, sich zu verplappern.«

*

Thomasin schaut mit Sorge auf Anja. Wo ist ihre Unbeschwertheit geblieben? Wo ihr Lachen? Welche tragischen Umstände haben aus diesem lebenslustigen Mädchen einen so nachdenklichen Menschen gemacht. Es ist Ende Mai und an ihrem Zustand hatte sich nichts geändert. Dennoch sind ihre Leistungen erstaunlich gut ... unverändert eigentlich.

Mehrmals in der Vergangenheit hatte er versucht, sie zum Sprechen zu ermutigen. Er hätte ihr so gerne geholfen. Doch er kommt nicht an sie heran. Er blickt nachdenklich vor sich hin, während die Klasse eine Klassenarbeit schreibt. Eigentlich ist es nicht ganz so, dass er nicht an sie herankommt, so hat er zumindest den Eindruck, wenn sie ihn anschaut. Ihr Blick ... er weiß nicht, wie er es nennen soll, hat trotz der Trübsal etwas Erwartungsvolles, vielleicht auch etwas Liebevolles ... ja, liebevoll, das ist eine gute Umschreibung. Zuerst hatte er gedacht, dass sie verliebt sein könnte, unglücklich verliebt, vielleicht sogar in ihn. Aber er verwarf diesen Gedanken wieder. Verliebtheit macht keinen schwermütigen Menschen, auch wenn die Liebe nicht beantwortet wird. Und außerdem ist Anja zu vernünftig, zu intelligent, als dass sie sich Hoffnungen auf eine aussichtslose Liebe machen würde.

Kurz vor den Pfingstferien, als Thomasin gerade überlegt, ob er mal mit Anjas Eltern sprechen sollte, nimmt Anja allen Mut zusammen und macht Gebrauch von der Handy-Nummer, die ihr Klassenlehrer ihr aushändigte.

»Hallo Herr Thomasin. Ich …«, sie stockt.

»Hallo Anja. Was kann ich für dich tun?«

»Können wir uns treffen? Ich würde gerne mit Ihnen sprechen, wegen … na ja, Sie haben ja gemerkt, dass ich im Moment Probleme habe.«

»*Im Moment?* Milde gesagt, ist das eine mittlere Untertreibung. Soweit ich beobachtet habe, geht das jetzt schon Monate und ich mache mir wirklich ernsthaft Sorgen. Ich war schon drauf und dran, mit deinen Eltern zu sprechen.«

»Nein, um Gottes Willen; nein, tun Sie das bitte nicht. Auf gar keinen Fall.« Anja ist darüber ziemlich erschrocken. Sie holt erst mal tief Luft. ›*Da rufe ich ja gerade im richtigen Moment an*‹, denkt sie. Dann wiederholt sie ihre Bitte: »Können wir uns treffen?«

»Natürlich Anja. Ich hatte dir ja angeboten, dass du dich jederzeit an mich wenden kannst. Ich schlage vor, morgen Mittag nach der Schule. Ist das gut für dich?«

»Ja, das ist gut, ja.«

»Warte auf mich im Café Barcode. Ich komme dann etwas später nach. Wir sollten nicht zusammen die Schule verlassen. Für andere bietet es sehr schnell Gesprächsstoff, wenn sie sehen, dass ein Lehrer mit seiner Schülerin zusammen das Gebäude verlässt. Und das wollen wir ja vermeiden. Das kommt nie gut.« Er denkt dabei unweigerlich wieder an die schreckliche Geschichte in Karlsruhe, die ihm fast das Genick gebrochen hätte. Ja, er ist sehr vorsichtig geworden. »Und, Anja, wegen der Rückfahrt nach Kandern mach' dir keine Sorgen. Ich werde dich nach unserem Gespräch dann im Auto mitnehmen.«

»Danke, Herr Thomasin. Und bitte, bitte sprechen Sie nicht mit meinen Eltern. Sie haben ja gesagt, dass es oft sinnvoller ist, mit einem Unabhängigen zu sprechen. Es würde mir auch leichter fallen.«

»Versprochen. Bis Morgen dann.«

Nach der letzten Stunde, Anjas Klasse hatte Deutsch, hat Anja es nicht eilig das Klassenzimmer zu verlassen. Das weckt natürlich gleich Sandras Aufmerksamkeit. »Kommst du nicht?«, fragt sie ganz arglos.

»Nee, ich treffe mich mit meiner Mutter.«

Sandra grinst, fragt aber dann. »Aha. Macht ihr Einkäufe?« Sie erhält keine Antwort und meint dann: »Na ja, in diesem Fall bis Morgen. Ciao.«

Sie geht, aber nicht zum Bus, sondern versteckt sich hinter einem geparkten Auto vor der Schule, um zu sehen, wo Anja sich hinbegibt. Es geht auch nicht lange, da erscheint ihr Lockvogel. Anja bleibt einen Moment stehen, schaut in den strahlendblauen Maihimmel und zieht genüsslich die milde Luft ein. Bis jetzt war der Mai ziemlich trocken und sehr warm. Anja liebt die milden Temperaturen mehr als die Winterkälte. Am liebsten hätte sie es, wenn das Wetter das ganze Jahr so bliebe.

Sie macht sich schließlich auf in Richtung Meeraner Platz zum Café Barcode. Sandra folgt ihr in sicherem Abstand. Anja sucht sich auf dem kleinen Vorplatz des Cafés, direkt im Schutz einer Topfpalme, nahe dem künstlich angelegten Wasserkanal, einen Tisch, der vom Weg aus nicht gut eingesehen werden kann.

Unweit davon hält sich Sandra bedeckt, ihr ›Merlin‹ Smartphone schon einmal ›schussbereit‹ gezückt. Sie grinst hämisch, als sie ihren Klassenlehrer entdeckt, der gerade die Richtung zum Café einschlägt. ›Aha, die Mutter also‹. Thomasin sucht den Vorplatz kurz mit den Augen ab und entdeckt auch gleich Anja, die ihm ein Handzeichen gibt. Er blickt sich kurz um und geht dann direkt zu ihrem Tisch. Sandra platziert sich ebenso, aber nicht außen, wo alle sonnenhungrigen Gäste sitzen, sondern im Inneren des Cafés, direkt neben der weit geöffneten Glasfront zum Vorplatz, durch die die Kellner geschäftig hin- und hergehen. Sie bestellt sich einen Cappuccino und beobachtet Schulfreundin und Lehrer mit Argusaugen.

Nachdem Anja und ihr Lehrer ihre Getränke erhalten hatten, blickt Thomasin erwartungsvoll auf Anja. »Also, Anja, erzähle mir. Was liegt dir auf dem Herzen?«

Anja blickt ihren Lehrer vielsagend an. Sie weiß immer noch nicht, wie sie beginnen soll, dabei hatte sie alles schon zuvor im Geiste durchgespielt.

»Na?«, fordert Thomasin sie auf. Während die beiden intensive Blicke tauschen, schießt Sandra schon ihre ersten Fotos.

»Herr Thomasin, ich stecke in großen Schwierigkeiten. Ich werde erpresst und ich weiß nicht, wie ich mich verhalten soll ... ähm, ich meine, welche Folgen die von mir geforderten Handlungen haben werden«, bringt sie zuerst einmal ganz allgemein hervor.

»Du wirst erpresst? Wie das? Erpressbar ist man doch nur, wenn man etwas ausgefressen hat. Bei dir kann ich mir absolut nicht vorstellen, dass du etwas Illegales angestellt haben könntest«, wundert sich Thomasin.

»Nein, nein, ich habe nichts angestellt. Es ist nur so, dass ich von einer Unrechtmäßigkeit weiß und zwar von einem Menschen, der mir sehr nahe steht.«

»Um welche Gesetzeswidrigkeit handelt es sich und in welcher Form wirst du erpresst? Will man Geld von dir?«

Anja hat plötzlich Tränen in den Augen. Sie ist von der Situation total überfordert. Thomasin legt eine Hand auf Anjas Hand und kommt mit dem Gesicht etwas näher.

Die auf Beobachtungsposten sitzende Sandra ist begeistert. Das erste richtige Foto mit Berührungsszene, das sie eben schießen konnte. »Komm, geh noch näher ran«, flüstert sie.

»Erzähl mir, worum es sich handelt und womit man dich erpresst«, fordert Thomasin Anja erneut auf.

»Es ist so schwer. Ich kann es eigentlich gar nicht sagen ... ich meine, ich kann nicht konkret werden, denn wenn ich zu viel sage, kann ich der Person, die mir nahe steht, sehr schaden. Deren Leben könnte mit einem Schlag zerstört werden.« Sie macht eine Pause und fährt dann weiter: »Man will, dass ich etwas Widerwärtiges tue, etwas, das ich niemals tun möchte, auf der anderen Seite aber tun muss, will ich diese mir nahestehende Person schützen.«

Sie macht eine Pause und Thomasin schaut sie gleichzeitig ernst und mitleidsvoll an. Dann fragt Anja ihren Lehrer: »Würden Sie mich verurteilen, wenn ich etwas tun würde, das weder anständig ist, noch zu mir passt? Würden Sie mir eine Widerwärtigkeit verzeihen können, wenn Sie wüssten, warum ich sie tat?«

Die Worte seiner Schülerin erfüllen Thomasin mit Sorge. »Anja, du sprichst in Rätseln. Du deutest Gewaltiges, möglicherweise sogar Gefährliches an, ohne wirklich zu sagen, worum es geht. Wenn ich dir irgendwie helfen soll, musst du mir mehr erzählen.«

»Ich kann nicht in Details gehen. Ich … ich brauche einfach nur mal jemanden, mit dem ich reden kann, sonst drehe ich durch. Vielleicht bekomme ich im Gespräch eine Idee … sowas wie eine Wegleitung, damit ich weiß, wie ich vorgehen soll.«

Thomasin schüttelt den Kopf und setzt erneut an, in sie zu dringen. »Anja, man muss sich genau überlegen, ob man eine Person, die eine Straftat beging, schützen soll, und vor allen Dingen, in der Form schützen soll, indem man selbst etwas Unrechtes tut, während wieder jemand anderer dieses neue Unrecht mit einem weiteren Unrecht zu sühnen versucht. Um es einmal mathematisch auszudrücken: Unrecht würde sich potenzieren. Findest du nicht auch, dass jeder für seine Taten selbst die Verantwortung tragen muss?«

»Ja, normal schon …«, Anja schaut ihren Lehrer mit feuchten Augen an, »… aber in diesem Fall … es war ja nicht eine Straftat, die bewusst begangen wurde. Es war eher eine Handlung im Affekt. Man könnte auch sagen, eine Handlung unter Schock. Diese Person, von der ich spreche, ich sagte es ja schon, steht mir sehr sehr nahe ... na ja, es ist mehr als nur einfach Sympathie.«

›*Aha, also doch verliebt, und wie ich vermutet hatte, unglücklich*‹, denkt Thomasin, behält diese Vermutung aber für sich. Stattdessen versucht er, mit sachlichen Argumenten, Anja davon zu überzeugen, in blinder Liebe nicht zu weit zu gehen: »Aber wenn diese Person unter Schock handelte, lässt sich das doch erklären. Es würde wahrscheinlich mildernde Umstände geben.«

»Nein. Nein. Das Leben dieser Person würde zerstört werden.« Anja starrt auf ihre Kaffeetasse. Dann, den angstvollen Blick wieder auf ihren Lehrer gerichtet, sagt sie: »Herr Thomasin, ich habe Angst, ich schlafe schlecht, weil ich mich von der ganzen Situation überfordert fühle ... und doch ... ich kann nicht anders. Ich habe zugesagt, zu tun, was man von mir verlangt, obwohl ich nicht will ... und ich fühle mich ... ich fühle mich ... so unendlich schlecht dabei. Es belastet mich so sehr, dass ich das Bedürfnis hatte, mit jemandem darüber zu sprechen. Ja, und da Sie mir angeboten hatten, dass Sie mir zuhören würden, habe ich mich in meiner Not an Sie gewandt.«

»Das ist ja schon mal gut«, begrüßt Thomasin Anjas Entscheidung. »Eine andere Frage. Wer erpresst dich? Vielleicht kann ich mit dieser Person sprechen.«

»Nein, niemals. Diese Person hat keine Skrupel ... das war nicht immer so; es wäre falsch dies zu behaupten. Sie ist so geworden durch gewisse Umstände, die

… die wahrscheinlich auch sie überfordern … oder eher blind machen. Sie weiß nicht mehr zwischen Recht und Unrecht zu unterscheiden, zumindest habe ich das Gefühl. Diese Person steht selbst unter schlechtem Einfluss.«

Die Ellbogen auf den Tisch gestützt, faltet Thomasin seine Hände, während die ausgestreckten Zeigefinger gegeneinander gelegt vor seinem Mund ruhen. Er wirkt ernst. Dann beginnt er erneut, auf sein Gegenüber einzureden: »Anja, wenn es sich um eine kriminelle Sache handelt, musst du zur Polizei gehen. Du kannst dich nicht in etwas hineinziehen lassen, wofür man dich dann womöglich belangen kann. Deine Zukunft könnte verbaut werden. Du hast Potential, viel aus dir zu machen. Du bist intelligent, du hast ein angenehmes Wesen …«, er lächelt, »… und du hast auch noch das Glück, außergewöhnlich hübsch zu sein. Die Welt steht dir offen. Diese vielversprechende Zukunft solltest du dir nicht verbauen.« Anja errötet leicht, bei diesen Komplimenten.

»Ich kann nicht zur Polizei gehen, niemals. Es würde ein Unglück bedeuten für … ich kann nicht sagen, um wen es geht, nur so viel … und ich kann mich nur wiederholen … besagte Person steht mir sehr nahe. Aber sie haben mir noch nicht auf meine Frage geantwortet, Herr Thomasin, würden Sie mich verurteilen, wenn ich etwas tun würde, das weder anständig ist, noch zu mir passt? Würden Sie mir verzeihen können?«

»Anja, mit dem Wissen, dass du unter Druck gehandelt hattest, dass du eine liebenswerte Person schützen wolltest, würde ich niemals Veranlassung haben, dich zu verurteilen. Ich weiß, dass du ein anständiges Mädel bist und … ich mag dich. Ich mag dich wirklich. Nur, würde ich es sehr bedauern, es nicht fertiggebracht zu haben, dich davor zu schützen, etwas zu tun, was du bereuen könntest. Ich würde Mitleid mit dir haben, sollte ich überhaupt je erfahren, um welches Unrecht es sich handelt. Ich muss zugeben, es fällt mir schwer zu schweigen und zuzusehen, wie du in dein Unglück rennst.« Wieder legt er seine Hand auf die Ihre und streichelt sie leicht, wie eben ein Vater bei der Tochter. Er lächelt sie mitleidsvoll an. Ja, es ist eher ein besorgtes denn ein fröhliches Lächeln

»Bitte, Herr Thomasin, tun Sie es nicht. Bitte, sprechen Sie mit niemandem. Bitte.« Anja fleht ihn förmlich an. »Ich … ich, brauchte nur einfach jemandem, mit dem ich reden konnte. Ich wüsste nicht, an wen sonst ich mich hätte wenden sollen. Aber jetzt, da ich Angst haben muss, dass Sie über diese Geschichte reden könnten … bitte entschuldigen Sie, ich hätte Sie da nicht mit hineinziehen sollen. Ich verstehe jetzt, dass auch Sie einen Gewissenskonflikt haben.«

»Anja, es war gut, dass du mich ins Vertrauen gezogen hast. Aber, wirklich helfen konnte ich dir natürlich nicht. Dazu hast du mir zu wenig erzählt.«

»Doch, Herr Thomasin, es hat mir sehr geholfen, mit Ihnen zu sprechen. Ich fühle mich jetzt etwas besser und vielleicht komme ich trotzdem um diese Sache herum. Vielleicht weigere ich mich einfach hartnäckig, bei diesem üblen Spiel mitzumachen, auch auf die Gefahr hin, dass … «, sie spricht nicht weiter, denn an die möglichen Folgen möchte sie nicht mal denken, geschweige denn, sie aussprechen.

»Ich kann dir nur sagen, tu das! Weigere dich! Du selbst bist ja nicht in Gefahr, wenn du nicht mitspielst. Habe ich das richtig verstanden?«

Anja schüttelt den Kopf: »Nein, ich bin nicht in Gefahr.«

»Gut« Thomasin winkt den Kellner heran.

»Anja, ich würde sagen, wir beenden unser Gespräch an dieser Stelle. Wir können es gerne einmal fortsetzen, sofern du es möchtest. Vielleicht willst du mir doch noch Details anvertrauen. Aber ich höre dir auch gerne sonst zu, wenn es dir hilft. Auf jeden Fall lege ich dir noch einmal ans Herz. Weigere dich, wie du ja schon angedeutet hast. Mach' bitte keine Dummheiten. Überlege dir reiflich, bevor du etwas tust, das du ein Leben lang bereuen könntest.«

Der Kellner kommt an den Tisch und Thomasin bezahlt. Als der Kellner wieder weg ist, legt er freundschaftlich eine Hand auf Anjas Schulter und blinzelt ihr aufmunternd zu. Dann sagt er: »Ich gehe jetzt zurück zur Schule, um den Wagen zu holen. Du wartest fünf Minuten hier beim Café und gehst dann auch los. Geh' bitte zur Marie-Curie-Straße und zwar bis dahin, wo sie in die Clara-Immerwahr-Straße mündet, da wo die KBC Manufaktur ist. Kennst du die Stelle?«

Anja nickt.

»Gut. Auf dieser Straße komme ich dann gefahren und nehme dich dort auf. Ist das okay?«

Anja nickt wieder und sagt dann schüchtern: »Danke.«

Er blinzelt ihr zu. »Schon gut. Also bis nachher.«

Auf dem Weg zur Schule reflektiert er nochmals über die Unterhaltung. Es ist unglaublich, wozu Menschen fähig sind, wenn sie aus Liebe handeln. Er war von vorne herein überzeugt, dass es sich bei der nahestehenden Person, von der Anja sprach, nur um ihren Intimfreund handeln kann. Er ist auch gerührt darüber, dass Anja kein schlechtes Wort über den Erpresser verloren hatte. Im Gegenteil, sie nahm ihn noch in Schutz. Wie sagte sie doch? ›*Das war nicht immer so; die Person ist so geworden durch Umstände, die wahrscheinlich auch sie überfordern ... oder eher blind machen. Sie weiß nicht mehr zwischen Recht und Unrecht zu unterscheiden, zumindest habe ich das Gefühl. Diese Person steht selbst unter schlechtem Einfluss.*‹ Er nimmt sich auf jeden Fall vor, Anja im Auge zu behalten, um rechtzeitig einschreiten zu können, bevor sie ins Unglück rennt.

Anja hingegen ist jetzt nach dem Gespräch überzeugt, dass die Karlsruher Missbrauchs-Geschichte, von der Sandra sprach, gelogen sein muss. Thomasin ist zu anständig. Er ist zu hilfsbereit. So, wie er in letzter Zeit immer reagierte, so wie er sprach, wie er sich besorgt zeigte ... nein, in diesem Menschen stecken keine bösen Absichten. Aber, wofür will Sandra ihn bestrafen? Was treibt sie an, dass sie diesem Lehrer schaden will? Anja kann es nicht begreifen und ihr Herz ist schwer.

Sandra hatte gesehen, wie der Lehrer das Café als erster verließ. Als sie beobachtet, wie Anja fünf Minuten später ebenso losgeht, ist sie zufrieden, denn sie denkt da schon wieder an eine Taktik, die sich Anja wahrscheinlich ausgedacht hatte. ›*Jetzt geht's los*‹, freut sie sich. ›*Wunderbar, Anja schreitet zur Tat.*‹ Nur hat sie das Gefühl, dass das Lockvögelchen ja auch etwas hätte sagen können, damit sie, Sandra oder auch Ralph, der dritte im Bunde, in Position hätten gehen können. Auf der anderen Seite ist sie lieber vorsichtig. Sie will schließlich sehen, ob Anja sie vielleicht doch hintergehen will, wenn die beiden schon so geheimnisvoll tun.

Sie hatte ihren Cappuccino auch gleich bezahlt, damit sie sofort loslegen kann, um Anja zu verfolgen. Sie ist sehr zufrieden. Das Bildmaterial, das sie bis jetzt schon zusammen hat, lässt sich sehen. Sie ist überzeugt, dass sich da noch einige, weit interessantere Bilder hinzugesellen werden.

Anja geht über die Fabrikstraße, am Hieber-Markt vorbei, hinunter bis zur Marie-Curie-Straße und dann nach links die Straße entlang bis zur Einmündung in die Clara-Immerwahr-Straße. Dort wartet sie, wie ihr geheißen.

Sandra kam in sicherem Abstand hinterher. Als ihr Lockvogel stehenbleibt, um dort zu warten, versteckt sie sich in der dicht bewachsenen Stadt-Grünzone hinter den Büschen und Bäumen. Doch diese Position, obwohl schon ziemlich nah, ist ihr immer noch zu weit entfernt und so wagt sie es, sich näher heranzupirschen. Als Deckung nutzt sie die geparkten Autos auf dem Parkplatz der KBC Manufaktur, der an die kleine Grünzone angrenzt. Sie ist froh, dass der Platz im Moment nicht mehr eingezäunt ist. Der Zaun wurde nämlich entfernt, weil eine neue Konstruktion geplant ist. So kommt sie ziemlich nah heran. Sie muss auch nicht lange warten, denn keine zwei Minuten vergehen, bis der weiße Mercedes von Thomasin naht und am Straßenrand anhält. Anja steigt ein, während Sandra alles mit ihrem Smartphone aus nächster Nähe festhält.

6

»Na, wie war's gestern?«, fragt Sandra scheinheilig.

Anja schaut ihre Banknachbarin verdutzt an. »Wie war was?«

»Na, ich meine, hat's Spaß gemacht?«

»Hä, wovon redest du?«, fragt sie zurück, im Moment wirklich nichts begreifend.

»Gestern war doch Shopping angesagt, in Lörrach mit deiner Mutter«, antwortet sie und hatte dabei ein Grinsen aufgesetzt, das von Ironie nur so strotzte.

Leichte verräterische Röte steigt in Anjas Gesicht. Sie weiß nicht, wie sie reagieren soll. Soll sie das Lügenspiel weiterspielen und erzählen, wie toll es war beim Einkauf. Sie würde blöd dastehen, wenn Sandra etwas ahnte oder gar wusste. Aber woher? Sie kann unmöglich etwas mitbekommen haben. Sie und Thomasin waren doch sehr vorsichtig. Keine bekannten Gesichter waren in der nächsten Umgebung zu sehen. Andererseits dieses blöde Grinsen in Sandras Gesicht ist ziemlich vielsagend. Oder hatte der dritte Mann sie aufgespürt? Das kann doch aber auch nicht sein. Woher hätte er wissen sollen, dass sie sich gerade gestern gleich nach der Schule mit Thomasin treffen würde? Er müsste ja immer in ihrer Nähe sein und sie auf Schritt und Tritt verfolgen. Vielleicht wurde er aber auch von Sandra informiert, weil sie gestern nach der Schule nicht gleich nach Hause ging. Möglicherweise ist er ihr dann gefolgt. Da sie keine Ahnung hat, was Sandra weiß, beschließt sie, eine unverfängliche Strategie aufzufahren, so dass sie betreffend Einkaufsbummellüge nicht dumm dasteht und so sagt sie: »Interessiert es dich wirklich? Oder willst du mich nur auf die Probe stellen?« Mit dieser Antwort hatte sie sich nicht festgelegt; weder auf den Einkaufsbummel, noch auf irgendetwas anderes, das sie gerne vertuschen würde. Noch ist sie nicht sicher, ob Sandra wirklich etwas weiß und sie womöglich nur herausfordert.

»Big Brother is watching you«, sagt Sandra mit ziemlich überlegener Miene.

Anja ballt unwillkürlich ihre Fäuste. Innerlich ist sie total aufgewühlt. »Wer ist Big Brother? Der dritte Mann?«, fragt sie.

»Big Brother ist eigentlich Big Sister«, erklärt Sandra stolz. »Ich habe doch gesagt, dass ich auf dich aufpassen werde, um zu sehen, ob du dich auch wirklich an unsere Abmachungen hältst. Aber du brauchst dich nicht zu zieren. Du hast ja einen guten Job gemacht. Alles in Ordnung. Der Coup kann langsam zum Erfolg kommen.«

Dass Anja sich bei ihrem Lehrer outete, indem sie von der Erpressung und ihrer Angst sprach, kann Sandra nicht wissen, denn gehört hat sie ja nichts. Dazu war sie zu weit entfernt. Für sie sah es aus, als handle es sich um eine sehr angeregte Unterhaltung mit Austausch von Zärtlichkeiten, wenn auch noch sehr zurückhaltend, dennoch schon vielversprechend.

»Ja, doch, es war wirklich gut«, wiederholt Sandra ihr Lob und zückt ihr Smartphone. Bevor sie die Bilder öffnet, blickt sie um sich, um sicher zu gehen, dass niemand Zeuge ihres Gesprächs würde. Sie öffnet als erstes gleich mal das verfänglichste Bild. Es ist das, auf dem Thomasin seine Hand auf Anjas Hand legte während er mit seinem Gesicht sehr nahe an das Ihre kam. Die Geste wirkt sehr liebevoll. Ja, man könnte daraus viel Zuneigung herauslesen.

Anjas Herz schlägt ihr bis zum Hals. Ihr wird ganz flau im Magen, denn damit, dass sie bespitzelt wurden, hatte sie zu allerletzt gerechnet, zumal sie ja wirklich sehr vorsichtig vorgegangen waren.

Das nächste Bild ist ein ähnliches, nur da hat Thomasin seine Hand freundschaftlich auf Anjas Schulter gelegt und er lächelt. Was man jedoch nur ahnen, aber, wegen der Profil-Aufnahme nicht so deutlich erkennen kann, das ist, dass seine Augen gewisse Besorgnis ausdrücken. Ein weiteres ähnliches Bild überspringt sie und geht gleich zur Szene, in der Anja in den Mercedes einsteigt und ein weiteres, wie beide, nebeneinander sitzend, sich sehr liebevoll anlächeln, so kommt es Sandra auf jeden Fall vor. Bei genauerer Betrachtung und mit dem nötigen Feingefühl hätte sie erkennen können, dass Thomasins Augen eher Besorgnis ausdrückten.

Es folgt ein betretenes Schweigen. Anja ist wie betäubt und diesmal ist es Sandra, die nichts zu begreifen scheint. »Sag mal, was hast du denn jetzt? Es ist doch alles okay. Du hast wirklich einen guten Job gemacht. Er scheint total auf dich abgefahren zu sein. Besser hätte es doch gar nicht laufen können. Nur finde ich, dass du mir hättest Bescheid geben können ... für den ersten richtigen Annäherungsversuch. Da musste ich mich anschleichen, wie ein Dieb.«

Anja denkt nur daran, wie Thomasin, arglos wie er war, ihr seine Hilfe angeboten hatte. Sie fühlt sich so unendlich elend. Der ersten zarten Röte die ihr Gesicht überzog, als sie sich ertappt fühlte, folgt plötzlich eine aschfahle Blässe. Sie könnte laut schreien. Dieses Schulterklopfen, dieses Handauflegen, von dem sie wusste, dass dies Gesten der Anteilnahme waren, Gesten, die Thomasins Hilfsbereitschaft ausdrückten, genau diese Gesten sollten ihm zum Verhängnis werden? Plötzlich überkommt Anja Panik. Sie starrt auf den Boden vor sich, in den sie am liebsten versinken würde. Sie hätte ihn nicht hineinziehen dürfen. Sie hätte gleich Klartext mit ihm reden sollen … vielleicht hätte sie sich, bei aller Liebe zu ihrem Bruder, nicht auf dieses üble Spiel einlassen sollen. Gibt es jetzt überhaupt noch ein zurück, wie sie bei Thomasin angedeutet hatte? Sie schüttelt fast unmerklich den Kopf … ›es ist zu spät‹, denkt sie, während sie weggeht und die verdutzte Sandra einfach stehen lässt. Diese erholt sich aber schnell von ihrer Sprachlosigkeit.»Die spinnt halt manchmal ein bisschen«, sagt sie leise vor sich hin.

Morgen 31. Mai ist wieder Neumondtreffen und da hat Sandra den Mitgliedern der BMG auf jeden Fall einiges zu erzählen und zu zeigen. Sie ist ziemlich stolz und erwartet mit Ungeduld den morgigen Termin. Da kann sie über ihren Erfolg, den sie ja auch unbedingt vorweisen musste, um in der Gang nicht in Ungnade zu fallen, berichten. Sie lächelt zufrieden.

Ja, und heute ist der letzte Schultag vor den Pfingstferien, das heißt, die nächsten zwei Wochen wird nichts passieren. Auf den 18. Juli, knapp eine Woche vor den Sommerferien, ist in der Wolfsschlucht dann die Klassenfete angesagt und da kann es dann richtig zur Sache gehen. Da muss Anja sich ihrem Lehrer an den Hals schmeißen. Wie und wo genau sie es machen soll, wird vorher noch genau festgelegt. Sie muss ihn ja ein bisschen von der Klasse weglocken. Es darf schließlich niemand etwas mitbekommen. Nicht einmal ihrer besten Freundin Lisa hatte sie etwas erzählt. Diese hatte sich sowieso in der letzten Zeit etwas von ihr zurückgezogen. Sie hat das Gefühl, dass sie sich deren Verschwiegenheit nicht mehr hundertprozentig sicher sein kann.

An diesem Samstag muss Sandra sich nicht aus dem Haus schleichen. Sie verlässt das Elternhaus schon um zehn und verabschiedet sich mit den Worten, dass es spät werden könnte, weil sie mit ein paar Freunden in die Disco möchte. Die Eltern, die eigentlich nie streng mit ihrer Tochter umgingen, da sie sie nicht mit zu strengen Regeln isolieren wollten, haben da keine Einwände. Außerdem wird ihre Tochter dieses Jahr im August achtzehn Jahre alt, also ist sie alt genug, um zu beurteilen, was gut oder schlecht für sie ist. Sie vertrauen ihrer Tochter blind. Dass sie sich kurz vor Mitternacht mit einer sektenähnlichen Gang treffen wird, ahnen sie natürlich nicht.

Andy befragt sie zu ihrem neuen Auftrag und ganz stolz präsentiert Sandra ihre Bilder, die in der Gemeinschaft ziemlich gut ankommen. Sie dichtet auch noch einiges hinzu, um noch mehr Lorbeeren zu ernten. Sie erzählt, wie der Lehrer und Anja sich romantische Worte zusäuselten. Sie erzählt aber auch, dass die ganze Sache jetzt schnell über die Bühne gehen sollte, da Anja zu schwanken beginnt. »Wir müssen aufpassen. Es ist jederzeit damit zu rechnen, dass sie kalte Füße bekommt und kneifen, oder schlimmer sogar, sich bei ihrem Lehrer outen wird. Deshalb bitte ich den BMG-

Leader ...«, sie verneigt sich in Richtung Andy, »... um Anweisung für das weitere Vorgehen.« Andy nickt ihr ebenfalls zu, überlegt einen Moment, bittet sie, noch etwas konkreter zu werden und unterbreitet danach seinen Vorschlag. Er will mit der Gang einen Brief, der an die örtliche Polizei adressiert ist, aufsetzen, um so den Druck auf Anja zu erhöhen. Er schaut in die Runde. Jeder der Mitglieder nickt zustimmend. Auch Sandra nickt, obgleich sie innerlich gegen Zweifel ankämpft. Sie sieht vor ihrem geistigen Auge, wie Anja bei der mündlichen Drohung schon zusammengeknickt war. Wie würde es erst für sie werden, wenn sie ihr diesen Brief, der ihren Bruder denunzieren soll, unter die Nase hält und erklärt, dass er frankiert zum Versand bereitliegt. Doch niemals würde Sandra sich getrauen, diese Zweifel laut zu äußern.

Somit wurde der Vorschlag zur Durchführung bei Bedarf angenommen. Andy murmelt, wie immer unverständliche Worte, bevor er gegen halb zwei am Morgen die Versammlung aufhebt.

Keiner der Gangmitglieder nahm wahr, dass sie, wie schon so oft während ihrer Sitzungen, von einem Augenpaar in der nahe gelegenen Höhle beobachtet wurden.

Als sie ihren Versammlungsplatz verlassen - die einen in Richtung Hammerstein, die anderen, unter ihnen Andy und Sandra, über die Schiene des Chanderli in Richtung Papierweg - beeilt sich Sandra in die Nähe von Andy zu kommen. »Hej, Andy, warte mal«, ruft sie ihm zu. Andy blickt um sich, als befürchte er, beobachtet zu werden. Er verlangsamt seinen Schritt. Es ist ziemlich still in der Umgebung, Kandern scheint zu schlafen. Er blickt sie mit eisigen Augen an und fragt: »Was willst du?«

»Nun, wir haben uns schon lange nicht mehr privat getroffen. Ich habe Sehnsucht nach dir.«

»Ich war ziemlich beschäftigt. Ich werde dich wissen lassen, wenn ich wieder mehr Zeit habe, dann können wir uns wieder mal ganz privat treffen.«

Sehnsüchtig schaut sie ihn an. »Ich liebe dich doch, Andy. Ich möchte dir nahe sein. Könnten wir nicht jetzt wenigstens noch irgendwohin gehen, etwas trinken?«

»Du hast gehört, was ich sagte. Ich werde es dich wissen lassen, wann der Zeitpunkt da ist und so lange musst du dich gedulden. Hörst du?«

»Ich habe so gute Arbeit getan, um dir zu gefallen und du bist so kaltschnäuzig zu mir.«

»Du hast gute Arbeit getan, nicht um mir zu gefallen, sondern um der Gruppe zu dienen ... und meinetwegen auch zu gefallen. Wann begreifst du endlich, dass du Privates mit Nicht-Privatem zu trennen hast?«

»Aber jetzt, in diesem Moment sind wir doch privat. Die Sitzung ist vorüber. Warum kannst du mich nicht jetzt gerade in die Arme nehmen, um mir zu zeigen, dass auch du mich wirklich liebst?«

»Du weißt, dass ich dich liebe. Ich muss es dir nicht immer wieder neu beweisen. Und du weißt auch, dass Gefühlsduselei nicht mein Ding ist. Deine Bedürfnisse indessen zeigen mir, dass du noch nicht gewachsen bist. Du brauchst noch eine gewisse Zeit in der BMG, um einen höheren Level zu erreichen. Schau dir Sonja an. Die ist schon ziemlich weit. Die steht kurz vor der höchsten Stufe. Strenge dich an und du wirst belohnt werden. Und jetzt geh' nach Hause. Gute Nacht.« Mit diesen Worten dreht er sich weg und geht mit schnellen Schritten davon. Sandra steht da, Tränen steigen in ihre Augen. Es sind Tränen der Wut und Enttäuschung. Sie möchte so gerne gut sein, sie möchte anerkannt sein und vor allen Dingen möchte sie von Andy, für den sie alles tun würde, geliebt werden. Und sie stellt fest, dass sie trotz ihres jüngsten Erfolges immer noch ein gutes Stück von der Position, die sie in der Gang anstrebt, entfernt ist. Innerlich ziemlich aufgewühlt, läuft sie langsam nach Hause.

Das schöne Wetter vom Mai setzte sich in den Juni fort. Es war in den ersten zwei Wochen schon ungewöhnlich heiß. Wenn es so bleibt, könnte es ein Jahrhundertsommer werden. Während der ganzen Pfingstferien blieb Sandra zu Hause. Im Normalfall hätte sie sich, wie alle anderen, die Zeit hatten, auch im Schwimmbad getummelt. Doch sie ging nicht aus, traf sich mit niemandem, stattdessen lernte sie, zur Überraschung ihrer Mutter, viel für die Schule. Die Mutter beobachtete den Lerneifer ihrer Tochter mit Stolz, weil sie annahm, dass dies im Hinblick auf einen hoffentlich guten Abi-Abschluss geschah. Sie schien, was ihre Tochter anbelangt, irgendwie blind zu sein. Für die Eltern war ihr Mädel gescheit, fleißig, vernünftig, einfach ihr Vorzeigeobjekt, auf das sie stolz sein konnten. Sie nahmen nicht wahr, wie Sandra oft apathisch dasaß und grübelte. Sie spürten nicht, dass Sandra vielleicht auch einmal in die Arme genommen werden wollte. Sandra hatte schon immer das Gefühl nur zu funktionieren, um den Eltern zu gefallen. Und ebenso funktioniert sie, um Andy zu gefallen.

Während sie in Gedanken vor sich hinstarrt, wechseln sich vor ihrem inneren Auge Bilder ab. Bilder von Anjas Beschattung, den Mondtreffen, den Mitgliedern, insbesondere von Sonja, die ihr als Vorbild vorgehalten wurde und natürlich von Andy. Ihr Kopf ist ein wildes Durcheinander, ein ungestümes Wirbeln von Bildern.

Im tiefsten Innern ist Sandra auch eifersüchtig auf Anja. Anja sieht so gut aus, viel besser als sie selbst und sie ist eine hervorragende Schülerin, ohne dass sie so büffeln muss, wie so manche andere in der Klasse, einschließlich sie selbst. Anja hat ein liebevolles Elternhaus, einen Bruder, den sie liebt. Und zusätzlich kann Anja alles haben, was sie will, weil ihr alles zufliegt. Sogar der tolle Klassenlehrer, der Schwarm aller Mädchen, ist auf ihr Engelsgesicht und ihre sympathische Art abgefahren.

Und sie selbst? … Andy hält sie in letzter Zeit auf Distanz. Am Anfang war er ja noch aufmerksam und liebevoll. Doch jetzt ist er abweisend kalt und überhaupt nicht zärtlich und schon gar nicht romantisch. Alles spielt sich im Schatten der BMG ab, weil jedes Verhalten nüchtern mit den Gang-Regeln erklärt wird. Dabei hatte sie sich doch so sehr nach liebevoller Wärme gesehnt, weil sie all das nie wirklich hatte.

Anerkennung. Liebe. Zärtlichkeit. Zugehörigkeit. All diese Grundbedürfnisse, so scheint es ihr, sollten ihr nicht vergönnt sein, denn ihre Eltern hatten dazu keine Zeit, waren mit sich und ihrer beruflichen Karriere selbst beschäftigt. Sogar die Zugehörigkeit zur Gang muss sie sich schwer erarbeiten. Sie muss plötzlich Dinge tun, an die sie zuvor nicht einmal im Traum gedacht hätte. Und sie muss immer die Coole sein, die nichts erschüttert, die über allem steht, besonders darüber, was nur entfernt mit empathischen Emotionen zu tun haben könnte. Und sie spielt diese Coolness-Rolle, obwohl ihre eigentliche Natur genau dem Gegenteil entspricht.

Es ist der letzte Tag der Pfingstferien und ein Tag vor dem Vollmondtreffen, als Sandra einen Anruf von Anja erhält. Sandra versucht gelassen zu wirken. »Hallo Anja. Das ist aber eine Überraschung. Wie geht's? Was hast du über die Ferien gemacht? Seid ihr weggefahren?«, überschüttet sie ihre Schulfreundin mit Fragen, um ihre momentane innere Zerrissenheit nicht durchscheinen zu lassen.

»Ich habe die Ferien alles andere als genossen. Mich belastete die ganze Sache mit der Erpressung.«

»Also Anja, betrachte es locker. Nennen wir es mal nicht Erpressung, sondern … hm … nennen wir es mal Eigentumsverschiebung. Jemand, der viel hat, gibt ein bisschen ab an den, der weniger hat.«

»Sandra, hör doch auf mit diesem Wortspiel. Mit deinen konstruierten Formulierungen machst du ein kriminelles Vorhaben nicht besser. Du weißt ganz genau, dass es sich um Erpressung handelt und zwar gleich um zwei: du willst von Thomasin Geld erpressen, indem du ihn in eine Falle locken willst und setzt dabei mich unter Druck. Du willst also eine Erpressung mit einer Erpressung durchsetzen.«

»Okay, nennen wir es Erpressung, wenn du dich mit dieser Formulierung wohler fühlst.«

»Ich fühle mich überhaupt nicht wohl bei der ganzen Sache, egal wie wir es nennen.«

»Okay, du fühlst dich nicht wohl dabei. Das ändert aber nichts an der Tatsache, dass wir schon so weit gegangen und unserem Ziel schon so nahe gekommen sind, also zu weit und zu nahe, um jetzt umzukehren.« Sandra sagt nicht, dass es ihr eigentlich auch lieber wäre, wenn sie die ganze Geschichte abblasen könnten. Aber das geht nun mal nicht mehr. Sie hat Angst vor den Konsequenzen, die die Gruppe daraus ziehen würde. Sie hat einen Eid abgelegt, und die Konsequenz würde Bestrafung bedeuten, und wie sie mittlerweile weiß, würde diese nicht einfach nur darin bestehen, dass sie ausgeschlossen würde. Als Ausgeschlossene nämlich könnte sie der Gemeinschaft empfindlichen Schaden zufügen. Die Gang ist da knallhart und ganz besonders Andy.

Sandra überlegt kurz, wie sie jetzt weiter verfahren sollte, um Anja erst einmal zu beruhigen. Morgen ist ja wieder Vollmondtreffen und da kann sie sich mit den Mitgliedern über das weitere Vorgehen beraten. Bis dahin muss sie Anja hinhalten. »Hör Anja, wenn du willst, können wir darüber sprechen. Aber nicht jetzt am Telefon. Ich treffe mich morgen mit dem, wie du ihn immer nennst, dritten Mann. Dann können wir zusammen einen Termin vereinbaren und darüber diskutieren … vielleicht sogar darüber, ob wir das Ganze abblasen sollen. Ist das gut so?«

Anja gibt nicht gleich Antwort. Sie überlegt einen Moment und sagt dann: »Also, das will heißen, dass du an einen eventuellen Rückzug denkst, was ebenso auch bedeutet, dass du die Bilder in deinem Smartphone löschst und auch meinen Bruder nicht in die Pfanne haust?«

»Exakt, das will es heißen«, sagt sie mit ruhiger Stimme, obwohl sie alles andere als ruhig ist. Sie ist sich jetzt schon sicher, dass dieser Fall nie eintreten wird. Aber jetzt kann sie sich erst mal auf das Mondtreffen konzentrieren und darauf, wie sie es diesmal wieder anstellen soll, um nicht gleich bei der Gang in Ungnade zu fallen.

Die Vollmondsitzung vom 14. Juni gab keine definitive Empfehlung ab. Das Abfassen des Briefes an die Polizei, wurde noch vertagt. Die Mitglieder erbaten sich eine Bedenkzeit und so wurde das Thema auf das Neumondtreffen am 29. Juni verschoben.

Der Auftrag bis zu diesem Termin hieß, dass die Mitglieder, neben der besprochenen Sache mit dem Brief, sich zusätzlich noch konkrete Vorschläge über das weitere Vorgehen überlegen und bei der nächsten Sitzung unterbreiten sollten. Dann soll über eine definitive Variante abgestimmt werden.

Sandras Ansehen hatte natürlich in diesem Zusammenhang einen empfindlichen Knacks erlitten. Denn, sobald die Gruppe eingeschaltet werden musste, damit sie das weitere Vorgehen eines Projekts diskutiert und Vorschläge unterbreitet, weil der Auftragnehmer nicht mehr weiter weiß, ist immer ein schlechtes Omen für ein erfolgreiches Fortkommen in der Gang. Dieses Projekt ist dann nicht mehr das Projekt des Auftragnehmers, bei dem dieser die Anerkennung der Gruppe verdienen kann, sondern das Projekt der Allgemeinheit.

Andy hatte sie natürlich zum Abschluss der Sitzung ziemlich scharf angeschaut. Sein kalter Blick traf Sandra mitten ins Herz. Sie fühlte sich elend.

7

Anja wartet beim vereinbarten Platz in der Wolfschlucht. Hinter ihr, ein Knacken im Geäst lässt sie erschrocken herumfahren. Sie sieht nur eine Gestalt wie ein drohender Schatten auf sich zukommen. Entsetzt reißt sie die Augen auf. »Nein«, kommt es nur flüsternd über ihre Lippen, dann trifft mit voller Wucht die Schlagplatte eines Beils ihre rechte Schläfe. Es kracht, als wäre ihr Schädel zersprungen. Dieser kräftige Hieb schleudert sie regelrecht zurück. Mit dem Hinterkopf schlägt sie hart an einem Stein hinter sich auf. Totale Finsternis umgibt sie.

Thomasin steht bewegungslos da und schaut von Entsetzen erfüllt auf die Tote, die vor ihm auf dem Waldboden in der Wolfsschlucht liegt. Anja hatte ihn per SMS hierherbestellt. Sie wollte etwas Wichtiges mit ihm besprechen.

Sein Gesicht ist aschfahl, seine Stirn schweißnass. Er blickt in das ebenmäßige Gesicht seiner Schülerin. Sie wirkt noch immer wunderschön. Man könnte meinen, dass sie einfach nur schlafe, wäre da nicht diese klaffende, blutende Wunde an ihrer rechten Schläfe. Er fühlt sich hilflos.

Die wunderbare Nachricht, die ihn so unendlich glücklich machte, ist jetzt von diesem schrecklichen Zwischenfall überschattet. Patrizia hatte ihm nämlich vor zwei Tagen eröffnet, dass sie ein Baby erwartet. Er schwebte bei dieser Nachricht im Glück. Und nun dies.

Ihn überkommt plötzlich Panik. Er blickt um sich, ob noch jemand hier in der Nähe ist. Er will schließlich nicht bei der Leiche entdeckt werden. Doch kein Mensch zu sehen. Er untersucht geistesgegenwärtig die Tote. Er muss Anjas Handy finden, unbedingt. Anja ist in Anbetracht des diesjährigen Extremsommers mit seinen hohen Temperaturen ziemlich leicht bekleidet. Eigentlich müsste er ihr Handy, wenn es an ihrem Körper wäre, sofort gefunden haben, doch es ist nicht da. Er blickt verzweifelt um sich. Sucht den unmittelbaren Waldboden ab. Aber er kann nichts entdecken. Wieder schaut er um sich. Nur Bäume und Felsen, sonst nichts, weit und breit. Jetzt an diesem heißen Julinachmittag scheint sich niemand außerhalb der Wohnung in der Gluthitze aufhalten zu wollen. Doch die Höhlen der Wolfschlucht scheinen Augen zu haben. Wieder ist es das Augenpaar eines blonden Jungen, das die Szene beobachtet und auch dieser Junge steht unter Schock. Er wagt kaum zu atmen ... und diesmal ist er nicht allein.

Siedend heiß fällt Thomasin ein, dass heute am späten Nachmittag, drei seiner Schüler kommen wollen, um den Platz für die morgige Klassenfete vorzubereiten. Panikartig, wie von Hunden gehetzt, verlässt er strauchelnd diesen Ort des Grauens. Um ein zufälliges Zusammentreffen mit seinen Schülern zu vermeiden, nimmt er einen Umweg über den Böscherzenweg, oberhalb der Wolfschlucht, vorbei am Golfplatz. Innerlich ist er total aufgewühlt, der Schrecken steht ihm ins Gesicht geschrieben. Als Patrizia ihn in dieser Verfassung nach Hause kommen sieht, ist sie besorgt. »Um Himmels Gottes Willen, Heiko, was ist los? Du bist ja schneeweiß im Gesicht und schweißnass. Bist du krank?«

»Nein«, sagt er nur, »es ist einfach heiß.«

»Heiß ist es doch schon seit Wochen, aber bis jetzt hast du deswegen noch nie so erschöpft und krank gewirkt.«

»Ja, im Moment fühle ich mich tatsächlich nicht sehr wohl«, sagt er, seinen wirklich gefühlten Zustand verunglimpfend, denn genau genommen fühlt er sich hundeelend. Um weiteren Fragen aus dem Weg zu gehen, fügt er hinzu: »Ich lege mich ein bisschen hin. Vielleicht spielt ja nur der Kreislauf verrückt. Es wird sicher gleich wieder vergehen.«

Am selben Tag, zwei Minuten vor siebzehn Uhr, geht beim Polizeiposten in Kandern ein Notruf über 110 ein. Der einzige noch anwesende Beamte wollte eigentlich gerade nach Hause gehen, denn um fünf Uhr endet sein Dienst und danach würde der Notruf nach Weil am Rhein umgeleitet. Er verzieht widerwillig sein Gesicht. ›Shit‹, denkt er, ›nur zwei Minuten und ich hätte Feierabend gehabt.‹ Er nimmt schließlich ab. »Polizeiposten Markgräflerland, Kandern, Sie sprechen mit Polizeikommissar Ingmar Berger.«

Es sind drei Schüler, Oliver, Jens und Julia, die in die Wolfsschlucht kamen und soeben die Leiche ihrer Schulfreundin Anja entdeckten. Sie stehen unter Schock. Vor allem Jens ist es schwer ums Herz. Hier liegt *seine* Anja, die er doch so sehr verehrte ... tot ... einfach tot.

Berger vernimmt eine jugendliche, sehr bedrückte Stimme: »Guten Tag, Herr Berger, mein Name ist Jens Wohlleb ...« Er stockt, während Berger entnervt mit den Augen rollt, denn eigentlich will er in seinen wohlverdienten Feierabend. Mit einem etwas ungeduldigen »Ja?«, fordert er den Anrufer auf, sein Anliegen endlich vorzubringen.

Jens fällt das Sprechen schwer. Dann reißt er sich zusammen und stammelt: »Hier in der Wolfschlucht … ähm … wir haben unsere Klassenkameradin Anja Sailer hier gefunden. Sie ist tot … glaube ich.«

»Was?«, entfährt es Berger erschreckt. »Was ist passiert? Hatte sie einen Unfall?«, fragt er.

»Weiß nicht … ich glaube … ähm wir glauben nicht … es sieht nicht nach Unfall aus.«

»Was heißt ›*wir glauben nicht*‹? Wer ist ›*wir*‹?«

»Wir sind drei Schüler vom Hans-Thoma-Gymnasium und kamen kurz vor fünf Uhr hier her, weil wir den Grillplatz vorbereiten wollten für unsere Klassenfete morgen. Ja, und da fanden wir Anja. Sie hat eine blutende Kopfwunde. Es sieht so aus, als … als … hätte jemand sie erschlagen. Es … es ist so schrecklich.«

Berger schluckt hörbar und sagt schließlich: »Bitte, rührt nichts an, haltet Abstand zum Tatort, mindestens zehn Meter im Umkreis, und lasst auch niemanden anderen näher heran … ihr wisst schon … wegen der Spurensicherung. Wir kommen sofort«, erhalten die Jugendlichen sehr eindringlich die in solchen Fällen üblichen Verhaltensmaßregeln, denn die Spurensicherung am Tatort ist jetzt erste Pflicht. Berger weiß aus Erfahrung, dass eine Aufklärung in der ersten Woche am wahrscheinlichsten ist. Danach würde es schwierig werden. Nachdem er aufgelegt hatte, wählt er die Nummer des Bereitschaftsarztes, um ihn über den eben gemeldeten, ungeklärten Todesfall zu informieren. Während des Freizeichens sagt er leicht genervt leise zu sich »good bye Feierabend - geh' schon mal vor, ich komm dann nach; hab noch was zu tun«. Anschließend informiert er, wie üblich, die Kripo Lörrach, die ihrerseits den Erkennungsdienst mobilisiert.

Berger kommt zeitgleich mit dem Arzt an, der nach kurzer Untersuchung den Tod, verursacht durch enorme Gewalteinwirkung von vorne mit einem flachen, kantigen Gegenstand, feststellt. Der Täter muss ein Linkshänder gewesen sein. Während der Arzt die Leiche untersuchte, hatte Berger den Tatort schon mal großräumig abgesperrt.

Sich nur leise unterhaltend, warten die drei Jugendlichen bei der Feuerstelle in gebührendem Abstand zum Tatort und harren der Dinge. Sie wirken traumatisiert. Während Berger sich in ihre Richtung aufmacht, um sie noch zu befragen, denkt er unweigerlich an seinen verpassten Feierabend. ›*Ihr habt mit eurem Timing dafür gesorgt, dass es für mich ein langer Arbeitstag wird. Zwei Minuten später, und ich wäre fein raus gewesen.*‹ Schnell holt er sich aber wieder auf den Boden des Hier und Jetzt zurück. Es ist ja nicht so, dass es das erste Mal wäre, dass er zur Unzeit an Schauplätze von Unfällen oder Verbrechen gerufen wird. Traurig genug ist der Anlass dieser aufgezwungenen Überstunden ja allemal.

Er nimmt die Personalien und Wohnadressen der Jugendlichen auf. Die beiden Jungs, Jens Wohlleb und Oliver Kaiser, sind in Lörrach, das Mädchen, Julia Heitz, in Binzen zu Hause. Bevor er die drei entlässt, stellt er kurz noch ein paar Fragen über Anja. Er möchte wissen, was für ein Mädchen sie war, ob sie Freunde hatte, ob sie in der Klasse anerkannt war, ob sie eine gute, mittelmäßige oder eher schlechte Schülerin war und ob in letzter Zeit vielleicht etwas vorgefallen sei oder ob eine Veränderung in ihrem Verhalten festzustellen war, die auf einen geänderten, schlechten Umgang, womöglich gar mit Drogenkonsum, hinwiesen. Er erfährt dabei, dass die sonst recht lebenslustige Anja, die zudem eine sehr gute Schülerin war, in den letzten Monaten sehr still und zurückhaltend wirkte, dass sie aussah, wie jemand der massiv Sorgen hatte, aber niemanden an sich heranließ. Auch dem Klassenlehrer muss es aufgefallen sein, denn er hatte des Öfteren das Gespräch unter vier Augen mit ihr gesucht. Seit wann denn diese Wesensänderung feststellbar gewesen sei, will er noch wissen und erfährt, dass es seit Anfang dieses Jahres erstmals auffiel. Jens meint abschließend noch, dass er glaube, Anja sei wohl in ihren Klassenlehrer, Herrn Thomasin, verliebt gewesen, dass sie es zwar strikte verneint habe, doch für ihn habe es dennoch danach ausgesehen. Sie habe sich dem Lehrer aber nicht aufgedrängt. Im Gegenteil. Sie war eher zurückhaltend, allerdings habe man es doch irgendwie gespürt. Die Frage, ob es zwischen ihr und dem Lehrer vielleicht doch zu einer Annäherung gekommen sei, beantwortet er damit, dass er es nicht glaube. Nein, er könne es sich eigentlich auch gar nicht vorstellen. Der Thomasin hätte sich niemals auf eine Affäre mit einer Schülerin eingelassen. Dazu sei er viel zu korrekt.

»Nun, ich denke, das reicht fürs Erste. Das sind schon mal ein paar Anhaltspunkte. Es wird sicher noch einige Fragen geben. Die Kripo Lörrach wird euch dann kontaktieren. Aber jetzt habt ihr eure Sache erst einmal gut gemacht. Danke.« Mit diesen Worten entlässt er die drei. Er hatte sich schon abgewandt, als er sich nochmals umdreht und den dreien nachruft.

»Ähm, hallo!«

Die drei bleiben abrupt stehen und wenden sich wie am Schnürchen gezogen zu ihm herum.

»Bitte kein Wort, zu niemandem«, sagt Berger, »noch nicht. Ich will nicht, dass die Eltern diese schreckliche Nachricht über den Buschfunk erfahren. Ich werde diese unangenehme Aufgabe selbst übernehmen und es ihnen in würdigem Rahmen beibringen. Klar?«

»Klar.« Die Schüler holen ihre Fahrräder, die an einen Baum gelehnt sind und machen sich betreten davon.

Inzwischen sind auch die Kripo und die SpuSi aus Lörrach angekommen. Während Letztere sich gleich an die Arbeit macht, gibt Berger dem Kriminalkommissar, Björn Albrecht, die aufgenommenen Details inklusive Namen und Adressen der Jugendlichen. Gegenüber dem über eins-neunzig Meter großen Albrecht, mit beträchtlichem Bauchumfang, wirkt der kleine sportliche Berger richtig schmächtig. Entsprechend ungewöhnlich empfindet Berger dafür dessen tiefe, angenehm ruhige Stimme. Man würde von einem Baum von Mann wie Albrecht es ist, eine Stimmgewalt von Ehrfurcht einflößender Lautstärke erwarten. Stattdessen verbreitet er eine ansteckende Ruhe. Albrecht nickt ... wiegt nachdenklich mit dem Kopf, lässt den Blick über den Tatort schweifen und grummelt irgendetwas, vor sich hin, was Berger nicht versteht.

Soeben nähert sich ein Mitarbeiter der SpuSi und zeigt ein Handy, das er in eine durchsichtige Plastiktüte gelegt hatte. Er berichtet, dass er dieses, von Laub leicht bedeckt, etwa fünf Meter von der Leiche entfernt, gefunden habe.

»Und die Tatwaffe?«, fragt Albrecht.

»Bis jetzt noch nichts.«

»Okay, sucht weiter«, weist er seinen Mitarbeiter an.

Jetzt, da der Fall an die Kripo Lörrach ordnungsgemäß übergeben ist, fühlt Berger sich eigentlich überflüssig.

»Brauchen Sie mich noch?«, fragt er den Kollegen, »ich würde sonst die Eltern benachrichtigen.«

»Nein, ich brauche Sie nicht mehr«, sagt Albrecht und setzt einen mitfühlenden Blick auf, denn niemand übernimmt diese Aufgabe gerne. »Nicht gerade der schönste Job. Ich wünsche Ihnen, dass es nicht allzu schlimm wird.«

In der Tat, da steht Berger der schlimmste Teil seiner Arbeit bevor. Eltern mitzuteilen, dass sie soeben ihr Kind verloren haben. Für ihn immer der schlimmste Gang. Ja, er wünschte, es schon hinter sich zu haben.

*

Nach dem Gespräch unter vier Augen mit dem Klassenlehrer Thomasin, in dem Albrecht die Aussagen des Jungen Jens Wohlleb über Anjas Veränderung bestätigt sieht - gemäß Thomasin wurde das Mädchen sogar erpresst - steht der wuchtige Kriminalkommissar mit ernstem Gesicht vor der Klasse. Sein Kollege Klaus Reiff steht etwas im Hintergrund. Die beiden blicken in blasse, bestürzte, verweinte Gesichter. Die Jugendlichen stehen unter Schock. Sie können es noch nicht fassen, dass ihre Kameradin Anja nicht mehr unter ihnen sein soll. Die Plätze links und rechts neben Sandra sind leer. Auf dem Tisch rechts von ihr liegt eine Rose. Sandra selbst starrt mit rot verweinten Augen ins Leere.

»Ich weiß«, beginnt Albrecht ernst, »Trauer braucht Raum und Zeit. Deshalb ist es für mich immer eine schwierige Aufgabe, mich vor Trauernde hinzustellen, um das Gespräch zu suchen, bevor ein Ereignis überhaupt begriffen ist. Dennoch muss ich es tun, denn je früher wir die Informationen erhalten, desto besser lassen sich Zusammenhänge erkennen und desto größer sind die Chancen, den Fall aufzuklären. Ich bitte euch also, um eure Mithilfe.« Er schaut in die stummen Gesichter. »Wer ist Jens Wohlleb?«, fragt er. Jens hält seine Hand hoch.

»Ich würde gerne mit Ihnen beginnen. Ist es okay für Sie?«

Jens nickt und meint: »Sie brauchen mich nicht zu siezen.«

»Okay. Wir gehen in den Multimediaraum gegenüber. Herr Thomasin sagte mir, dass dieser im Moment zur Verfügung steht«, schlägt Albrecht vor und macht eine Bewegung, das Klassenzimmer zu verlassen. Jens folgt der Aufforderung mit gesenktem Kopf. Albrechts Kollege bleibt in der Klasse.

Von Jens erfährt der Hauptkommissar nicht viel Neues. Der Schüler bestätigt eigentlich nur, was er Kommissar Berger am Tag zuvor schon erzählt hatte, außer … so fügt er erklärend hinzu, sei ihm aufgefallen, dass Anja immer dann ziemlich bedrückt wirkte, wenn sie in der Pause mit ihrer Banknachbarin Sandra gesprochen hatte. Ob Jens glaube, dass Anja von Sandra in irgendeiner Form erpresst worden sei, kann der Junge nicht bestätigen. Ebenso konnte er sich auch nicht vorstellen, dass Anja erpressbar gewesen wäre.

»Okay, Jens, das war's schon. Schicke mir bitte Sandra herein.«

Sandra betritt ganz scheu den Multimediaraum. Sie wirkt blass und ihre Augen sind vom Weinen gerändert. Geräuschvoll zieht sie ihre Nase hoch. Albrecht reicht ihr ein Papiertaschentuch und bittet sie, sich zu setzen. »Ich verstehe, Sandra, wenn es dir schwerfällt, jetzt Rede und Antwort zu stehen. Dir scheint der Tod deiner Freundin ganz besonders nahe zu gehen.« Sandra nickt. »Kannst du trotzdem antworten, oder sollen wir es verschieben? Ich würde dann erst einmal andere Schüler vorziehen.«

»Nein, es geht schon«, sagt sie mit bedrückter Stimme.

»Gut, danke Sandra. Ähm, ist es für dich auch okay, dass ich dich duze?«

»Ja. Ich glaube keiner von uns beharrt auf dem Sie.«

»Gut. Also Sandra. Hatte Anja je einmal erwähnt, dass sie erpresst wurde?«

Sandra reißt entsetzt die Augen auf. Diese Frage kam für sie unverhofft. Sie versucht sich zu beherrschen, sich nichts anmerken zu lassen. »Nein«, sagt sie kleinlaut, setzt dann zögernd hinzu »ich glaube eher, dass sie selbst jemanden erpressen wollte.« Sandra fühlt sich bei dieser Aussage ziemlich schäbig. ›*Wie bist du doch hinterhältig*‹, denkt sie, ›*beschmutzt das Andenken deiner toten Freundin.*‹ Doch sie hat keine andere Wahl.

Sie muss es durchziehen, koste es, was es wolle, wenn sie ihren Ruf nicht selbst ruinieren und vor allen Dingen, wenn sie einer Bestrafung durch die BMG entgehen will. Schließlich ist sie noch am Leben und Anja ist tot. Ihr kann man nicht mehr schaden.

Der Kommissar zieht überrascht eine Augenbraue hoch. »Aha! Kannst du mir mehr dazu sagen?« Bevor die Schülerin Antwort geben kann, klingelt Albrechts Handy. Er entschuldigt sich bei Sandra und nimmt ab. Es ist die KTU. Er lauscht aufmerksam. »Okay, danke«, sagt Albrecht und wendet sich wieder Sandra zu. »Also, du sagtest, du glaubst, dass eher Sandra jemanden erpresst habe. Könntest du mir Näheres dazu sagen? Mir fiel immerhin auf, dass du bei der Erwähnung einer Erpressung ziemlich schockiert geschaut hattest.«

»Nun, ich glaube, dass sie ihren Lehrer erpressen wollte.«

»Glaubst du es, oder weißt du es?«

Sandra zuckt nur ihre Achseln.

»Ich denke, du weißt es. Habt ihr gemeinsame Sache gemacht?« Sandra schweigt. Sie fühlt sich elend. Wie zum Teufel kommt der Kommissar jetzt *darauf*? Sie muss nicht lange auf die Beantwortung dieser gedanklich formulierten Frage warten.

»Wir haben Anjas Handy gefunden und eben erhielt ich Mitteilung von der Kriminaltechnischen Untersuchung. Man fand Fotos, die Anja geschickt wurden ... und zwar von deinem Handy aus. Sollte Herr Thomasin mit diesen Bildern erpresst werden?« Von der SMS, die Anja an ihren Lehrer schrieb, sagt er vorerst nichts. Sandra schaut auf ihre Hände. Sie bleibt stumm. Albrechts eindringliches »Hallo?« lässt sie aufschrecken. »Äh … ja, Anja hatte die Idee, dass man aus einer bestimmten Affäre, also einer Situation, die ganz eindeutig sei … na ja, Sie wissen schon … also … sie meinte, man könne doch daraus Geld machen … die Thomasins seien schließlich ziemlich reich ... und …«, Sandra stockt. Sie macht den Eindruck, als kämpfe sie innerlich mit sich selbst.

»… und dann hat sie mit Herrn Thomasin einen Termin vereinbart … einen Termin in der Wolfschlucht, um ihm die Fotos zu zeigen und ihre Forderungen zu stellen?«, beendet der Kommissar den Satz, ohne auf den Wortlaut der SMS einzugehen: ›*Bitte Herr Thomasin, ich muss dringend mit Ihnen sprechen. Es ist sehr wichtig. Können wir uns um 15:00 Uhr in der Wolfsschlucht, beim großen Felsen (Grillplatz) treffen? Wegen der Diskretion, niemand soll uns sehen.*‹.

Sandra bleibt stumm und blickt stumpf vor sich hin. Sie wusste bisher nichts von einer SMS-Nachricht an Thomasin. Andy hatte ihr nichts davon erzählt. Er hatte ihr nur aufgetragen, was sie bei einem Verhör zu sagen hätte, und zwar sollte sie der Polizei die Geschichte mit der Erpressung auftischen. Und natürlich, dass die Erpressung von Anja ausgegangen sein soll. Sandra fühlt sich benutzt, schamlos hintergangen. Doch dann mahnt sie sich zur Ruhe ›… *nur nichts anmerken lassen, sonst kommst du in Teufels Küche*‹.

Albrecht fährt fort. »Welche Rolle spielte Jens in der ganzen Geschichte?«

»Jens? Überhaupt keine. Er hatte von nichts eine Ahnung. Die einzige Rolle, die er spielte, das war … na ja, ich glaube er war in Anja verliebt. Er wollte wohl, dass sie ein Paar sind. Es sah zumindest so aus. Aber Anja wollte nicht ... glaube ich.«

Sandra macht eine kurze Pause. »Von dieser Erpressungsgeschichte hat überhaupt niemand etwas gewusst ... außer Anja und natürlich ich. Ist doch klar, dass Anja diese Sache nicht an die große Glocke hängen wollte. Sonst hätte sie es ja auch gleich bleiben lassen können.«

»Was mich etwas wundert, das sind die Aussagen der bisher Befragten: Anja habe in den letzten Monaten sehr bedrückt gewirkt. Es hieß sogar, dass es aussah, als hätte sie Angst. Und des Weiteren hat sie Herrn Thomasin anvertraut, dass sie erpresst wurde. Das alles passt nicht zu deiner Aussage, dass Anja es war, die jemanden erpressen wollte.«

Sandra ist überrascht. ›*Das wird ja immer schlimmer*‹, denkt sie. ›*Wann hatte Anja dem Lehrer denn erzählt, dass sie erpresst wurde.*‹ Dass der Kommissar so viel weiß, macht ihr Angst. Jetzt hofft sie nur, dass Anja Thomasin nicht erzählt hatte, von wem sie erpresst wurde. Ihr wird plötzlich ziemlich heiß und ihr Herz schlägt wie wild. Sie muss jetzt unbedingt etwas sagen, um sich nicht zu verraten, vor allen Dingen, nicht zu verraten, worüber sie selbst noch im Dunkeln tappt, denn immer mehr überraschende Details kommen zutage. »Nun, ich glaube, dass das alles Taktik war. Sie war eine gute Schauspielerin ... das gehörte zu ihrem Spiel; sie musste den Thomasin ja irgendwie auf sich aufmerksam machen ... und wie besser könnte man das fertig bringen - vor allen Dingen, wenn eine Anmache nicht gleich zieht - als dadurch, dass man Angst oder Hilflosigkeit vortäuscht? Na ja, Beschützerinstinkt wecken … oder so, glaube ich nennt man das.«

»Aha, und mit dieser Beschützerinstinkt-Weck-Geschichte hatte sie versucht, ihren Lehrer in die Wolfsschlucht zu locken?«

Sandra begreift gar nichts mehr. »Ich weiß nicht«, sagt sie nur. Albrecht schaut die Schülerin nachdenklich an. »Aber, du hast ihr doch die Bilder geschickt«, stellt er nüchtern fest. »Das hatte doch seinen Grund, oder nicht?«

»Ähm, ja … weil sie es so wollte. Ich denke, sie wollte vorbereitet sein, wenn es dann soweit ist … ich meine mit der Erpressung. Aber ich wusste doch nicht, wann das sein würde. Sie hatte mich ja auch nicht immer auf dem Laufenden gehalten.«

»Okay«, sagt der Kommissar schließlich, »das war's mal … vorerst. Danke. Du kannst zurück in die Klasse.«

»Soll ich noch jemanden schicken«, fragt sie mit unschuldiger, kleinlauter Stimme.

»Nein, im Moment ist das alles.«

Sandra verlässt den Raum. Sie hatte sich während der Befragung ziemlich übel gefühlt und sie ist unglücklich.

Albrecht bleibt noch einen Moment sitzen und reflektiert über die Aussagen der beiden Jugendlichen und auch darüber, was Herr Thomasin ihm zum Fall sagte. Er schüttelt den Kopf. ›*Irgendetwas ist da faul an der ganzen Sache. Die Reihenfolge stimmt nicht. Zum Beispiel, warum gibt es zuvor schon einschlägige Bilder einer Annäherung, wo doch die SMS, die erst nach der Bildübermittlung erfolgte, eindeutig nach Hilferuf klang, also konk-*

ret nach Beschützerinstinkt-Wecken, um so das Erpressungsopfer irgendwohin in einen Wald zu locken?‹ Diese Fragen bleiben für ihn vorläufig noch offen. Er geht wieder zurück in die Klasse, wo sein Kollege auf ihn wartet.

»Kann mir jemand hier, außer natürlich Jens und Sandra, noch etwas sagen, was ihr oder ihm an Anja in letzter Zeit speziell aufgefallen ist? Irgendetwas, das anders war, als sonst? Hat Anja zu irgendjemandem etwas geäußert, das jetzt im Nachhinein etwas seltsam erscheint und dadurch vielleicht Bedeutung gewinnt?«

Die Jugendlichen schauen nur stumm. Viele wirken verstört, manche gar wie betäubt und sie schütteln den Kopf … bis auf ein Mädchen, Stephanie, die aber nur das bestätigt, was Jens und zuvor auch der Klassenlehrer schon erwähnte, nämlich dass Anja so sonderbar still war, gar bedrückt wirkte. Bei dieser Aussage nickten einige der Schüler bestätigend. Dann verabschieden sich Albrecht und sein Kollege. Die beiden Herren werden von Thomasin hinausbegleitet. »Aus den Befragungen haben sich einige Details ergeben, die wir noch überprüfen müssen. Ich würde mich dann gerne nochmals mit Ihnen unterhalten. Bitte halten Sie sich zu unserer Verfügung«, sagt Albrecht zum Abschied zu Thomasin. Er will gerade gehen, dann dreht er sich nochmals um: »Ach ja, Herr Thomasin, was ich Sie noch fragen wollte: Mir wurde gesagt, dass in Ihrer Klasse 19 Schüler seien. Ich habe aber nur 17 gezählt.«

»Ja, eine Schülerin fehlt. Es ist Lisa Picco, die linke Banknachbarin von Sandra«, gibt Thomasin Auskunft.

Mit einem kurzen »Ah«, zeigt Albrecht sein Verstehen und fragt: »Könnte ich die Adresse von dieser Schülerin haben?«

»Die Adresse von Lisa nützt Ihnen nicht viel. Diese Schülerin kann nicht befragt werden. Sie befindet sich wegen eines Todesfalls in der Familie schon seit drei Tagen im Ausland und kommt erst nach den Schulferien wieder zurück. Sie hat also von allem hier nichts mitbekommen.«

»Hm«, sagt der Kommissar, »klar, dann erübrigt sich eine Befragung allerdings.«

Plötzlich, ihm schien gerade etwas eingefallen zu sein, schaut er dem Lehrer nochmals interessiert in die Augen. »Da wäre noch etwas, das eigentlich gar nicht hier her gehört. Aber da ich schon mal einen Mathematiker vor mir habe ...«, sagt er mit entschuldigendem Ton, »... wissen Sie, ich habe einen Sohn in der Quarta ... nun, der hat mit Mathematik ein bisschen Probleme. Ich würde ihm gerne helfen. Könnten Sie mir ein brauchbares, anschauliches Buch empfehlen, das ich zur Unterstützung besorgen könnte?«

Nach kurzer Überlegung sagt Thomasin schließlich: »Ja klar, es gibt da ein ganz gutes Buch, das ich empfehlen könnte, es ...« Er will gerade hilfsbereit den Titel seines Buchvorschlags nennen, als Albrecht, seinen kleinen Notizblock zückt und ihn unterbricht. »Würden Sie mir den Titel bitte hier aufschreiben? Ich kann mir solche Dinge schlecht merken.« Thomasin schreibt den Titel auf den kleinen Block. Wie gebannt starrt Albrecht auf die linke Schreibhand des Lehrers.

8

Heiko Thomasin sitzt in Untersuchungshaft. Er wird sich vor dem Landgericht in Freiburg wegen Mordes verantworten müssen. Lethargisch sitzt er auf dem Bett seiner Zelle und starrt wie abwesend vor sich hin. Wie konnte es so weit kommen? Alles stürzte so unerwartet über ihn herein. Er kann es nicht begreifen.

Wie war er doch so glücklich, als er hier den Neuanfang wagte und, vor allen Dingen, als er von Patrizias Schwangerschaft erfuhr. Alles begann so vielversprechend. Patrizia wirkte seit langem wieder unbeschwert. Sie hatte damals unter der Situation in Karlsruhe sehr gelitten. So etwas wolle sie nie mehr durchmachen. Ein zweites Mal würde sie eine solche ›Kiste‹ nicht mehr ertragen, hatte sie gesagt. Und jetzt? Es kam noch schlimmer.

Alles zerbrochen. Alles zerstört. Er hatte ihr verbissenes, man könnte fast schon sagen feindseliges, Gesicht gesehen. Sie wich seinen flehenden Augen aus, wirkte kalt und irgendwie, weit weg von ihm ... weit weg.

Die Beweise gegen ihn waren erdrückend. Seine ganzen Beteuerungen kamen nicht dagegen an, konnten nicht überzeugen ... nicht mal seine eigene Frau. Ihre Aussage, als sie nach dem Alibi ihres Gatten befragt wurde, belastete ihn schwer. Sie erklärte nämlich, dass er an besagtem Tag blass und schweißnass nach Hause kam, also offensichtlich direkt nach dem Mord. Und sie sagte, dass er verstört wirkte.

Warum nur ging er alleine in die Wolfschlucht, um sich mit Anja zu treffen? Er handelte damit gegen alle Vernunft. Jetzt im Nachhinein ist es ihm auch klar, aber damals hatte er sich einfach nichts dabei gedacht. Auch das Treffen im Barcode geschah in bester Absicht und er war auf äußerste Diskretion bedacht. Er wollte nicht, dass seine Hilfsbereitschaft falsch ausgelegt und ihm nachgesagt würde, er habe sich mit einer Schülerin eingelassen. Und wo hatte sich Anjas Handy befunden? Er hatte doch alles abgesucht. Es war nicht da. Weder an ihrem Körper, noch lag es in der näheren Umgebung. Die Bilder auf dem Handy, auch wenn sie keine eindeutige Situation zeigten, sprachen trotzdem eine klare Sprache: er traf sich alleine mit einer Schülerin, berührte sie an der Schulter, legte seine Hand auf ihre Hand, kam mit dem Gesicht näher. Alle diese kleinen Sympathiebezeugungen wirkten nicht gerade entlastend. Dass er der Schülerin doch nur helfen wollte, wollte niemand so recht glauben. Erstens könne man doch auch im Schulgebäude helfen und müsse sich dazu nicht heimlich treffen, was für ihn aber ebenso unsinnig klang. Denn wenn er sich der Schülerin wirklich hätte nähern wollen, wäre das in einem Schulgebäude eher möglich gewesen, als in aller Öffentlichkeit in einem Café. Und zweitens, da es keinen ersichtlichen Grund für Anjas Erpressbarkeit gab, konnte auch die Aussage, Anja habe sich ihrem Lehrer anvertraut, nicht als entlastender Beweis herhalten. Und als Krönung war mit den Fotos zu allem Übel noch belegt, dass Anja zu ihm ins Auto stieg. Dass die Fahrt nur nach Kandern führte, wo sie beide schließlich wohnten, konnte er ebenfalls nicht beweisen.

Die Fotos hatte Sandra geschossen, denn von ihr bekam Anja sie geschickt. Konnte es wirklich sein, dass die beiden Mädchen gemeinsame Sache gemacht hatten? Er mag es nicht glauben. Das ganze Verhalten von Anja passte nicht zu diesem Vorhaben der Erpressung. Mit ihren Aussagen belastete Sandra ihn jedoch sehr. Er ärgert sich im Nachhinein selbst über sich. Warum war er nur vom Tatort weggerannt? Es gab nur eine Erklärung. Er hatte die Nerven verloren und deswegen hatte er den Tatort Hals über Kopf verlassen. Doch diese Begründung wurde nur belächelt. Sie schürte den Spott. ›*Der kluge Naturwissenschaftler, der sich von einer Schülerin auf eine Einladung in die Wolfsschlucht einließ, der die Nerven verloren hatte und wider alle Vernunft reagierte, indem er wegrannte.*‹

Und wie hatte er sich gedemütigt gefühlt, als der Staatsanwalt Faber ihn spöttisch fragte: ›*So, so, Sie geben Ihre private Handynummer so mir nichts, dir nichts ihren Schülern, vornehmlich hübschen Schülerinnen weiter, damit diese Sie jederzeit erreichen können. Ist das Ihre übliche Praxis?*‹

›*Ich gebe meine Handynummer nicht, mir nichts, dir nichts, an Schüler und auch nicht vornehmlich an hübsche Schülerinnen weiter. Und es ist auch nicht meine übliche Praxis. Ich gebe sie nur für Notfälle weiter und bei Anja schien mir ein solcher Notfall vorgelegen zu haben*‹, hatte er der süffisanten Argumentation des Staatsanwalts gekontert.

Natürlich hielt man ihm vor, dass er ja schon einmal eine ähnliche Situation erlebt habe … in Karlsruhe.

Er hatte sich dann gegen das Wiederaufwärmen einer Klage, die fallengelassen wurde, verwehrt. Dieser

Fall habe hier nichts zu suchen. Ihm sei schließlich nichts nachgewiesen worden, und letztendlich habe die Schülerin die Klage zurückgezogen.

>*Na ja, damals waren Sie halt cleverer, als heute. Hatten Sie der Schülerin ... wie hieß sie noch ...?*<, der Staatsanwalt hatte dabei in der Strafakte geblättert, >*ah ja, Isabell Lorenz ... hatten Sie dieser Schülerin vielleicht Schweigegeld angeboten? Wie man ja im Mordfall Anja klar erkennen kann, hatte sie beabsichtigt, Sie zu erpressen. Die Mädels wissen heute auch, wie man easy zu Geld kommen kann. Sie sind zu dem Mädchen in die Wolfsschlucht gegangen und haben sie erschlagen, aus Angst, Sie müssten wieder mal wegen einer Annäherungsgeschichte, irgendwo in Deutschland einen Neuanfang starten.*<

Um aufzuzeigen, wie unsinnig das Ganze klang hatte er als Einwand gebracht: >*Und ich soll prophylaktisch auch gleich mal die Mordwaffe mitgenommen haben, als ich zu einem angeblichen Tête-à-Tête ging?*<. Man hatte die Mordwaffe nämlich anlässlich einer Hausdurchsuchung, tatsächlich bei ihm gefunden. Sie lag gut versteckt im Holz, das er unter einer Überdachung beim Haus gestapelt hatte. Als wäre ein Täter so dumm, das Tatwerkzeug, das seine Fingerabdrücke trägt, beim eigenen Haus zu verstecken. Auf der anderen Seite hatte er auch zugegeben, dass es dumm war, sich mit einer Schülerin in der Wolfsschlucht treffen zu wollen. >*Ja es war ein Fehler*<, hatte er gesagt >*Ich hätte vom Verstand her nicht hingehen dürfen. Da ich aber Anja bei unserem Treffen im Barcode selbst gewarnt hatte, man dürfe uns nicht zusammen sehen, hatte ich darauf vertraut, dass sie diesen Treffpunkt aus Diskretionsgründen wählte, was sie ja auch schrieb. Ja, ich vertraute voll darauf, dass sie mich nicht in Schwierigkeiten bringen wollte. Und sie wurde erpresst ... diese Information hatte ich noch immer im Hinterkopf und ich wusste genau, sie brauchte Hilfe und die wollte ich ihr zukommen lassen.‹*

Doch dieses verflixte Beil, wie war das möglich, dass dieses Beil, mit dem Anja erschlagen wurde, sich bei ihm in einem Versteck befand. Die forensische Untersuchung hatte klar ergeben, dass sich am Griff nur seine, etwas verwischten Fingerabdrücke befanden. Außerdem befand sich an der Schlagplatte des Beils Spuren abgewischten Blutes ... das Blut von Anja Sailer.

Der Staatsanwalt fand jedoch nicht abwegig, dass Thomasin das Beil schon mit sich führte, denn er ritt weiter auf der alten Geschichte in Karlsruhe herum, dass der Lehrer aus der früheren Geschichte halt gelernt habe und deswegen das Beil gleich mitnahm. Immerhin gab es ja die selbstredenden Bilder auf Anjas Handy. Bevor diese die Runde machten, musste Anja aus dem Weg geräumt werden. Dumm genug, sich danach nicht des Handys bemächtigt zu haben.

Als hätte er nicht versucht, das Handy wegen Anjas SMS an ihn zu finden; von den Fotos wusste er ja gar nichts. Aber das Handy war nicht da. Es war einfach nicht da. Alles war so verworren und doch konnte Thomasin nicht daran zweifeln, dass Anja kein durchtriebenes Mädchen war. Sie sprach von Erpressung, ja, aber sie selbst wurde erpresst, und es kam auch glaubwürdig rüber. Doch niemand bestätigte diese Aussage. Sie hatte sich niemandem anvertraut, weder in der Klasse, noch zu Hause bei den Eltern oder dem Bruder ... nur eben bei ihrem Lehrer hatte sie darüber gesprochen, und da auch nur sehr vage, ohne ins Detail zu gehen. Und schließlich, das wurde immer wieder erwähnt, gab es keinen erkennbaren Grund, womit man die Schülerin hätte erpressen können. Kein Wunder, dass ihm niemand Glauben schenken konnte.

Und das Beil. Dieses verflixte Beil. Seine Gedanken kommen immer wieder darauf zurück. Wie war das möglich? Das letzte Mal, dass er es in der Hand hatte, war im Herbst letzten Jahres, als er Holz hackte. Es war ein Komplott. Man hatte ihm das Beil gestohlen und nach dem Mord wieder hingelegt, nein versteckt natürlich. Anders konnte es nicht gewesen sein, denn das Beil steckte immer im Spaltklotz. Das hätte jeder nehmen können, der ihm hätte schaden wollen. Dass dieser Jemand, auch noch, genau wie er, zufällig Linkshänder war, fügte sich natürlich hervorragend ins Puzzle ein. Doch gleichzeitig wusste er auch, dass ihm diese Annahme über einen möglichen Fremden nichts nutzte. Wie oft hatte er in Fernsehkrimis diese Argumente gehört, dass da jemand dem Verdächtigten schaden wollte, dass dieser *Jemand* ihm das Mordwerkzeug untergejubelt hatte. Und genau wie diese Leute im Film, erhielt auch er die Antwort:

›*Ah ja, das kennen wir schon. Der ominöse Unbekannte.*‹ Und, was sollte er auch dagegen sagen. Es waren halt mal ausschließlich, wenn auch leicht verwischt, seine Fingerabdrücke drauf. Daran war nicht zu rütteln. Das Verwischen könnte er ja selbst gemacht haben, um Spuren zu eliminieren. Dass sie ihn für so dumm hielten, so ungeschickt vorgegangen zu sein und die Fingerabdrücke und die Blutspuren, nur halbherzig abgewischt zu haben, grenzte schon fast wieder an Beleidigung.

Und dennoch, war er dumm genug, in die Wolfsschlucht zu gehen. Dieser Gedanke zermürbte ihn.

Was ihm dann endgültig das Genick brach, ist die Aussage eines 16jährigen Jungen, der aus einer Höhle beobachtet haben will, wie er Anja erschlagen haben soll. Thomasin hatte niemanden gesehen. Und wenn da jemand war, wie konnte er ihn belasten? Er fragt sich, was hier gespielt wurde? Wer hatte ein Interesse, ihn zu zerstören. Die Puzzlestückchen passten gut zusammen … zu gut.

Thomasin stützt sein Gesicht in die Hände. Er kann es nicht begreifen, was hier auf ihn herabstürzte … er kann sich auf das Ganze absolut keinen Reim machen. Es ist wie eine Ohnmacht und er ist müde geworden.

Und zu allem hin, fühlt er sich sehr verletzt. Wie mokant waren die Verhöre durch den Staatsanwalt, der nichts ausließ, ihn zu demütigen. Alles, was er sagte, klang wie Spott. Dem gegenüber war der Kriminalkommissar Albrecht ein richtiger Gentleman. Ihm war es sichtlich unangenehm, dass er ihn festnehmen musste … die Beweislast sei halt leider erdrückend hatte er mit Bedauern in der Stimme gesagt.

Und nun wartet Thomasin auf seinen Prozess vor dem Landgericht in Freiburg. Noch sitzt er in Lörrach ein. Er hat Tränen in den Augen. Sein Leben ist unrettbar zerstört, eigentlich nicht mehr lebenswert.

»Sie haben Besuch«, sagt der Beamte der eben die Zellentür mit einem lauten Klacken geöffnet hatte. Thomasin schaut müde auf.

»Kommen Sie bitte«, fordert der Beamte ihn auf.

Thomasin steht auf und streckt dem Beamten beide Arme hin. »Tut mir leid, es ist halt Vorschrift«, sagt der Gefängniswärter, als er Thomasin die Handschellen anlegt. Mit schlurfenden Schritten geht Thomasin hinter dem Beamten her. Dieser führt ihn in den Besuchsraum, wo er ihm die Handschellen wieder abnimmt. Auf dem ihm zugewiesenen Stuhl nimmt Thomasin Platz und wartet auf den Besucher. Es ist Patrizia, die mit einem versteinerten, geradezu maskenhaften Gesicht zu ihm an den Tisch tritt. Ihre Augen wirken eisig, so eisig wie das Schweigen zwischen ihnen.

»Wie geht's dir?«, fragt Heiko seine Frau, um das Gespräch zu eröffnen.

»Wie es mir geht? Du willst wirklich wissen, wie es mir geht?«, fragt sie mit einer Stimme die ihm fremd vorkommt.

»Entschuldige, es war eine dumme Frage«, sagt Heiko entmachtet.

»Nein, nein, du brauchst dich nicht zu entschuldigen. Ich sage dir, wie es der Frau eines Don Juans und Mädchenmörders geht. Gelinde gesagt es geht ihr ziemlich besch…eiden. Ja, und ich will auch keine Zeit verlieren und es kurz machen, denn …«, sie lässt ihren Blick über die nüchternen Wände des Besucherraums streifen, und wieder ihm zugewandt sagt sie, »… denn diese Umgebung frustet mich an. Ich bin gekommen, um dir zu sagen, dass ich mich scheiden lassen werde. Ich kann nicht mit einem Mörder verheiratet sein.«

Heiko schaut sie traurig an. »Du hast also nicht den leisesten Zweifel daran, dass ich schuldig bin? Du siehst in mir nichts als einen gemeinen Mörder?«, fragt er resigniert.

»Über diese dumme Frage kann ich doch nur lachen. Wie sollte ich zweifeln bei all den Beweisen gegen dich? Zufälle? Das wären ja wohl viele Zufälle, die da aufeinandertrafen. Findest du nicht auch? Die Mordwaffe. Du bist Linkshänder. Die Aussage der Schülerin. Du warst in der Wolfsschlucht, weil du ein Date mit einem Mädchen hattest, dem du auch gleich noch deine Handy-Nummer gegeben hattest, und, als reiche das alles nicht, hast du dich vom Tatort schleunigst entfernt … bist quasi geflohen. Dumm nur, dass du nicht gemerkt hattest, dass da noch jemand im Wald war, der dich eindeutig identifizieren konnte. Danach warst du richtiggehend aufgelöst. Du hattest schwer geatmet und dein Gesicht, dein Hemd, alles war schweißnass, so dass ich mir Sorgen gemacht hatte. Und dummerweise hattest du die Mordwaffe nicht gut genug versteckt. Das alles sollen Zufälle gewesen sein? Dann frage ich dich, warum ausgerechnet du immer in solche Situationen hineinrasselst? Nein, Heiko, ich kann nicht an deine Unschuld glauben, beim besten Willen nicht. Ich bin nicht einmal mehr sicher, ob du in Karlsruhe wirklich unschuldig warst. Du kannst halt Deine Finger nicht von den jungen Dingern lassen.«

»Patrizia … zwei Tage, bevor das alles passierte, hattest du mir erzählt, dass wir ein Baby bekommen. Ich habe mich so sehr über diese Nachricht gefreut. Glaubst du wirklich, dass ich das Kind anderer Leute hätte umbringen können, während ich mich über unser Ungeborenes freute?«

»Was weiß ich, was sich da in deinem kranken Schädel abspielt?« Diese Bemerkung trifft Heiko hart.

Doch sie fährt erbarmungslos weiter. »Ich auf jeden Fall habe mich entschieden Heiko. Für uns gibt es keine gemeinsame Zukunft mehr.«

Heiko presst die Lippen aufeinander und wippt geschlagen mit dem Kopf. In seiner Stimme schwingt unendliche Traurigkeit mit, als er sie fragt: »Und unser Kind?«

Einen Moment zögert Patrizia. Dann sagt sie mit eisiger Stimme: »Es wird kein Kind geben.«

Er reißt die Augen auf und schaut sie erschrocken an: »Was meinst du damit?«

»Ganz einfach. Dass ich kein Kind von einem Mörder bekommen werde. Ein Kind, dem ich nicht erklären kann, wer sein Vater ist, weil ich mich seiner schäme, und ich einem Kind diese Schande nicht antun will. Ich habe eine gute Adresse.« Sie steht auf, sagt nur noch »das war's denn also, adieu«, und dreht sich weg, lässt ihren erschütterten Ehemann zurück. Heiko schaut mit düsterem Blick ungläubig hinterher. Die Tür des Besucherraums schlägt schwer ins Schloss.

War das eben seine Frau? Wie wenig er sie doch kannte. ›*In guten wie auch in schlechten Tagen*‹, schießt es ihm durch den Kopf. ›*Ich verspreche dir, ganz JA zu dir zu sagen, dir meine Liebe auszudrücken, dich zu verstehen, so gut ich kann, auf dich einzugehen, immer zu dir zu halten, dir immer wieder einen neuen Anfang zu gewähren ... so wahr mir Gott helfe.*‹ Was für ein Eheversprechen und doch nur leere Phrasen. Er ist unendlich traurig.

Der Beamte legt ihm wieder die Handschellen an und bringt ihn zurück zu seiner Zelle. »Morgen werden Sie nach Freiburg überführt«, sagt der Beamte mit gütigem, mitleidsvollem Blick, bevor er die Türe schließt. Er scheint den Gefangenen mit dem traurigen Gesichtsausdruck zu mögen.

Thomasin sitzt in seiner Zelle und denkt über seine Ehe nach. So dramatisch, traurig und zerstörerisch der Anlass auch sein mochte, er hatte ihm die Augen geöffnet. Was er bisher nicht sehen wollte, wird ihm jetzt erst richtig klar bewusst. Seine Frau, die Dame aus adligem Hause, deren Eltern mit den Thurn und Taxis verkehrten, war eine knallharte, berechnende Frau … schon immer. Im Prinzip hatte sie nie etwas Liebevolles in ihrer Ausstrahlung. Sie ist materialistisch veranlagt, immer auf ihren Vorteil bedacht, koste es was es wolle, und ziemlich gefühlskalt. Er war eigentlich nur ihr gut aussehender Vorzeigemann. ›*Mit dir*‹, sagte sie einmal, ›*kann ich mich gut in der Gesellschaft meiner Eltern sehen lassen*‹. Jetzt in der Stille seiner Zelle wird ihm klar, wer sie wirklich war. Ihm fallen Szenen ihres Zusammenseins, ihrer Ehe, ein, die ihn im Nachhinein noch erschaudern lassen. Und nun dieser Auftritt heute, der dem ganzen Charakterzug als Bestätigung noch die Krone aufsetzte. Sie will das Kind wegmachen lassen … ihr eigenes Kind, weil es das Kind ist, von einem Mann, dem sie einmal Rückhalt und die Gewährung eines Neuanfangs geschworen, von dem sie sich aber schon damals in Karlsruhe beim ersten starken Windstoß abgewandt hatte. Doch nicht nur der Auftritt seiner Frau hat ihn erschüttert. Er fragt sich, wie er im Leben jemals wieder Fuß fassen soll. Er ist gebrandmarkt, ruiniert. Mit 34 Jahren das Leben verwirkt.

*

Es hallt laut durch den Gefängnisflur, als der Beamte Thomasins Zellentür entriegelt. »Frühstück, Herr Thomasin«, ruft er hinein. Thomasin liegt auf dem Bett. Er rührt sich nicht. Der Beamte stellt das Tablett auf dem Tisch ab. »Hallo, Herr Thomasin, aufwachen«, versucht der Beamte es noch einmal. Doch der Gefangene rührt sich nicht. Er berührt den Schlafenden an der Schulter … will ihn etwas rütteln, damit dieser aufwache. Erst dann sieht er, dass das Laken voller Blut ist. Er dreht den leblosen Körper auf den Rücken. »Um Himmels willen«, seine Stimme klingt entsetzt. Dann schlägt er Alarm. »Wir haben einen Suizidfall in Zelle 38. Eine Pulsader … aufgeschnitten … alles voller Blut … alles voller Blut.« Er kann nur noch stammeln. »Um Himmels willen«, wiederholt er. Er sieht das Tafelmesser, das er dem Gefangenen am Abend zuvor da gelassen hatte. Thomasin sagte, er wolle später noch seinen Apfel schälen und in Schnitze schneiden. Er hatte keine Bedenken. Diese Messer sind weder scharf noch spitz und außerdem sah der Gefangene nicht so aus, als wolle er sich umbringen.

»Um Himmels willen«, sagt er wieder, »ich konnte doch nicht ahnen, dass er … oh mein Gott«. Der Beamte ist verstört. Einen Suizidfall hatte er in seiner langjährigen Praxis als Gefängniswärter noch nie erlebt.

Auf seinen Hilferuf geht dann alles sehr schnell. Ein Notarzt kommt gerannt. Zwei Sanitäter folgen ihm mit einem Bahrenwagen.

Der Beamte steht hilflos da und beobachtet das ganze Geschehen. Als der Arzt aufsteht und in das blasse Gesicht des Wärters sieht, sagt er mit beruhigender Stimme: »Er lebt und wird es auch überleben.«

9

»Sag mal, Rainer, geht dir das alles am Anus vorbei?«, schreit Doris ihren Bruder an. Doris Wendtland ist wütend über ihn, dass er sich ihrem Vorhaben nicht anschließen will. Mit einer abrupten Bewegung wirft sie ihre braunen Locken nach hinten, ihre dunklen Augen funkeln gefährlich.

»Natürlich geht es mir nicht am Anus vorbei, verdammt nochmal«, schreit Rainer zurück, »es bedrückt mich schwer, dass unser Bruder ein Weiberheld und Mörder ist. Du zweifelst, okay, das ist dein Recht. Patrizia hatte aber gesagt, dass seine Schuld eindeutig erwiesen ist. Also, was willst du? Und was willst du, das ich tun soll?«

Doris' Stimme ist jetzt etwas ruhiger, als sie antwortet. »Ich will, dass du mir hilfst, Heikos Unschuld zu beweisen. Ich glaube einfach nicht, dass er ein Mörder sein soll.«

»Aber Patrizia hatte doch gesagt ...«

»Ach, hör mir doch auf mit Patrizia«, unterbricht Doris ihn. »Die hatte ja in Karlsruhe schon nicht richtig zu ihm gehalten. Erst, als seine Unschuld definitiv bewiesen war, hatte sie die ach-so-glückliche-Ehefrau gespielt. Bis dahin hatte sie ihm einen Fehltritt ohne zu zögern zugetraut. Die ist doch eine kalte Frau mit eisigen Augen. Als mein Steffen vor zwei Jahren in den Bergen tödlich verunglückte, sagte sie nur, ›na ja, man *treibt ja auch keinen Extremsport. Da steht man doch immer mit einem Bein im Grab. Du wirst es überwinden, Doris.*

Bist ja noch so jung. Und außerdem andere Mütter haben schließlich auch schöne Söhne‹.«

Dabei äfft sie Patrizias Stimme nach.

»Du übertreibst, Doris. Das war bestimmt nicht so gemeint. Wahrscheinlich hatte sie es ganz anders gesagt, als du es jetzt in Erinnerung hast. Sie wollte dich vermutlich nur trösten. Aber du bist nach Steffens Tod sehr dünnhäutig gewesen und hast auf alles überempfindlich reagiert. Und kalt ist Patrizia auch nicht. Sie ist eine rassige Frau, attraktiv und ...«, er unterbricht, denn das Telefon klingelt. Doris nimmt ab. Rainer beobachtet, wie sich Doris' schlanker sportlicher Körper ganz plötzlich anspannt. Sie steht da, als hätte sie einen Besenstil im Rücken.

»Hallo Patrizia«, sagt sie mit ruhiger, etwas reservierter Stimme. Doch plötzlich reißt sie die Augen auf und ruft entsetzt, »was? Nein, um Gottes willen, nein. Wo ist er jetzt? ... Danke, dass du angerufen hast ... ja ... tschüss.« Sie legt auf.

»Was ist?«, fragt Rainer jetzt doch beunruhigt.

»Heiko hat einen Selbstmordversuch begangen. Heute Morgen hat man ihn leblos, mit aufgeschnittenen Pulsadern, in der Zelle gefunden. Aber er hat überlebt. Im Moment liegt er noch im Krankenhaus in Lörrach. Sobald er transportfähig ist, wird er nach Hohenasperg in die psychiatrische Abteilung des Justizvollzugskrankenhauses gebracht.«

»Oh mein Gott. Was ist aus unserem Bruder nur geworden?« Rainer schüttelt verständnislos den Kopf. »Warum hatte er nicht auf mich gehört und wollte unbedingt Lehrer werden. Ich hatte ihn damals gewarnt. Mit seinem Aussehen hätte er Schauspieler werden sollen, aber doch nicht Lehrer ... oder wir hätten einfach gemeinsam die Firma managen können. Hier wäre er nicht in die Verlegenheit gekommen, mit Kindern ...«, Rainer stoppt, denn er spürt Doris' bissigen Blick, der ihn ziemlich scharf trifft.

»Okay, Rainer, du hilfst mir also nicht?«, fragt Doris jetzt geradeheraus.

»Ich kann hier nicht weg. Jemand muss doch die Firma weiterführen.«

»Du hast in Roland einen fähigen Stellvertreter.«

»Im Moment bin ich gerne selbst anwesend. Du kennst ja unsere momentan wichtigen geschäftlichen Aktivitäten. Da kann ich beim besten Willen nicht weg.«

»Ja, ja, ohne dich geht gar nichts.«

»Immerhin habe ich unseren Betrieb in den letzten Jahren ganz schön vorwärtsgebracht. Wir liefern heute in über 60 Länder weltweit. Unser Exportanteil beträgt über 40%. Ich habe viele Großkunden wie Elektro- und Automobilkonzerne sowie Unternehmen der Energieindustrie an Land gezogen. Unser Betrieb ist also stetig gewachsen ... und das ist nun mal mein Verdienst, zumal du zu der Zeit ja noch die Schulbank gedrückt hattest.«

»Kannst du auf mich mal für eine gewisse Zeit verzichten?«, stellt Doris mit ruhiger Stimme die Frage als Antwort auf die ganzen in Stolz gebetteten Aufzählungen ihres Bruders.

»Natürlich. Wenn du möchtest, kannst du dir die Zeit nehmen, die du brauchst. Wie willst du vorgehen?«, antwortet Rainer nun auch wieder etwas ruhiger.

»Ich werde meine Freundin Celine fragen, ob sie mich unterstützen kann. Die ist ja eine erfolgreiche Rechtsanwältin geworden und sie mochte Heiko auch immer gerne. Ich bin überzeugt, dass sie mir helfen wird. Soviel ich weiß, lebt sie sogar im Raum Freiburg. Den Bayern scheint es Baden-Württemberg angetan zu haben. Alle lassen sich dort nieder. Dass aber Celines es dorthin verschlagen hat, ist eine wunderbare Fügung des Schicksals. es musste wohl so sein. Ich werde gleich mal ihre Eltern nach ihrer Adresse fragen.«

»Nun, liebe Schwester, ich wünsche dir viel Erfolg. Wenn du etwas erreichst, das unseren Bruder entlasten kann, dann will auch ich überzeugt und unendlich froh sein. Ich hoffe es sehr. Denn im Moment sehe ich leider keine Veranlassung an seiner Schuld zu zweifeln. Doch ich wünschte nichts lieber, als dass es nicht so wäre. Und bitte, sieh es mir nach, dass ich hier nicht weg kann. Aber ich denke, du machst das schon.«

Doris bleibt einen Moment stehen und schaut Rainer nachdenklich an. Warum ist er so gleichgültig, so gefühllos? Heiko ist doch schließlich auch sein Bruder. Vielleicht sieht er aus der Perspektive seiner Hartherzigkeit die Gefühlskälte nicht, die Patrizia umgibt. Die beiden scheinen sich gegenseitig zu ergänzen. Doch irgendwie glaubt sie zu wissen, dass Rainer immer schon auf seinen jüngeren Bruder eifersüchtig war, weil dieser überall, wo er hinkam, stets von Menschen umgeben war. Heiko war der Gutaussehende, der Erfolgreiche, der Kluge, während Rainer immer die zweite Geige spielte. Er musste sich stets beweisen.

10

Sandra sitzt apathisch in ihrem Zimmer und starrt vor sich hin. Sie fühlt sich krank, zu nichts mehr fähig. Nächste Woche gehen die Sommerferien zu Ende ... ›*Ich kann nicht. Ich kann nicht*‹, denkt sie immer wieder. Sie fühlt sich verlassen in ihrem Schmerz ... alleine gelassen mit ihrer Schuld. Anja ist nicht mehr da. Thomasin ist nicht mehr da. Wie soll sie je wieder am Unterricht teilnehmen, sich auf den Schulstoff konzentrieren können, wenn ihr diese schrecklichen Bilder immer und immer wieder vor ihrem inneren Auge herumgeistern? Sie drängen sich ihr unerbittlich, unbarmherzig auf. Wie oft ist sie des Nachts schweißgebadet aufgewacht, weil sie von Albträumen geplagt wurde. Keiner ahnt etwas von ihrem inneren Kampf. Am allerwenigsten ihre Mutter. Sie hatte sich zwar gewundert, dass ihre Tochter kaum noch aus ihrem Zimmer kam, zumal die jungen Leute diesen Jahrhundertsommer genossen und ausgiebig für Unternehmungen nutzten. Doch sie lässt sie in Ruhe, denn sie glaubt, dass Sandra Zeit braucht, das Furchtbare zu verarbeiten. Alle im Markgräflerland standen eine gewisse Zeit unter Schock und ganz besonders die Kanderner. Dass es bei Sandra etwas länger dauerte, schreibt sie der Tatsache zu, dass sie Banknachbarinnen und sozusagen Komplizinnen in diesem schrecklichen Fall waren ... und sie waren gute Freundinnen und schon im Kindergartenalter viel zusammen. Was jedoch wirklich im Kopf ihrer Tochter vorgeht, davon hat die Mutter nicht die leiseste Ahnung.

Am 13. Juli, dem Sonntag vor Anjas Ermordung, hatte die BMG nochmals ein Vollmondtreffen. Davor hatte Anja sie immer wieder angerufen, um ihr zu sagen, dass sie sich keinesfalls umstimmen ließe. Sie werde bei der Erpressung nicht mitmachen. Das habe sie endgültig beschlossen, auch auf die Gefahr hin, dass sie ihren Bruder damit gefährden würde.

Nach dem Mondtreffen hatte Sandra dann das Gefühl, dass alles gut werden könnte. Andy hatte sie sogar für ihre gute Arbeit gelobt. Die Gang hatte vereinbart, dass Sandra ihre Klassenkameradin auf den folgenden Donnerstag auf etwa halb zwei Uhr zu einem Treffen in die Wolfsschlucht, beim Felsen in der Nähe des Grillplatzes einladen sollte. Dort wollten Andy und Ralph mit ihr sprechen. Sie waren sogar bereit, das ganze abzublasen, wenn sich im Gespräch definitiv herausstellen sollte, dass Anja nicht zu überzeugen war, das Projekt zu Ende zu bringen.

Sandra schaute bei diesem Vorschlag verblüfft in die Runde und hatte ungläubig gefragt: ›*Kein Brief an die Polizei? Keine weiteren, schärferen Maßnahmen mehr?*‹

›*Wenn deine Freundin Probleme mit der Durchführung unserer geplanten kleinen Aktion hat, kann man sie ja schließlich nicht dazu zwingen*‹, hatte Andy großzügig gesagt.

Aber das Tollste war, dass Andy nicht mehr böse auf sie war. Sie war rehabilitiert, weil sie ja am Misslingen des Projekts nicht wirklich schuld war und alle begrüßten ihr hartnäckiges, tüchtiges Engagement.

Ihr geliebter Andy war nach der Sitzung sogar, wie seit langem nicht mehr, wieder einmal richtig zärtlich. Er nahm sie in die Arme, küsste sie leidenschaftlich, liebkoste sie. Sie verzogen sich sogar zusammen in eine dunkle Nische oberhalb des Sportplatzes und schmusten. Dieser heiße Sommer mit den heißen Nächten lud förmlich ein zu einem romantischen Tête-à-Tête im Freien. Und Andy sagte ihr so schöne Dinge ins Ohr. Er fasste ihr in den Slip, liebkoste ihre Brustwarzen und streichelte sie unentwegt. Sie schmolz unter seinen Berührungen förmlich dahin, war elektrisiert. Und was sie am meisten an ihm liebte, dass er so rücksichtsvoll war. Er respektierte nämlich, dass sie bis zur Volljährigkeit keinen körperlichen Sex wollte, weil sie weiß, dass ihre Eltern es niemals goutieren würden, mehr noch, sie wären unversöhnlich enttäuscht von ihrer Tochter.

Er erklärte ihr, dass er sie nie zwingen würde, wenn sie noch nicht bereit dazu sei. Wahre Liebe könne warten, hatte er gesagt, und schließlich könne man auch oder gerade mit Liebkosungen wunderbar genießen. Man müsse nicht unbedingt den Geschlechtsakt vollziehen. Oh, wie sie ihn liebte. In ihrem Innern gluckste sie vor Freude.

Bevor sie in dieser Nacht beschwingt nach Hause ging, erhielt sie von Andy noch den Auftrag, am Tag des Treffens mit Anja, die Beschattungsbilder am Nachmittag kurz vor halb zwei Uhr kommentarlos auf Anjas Handy zu schicken und bei sich zu löschen. Es sei wirklich sehr wichtig, dass die Fotos noch vor dem Treffen ankämen, sagte er. Es solle quasi eine symbolische Geste sein, die Anja zeigen sollte, dass ihre Freundin ihr die Bilder übergebe und selbst keinen Gebrauch davon mache. Es sei ebenso äußerst wichtig, dass die Übermittlung kommentarlos geschehe, denn

Andy wolle den Kommentar gerne persönlich beim Treffen abgeben und Anja dabei auch sagen, dass sie, Sandra, die Bilder bei sich gelöscht habe. Diese persönliche Aussprache, erklärte er, sei sehr wichtig. Sie solle Anja zeigen, dass niemand etwas Böses im Schilde führe und nichts verlange, was gegen ihren Willen sei. Und es sei auch wichtig, dass es nicht Sandra selbst, sondern zwei andere Gang-Mitglieder sind, die mit Anja sprechen. Das könnte sie in Sicherheit wiegen. Das klang ja auch sehr vernünftig und anständig. Er signalisierte damit doch auch gleich, dass er und Ralph nicht versuchen würden, Anja umzustimmen. Dann legte er ihr auch nochmals sehr ans Herz, dass sie nie jemals über die BMG und vor allen Dingen nie über das Projekt ›Thomasin‹ im Zusammenhang mit der BMG sprechen darf … mit niemandem. ›*Niemals, hörst du!*‹, sagte er eindringlich, während er sie auch gleichzeitig nochmals an den Schwur, den sie bei der Weihe abgelegt hatte, erinnerte. ›*Du weißt, dass die Belange der BMG über den eigenen Bedürfnissen stehen … dass ein entsprechendes Ereignis im äußersten Fall, wenn nötig, sogar die Selbstopferung zur Folge hätte.*‹

Diese Ermahnung hatte dem Abend die Romantik mit einem Schlag genommen. Sie schaute Andy etwas verstört an, was ihm natürlich nicht entging. Wohl hatte er sie nicht mit diesem unguten Gefühl nach Hause entlassen wollen, denn er lächelte sie unvermittelt an, streichelte ihre Wange und sagte ›*Gute Nacht Liebste, schlaf gut. Du bist eine klasse Frau. Ich liebe dich.*‹ Er wollte schon gehen, als er sich nochmals zu ihr umdrehte und sagte: ›*Wir sehen uns am 29. Juli beim nächsten Neu-*

mondtreffen‹ Er küsste sie nochmals leidenschaftlich, bevor sie sich endgültig trennten.

Am Tag, als er sich mit Anja getroffen hatte, - dass Ralph gar nicht, wie geplant, dabei war, verschwieg er - hatte Andy sie aus einem Restaurant auf ihrem Handy angerufen. Er rief selten bei Sandra an, aber wenn er es einmal tat, dann benutzte er immer ein öffentliches Telefon. Er erzählte ihr, dass etwas passiert sei ... also, dass Anja tot sei, und gab ihr Anweisung, was sie zu sagen habe, wenn die Klasse verhört würde. Sie schrie und weinte gleichzeitig ins Telefon: ›*Warum? Warum ist Anja tot? Was habt ihr getan?*‹ Er habe jetzt keine Zeit, mit ihr zu diskutieren, hatte er nur gesagt. Nur so viel, dass sie nichts Unrechtes getan hätten und dass es einfach passiert sei ... ein Unfall, mit dem man nicht hatte rechnen können. Er beschwor sie nochmals, dass sie wisse, was zu tun sei. ›*Du weißt, Big-Black-Moon is watching you*‹, drohte er, so ähnlich wie sie selbst Anja gedroht hatte, ›*Sage und tue nichts, was du bereuen könntest. Du möchtest dich doch nicht unglücklich machen.*‹

Sie war unfähig zu sprechen, zu schockiert, um einen klaren Gedanken zu fassen.

Um seiner Rede die Schärfe wieder etwas zu nehmen fügte Andy noch abschwächend hinzu: ›*Nun, mein Mädchen, ich liebe dich und baue auf dich. Du bist ja ein vollwertiges Mitglied der Gang und somit etwas ganz Besonderes und du willst es ja auch bleiben. Der Ewige-Treue-Schwur und die Selbstopferungsbereitschaft, das weißt du, gilt lebenslang. Ach ja, und noch etwas ... selbstverständlich finden aus gegebenem Anlass in der nächsten*

Zeit keine Mondtreffen statt … zumindest bis auf weiteres. Tschüss meine Süße, Bussi.‹

Seit diesem Gespräch hatte Sandra nichts mehr von Andy und den anderen Gangmitgliedern gehört. Sie hat auch keine Ahnung, wie sie sich mit ihnen in Verbindung setzen könnte. Erst jetzt fällt ihr auf, wie wenig sie von den Mitgliedern wusste … genau genommen wusste sie gar nichts. Woher kamen sie eigentlich? Und was ist mit Sonja? Wer ist sie und woher kommt sie? Sie alle waren einfach da … von Anfang an. Und Kontakt mit der Gang hatte sie immer nur über die Mondtreffen oder wenn Andy sie angerufen hatte. Ihn traf sie, zumindest am Anfang, auch immer wieder mal zwischendurch, aber stets nur auf seine Initiative hin und immer sehr diskret … wegen seiner beruflichen Tätigkeit hatte er gesagt. Wollte er sie sich nur warm halten? Hatte er überhaupt je wirkliches Interesse an ihr? Sandra überkommen Zweifel. Womöglich war er in Wirklichkeit mit Sonja zusammen und sie haben sie nur benutzt für ihre Sache. Aber welche Sache? Und warum? Worin lag der Sinn?

Sie will es nicht glauben, zu sehr liebt sie Andy.

Dennoch würde sie sich am liebsten aus der BMG ausklinken. Aber wie und wo? Auch wenn sie es wüsste, sie würde sich gar nicht getrauen, diesen Wunsch zu äußern. Sie hatte ewige Treue geschworen. Das wurde ihr immer und immer wieder eingetrichtert. Nein, das konnte sie nicht wagen, ohne um Leib und Leben zu fürchten. ›*Big-Black-Moon is watching you.*‹ Dieser Satz geistert unentwegt in ihrem Kopf herum und sie fühlte sich auch ständig beobachtet, sobald sie sich auf die Straße wagte. Deswegen hatte sie sich auch entschieden, das Haus nicht mehr zu verlassen.

Und immer wieder gehen ihre Gedanken zu Anja. Sie ist tot ... und Andy hatte gelogen. Hatte er womöglich gar nicht vor, vom ursprünglichen Vorhaben der Erpressung abzulassen und wollte Anja beim Treffen nur einschüchtern?

Er sagte, Anjas Tod sei ein nicht vorhersehbarer Unfall gewesen. Dabei hatte sich herausgestellt, dass sie ermordet wurde. Erschlagen mit einem Beil ... mit Thomasins Beil.

Hatte der Lehrer seine Schülerin vielleicht doch erschlagen? War das vielleicht der unvorhersehbare Unfall, weil das Ganze nicht in den Erpressungsplan der Gang passte? Denn ohne Anja gab es auch keine Erpressung mehr, und ohne Thomasin, wenn er wegen Mordes saß, gab's kein Geld. Doch, auch wenn Anja nicht gestorben wäre, hätte es keine Erpressung gegeben. Sie hatte ganz deutlich erklärt, dass sie nicht mitmachen würde. Sie hätte sich sicher nicht einschüchtern lassen, auch nicht von Andy. Und wie war es überhaupt möglich, dass Andy sich plötzlich mit jemanden, der nicht zur Gang gehörte, treffen wollte? Er war doch sonst immer so vorsichtig. War immer darauf bedacht, möglichst anonym zu bleiben. Sie selbst durfte ja nie jemandem von ihm erzählen ... und was hätte sie auch erzählen können? Was wusste sie denn schon von ihm, außer dass er der Boss der BMG war? Sie kannte nicht einmal seinen vollen Namen.

Es war alles so verzwickt. Fragen über Fragen bewegten sie seit Wochen, ohne je Antwort zu erhalten. Sie fragte sich auch immer wieder, wer eigentlich die

SMS an Thomasin geschrieben hatte? Anja war doch von ihr selbst zum geheimen Ort in der Wolfsschlucht bestellt worden. Wie konnte sie dann ein Treffen mit Thomasin vereinbart haben? Wollte sie einen Zeugen haben, weil sie Angst hatte? Jedoch, wenn Thomasin als Zeuge hätte fungieren sollen, wieso erschlägt er dann seine Schülerin, die er ja offensichtlich sehr mochte? Er hatte doch gar keinen Grund gehabt, denn Anja war keine Gefahr für ihn. Sie hatte sich ja geweigert, ihn in eine Falle zu locken.

War es vielleicht doch Andy oder Ralph, der die Finger auf den Tasten von Anjas Handy hatte? Aber warum musste sie sterben? Was waren die Motive? Es sollte doch nur eine kleine Erpressung sein ... ein Spaß eigentlich.

Sandra begreift nichts mehr. Nur eines: die Gruppe ist hart und unerbittlich und zu allem fähig. Mitgefühl scheint ein Fremdwort für sie zu sein. Die Gruppe würde auch sie nicht verschonen, wenn sie der BMG untreu würde oder auch schaden könnte.

11

Celine Endress, eine stattliche, hochgewachsene Frau mit kurzem aschblondem Haar, hatte auf Doris' Anfrage gleich ihre Hilfe zugesagt und auch eine weitere Person, nämlich Friedhelm Kulau, hinzugezogen.

»Wofür brauchen wir denn diesen Friedhelm?«, hatte Doris verwundert gefragt.

Celine schmunzelte und sagte fröhlich mit Anspielung auf die Fernseh-Krimiserie ›Ein Fall für zwei‹: »Na ja, jedem Anwalt seinen Matula.« Sie lachten beide. »Aber im Ernst«, fügte sie hinzu, »der ist wirklich gut. Er recherchiert sorgfältig, hat Charme, ist aber nie anbiedernd. Er findet auch immer die richtigen Worte, wenn es einmal heikel wird. Auf diese Weise gewinnt er Sympathien und es öffnen sich Türen für ihn. Und, im Gegensatz zum Fernseh-Matula, er schlägt sich nie und ich habe ihn deshalb auch noch nie mit einem Pflästerchen an der Stirn gesehen, wie das beim Fernseh-Detektiv schon die Regel ist.«

»Na, da scheint er geradezu das Gegenteil des Fernseh-Matula zu sein. Du solltest ihm einen anderen Spitznamen geben«, hatte Doris Celines Detektiv-Beschreibung kommentiert.

*

Als erstes fahren sie zusammen nach Hohenasperg zu Heiko, denn bevor Celine tätig werden kann, braucht sie eine schriftliche Vollmacht von ihm, die sie berechtigt, in seinem Auftrag Nachforschungen anzustellen und ihn auch zu vertreten.

Doris ist bestürzt, als sie ihren Bruder sieht und kann ihre Emotionen nicht zurückhalten. Während sie ihn umarmt laufen Tränen über ihre Wangen. Ihr Bruder ist nur noch ein Schatten seiner selbst, verhärmt seine Erscheinung, sein Gesicht aschfahl und dunkle Ringe um die Augen verfinstern sein Antlitz. Und dennoch lassen sich seine schönen markanten Gesichtszüge hinter seinem leidenden Ausdruck immer noch gut ausmachen.

Zuerst will Heiko gar nicht einwilligen, die Vollmacht zu unterzeichnen. »Was soll es noch bringen?«, fragt er resigniert. »Man hat mir meine Schuld ja eindeutig nachgewiesen.«

»Ja, heißt das, dass du gestehst, den Mord an dem Mädchen begangen zu haben?«, fragt Celine, während sie eine Augenbraue zweifelnd hochzieht.

Heiko schüttelt den Kopf. »Nein. Natürlich habe ich das nicht. Aber alles spricht doch gegen mich. Ich begreife es nicht. Ich kenne das Spiel nicht, das hier gespielt wurde. Keine Ahnung wer hinter der ganzen Sache steckt. Wer hat einen solchen Hass auf mich, dass er mir so etwas antut … dass er mich vernichten will? Dass dieses Mädchen mich erpressen wollte, kann ich nicht glauben. Sie war viel zu anständig … und sie hatte Angst, das spürte ich. Ein bisschen Menschenkenntnis besitze ich doch schließlich auch, um das beurteilen zu können.« Er schüttelt den Kopf. »Ohne deine Fähigkeiten in Abrede stellen zu wollen, Celine, wie willst du herausbekommen, was die anderen nicht schafften? Das alles ist zu geschickt eingefädelt.«

»Heiko, wenn ich schon von Anfang an an einem Erfolg zweifeln würde, bräuchte ich diese Aufgabe tatsächlich nicht zu übernehmen. Aber deine Schwester und ich glauben an deine Unschuld und ... ja ich bin zuversichtlich. Ich gebe nicht so schnell auf. Zum Beispiel hattest du soeben ein ganz wichtiges Detail erwähnt. ›*Wer hat einen solchen Hass auf mich, dass er mich vernichten möchte?*‹ Das ist eine ganz wichtige Frage, der wir unbedingt nachgehen müssen. Wir müssen akribisch vorgehen, alles durchleuchten, um Zusammenhänge zu entdecken. Zusammenhänge, die uns zu dem Menschen führen, der dich so sehr hasst, dass er deinen Untergang wünscht. Glaube mir, ich habe schon einige heikle Fälle erfolgreich zu Gunsten meiner Mandantschaft zum Abschluss gebracht. Vertraue mir, Heiko, dass ich alles daransetzen werde, deine Unschuld, an die wir beide uneingeschränkt glauben, zu beweisen.«

Heiko unterschreibt schließlich die Vollmacht.

»So, prima, wir können loslegen. Erzähle mir in allen Einzelheiten, wie alles gekommen ist, deine Sicht der Dinge, zeitliche Abläufe ... einfach alles ... ich habe Zeit.«

In der nächsten Stunde erfahren Celine und Doris die ganze Geschichte aus Heikos Wissensstand und Perspektive. Sie sind schockiert, dass man ihm aus seiner Hilfsbereitschaft heraus einen Strick gedreht hatte. Doris ist natürlich ganz besonders über Patrizias Reaktion entsetzt, als sie erfährt, dass sie ihren Mann in dieser schlimmen Zeit im Stich gelassen hatte, dass sie an ihm zweifelte und vor allen Dingen, dass sie ihr eigenes Fleisch und Blut wegmachen ließ. Sie hat eine unendliche Wut auf ihre Schwägerin. Das ganze Verhalten von Madame Noblesse bestätigt ihre bisherige Meinung von ihr.

Celine hatte Heiko während seiner ganzen Schilderung nicht *einmal* durch Fragen und eigene Meinungen unterbrochen. Sie hörte nur stumm und äußerst aufmerksam zu. Hin und wieder nickte sie. Nicht einmal Notizen machte sie. Als er seine Geschichte beendet hatte, sagt sie nur:»Nun, dass du in entscheidenden Situationen schwerwiegende Fehler begangen hattest, das hast du jetzt ja selbst richtig dargelegt. Erstens, nach deinen Erfahrungen in Karlsruhe, hättest du dich niemals darauf einlassen dürfen, dich im Wald mit einer Schülerin zu treffen. Und zweitens, du hättest nicht weglaufen dürfen. Doch ich lasse mich durch solche Kurzschlussreaktionen, im Prinzip auch Handlungen im Affekt und sonstigem Fehlverhalten, nicht irritieren. Wir sind alle nur Menschen. Wir wissen nicht, wie wir reagieren würden, wenn wir in eine solche Situation geraten würden, wenn einem das Herz bis zum Halse schlägt.«

»Du hast überhaupt nichts notiert. Warum?«, fragt Heiko und Doris nickt bestätigend, dass auch sie diese Frage die ganze Zeit schon bewegte.

»Ich will nicht durch Schreiben abgelenkt sein. Wenn ich schreibe, bin ich so auf das konzentriert, was gesagt wurde und überhöre vielleicht wichtige Details, die folgen. Ich habe alles im Kopf, tja und in der Nachbearbeitung, also nach dem Interview, mache ich meine Notizen, indem ich sie strukturiere. Wichtige Eckdaten erhalten viel Platz, damit ich die Informationen, die ich dann aus der Polizeiakte erhalte und die Aussagen weiterer Zeugen zu ihnen in Bezug setzen kann. Ich erhalte auf diese Weise eine Art Landkarte des Falles.«

Celine steht auf, um sich von Heiko zu verabschieden. Ihr Blick fällt auf sein rechtes Handgelenk, an dem eine weiße Mullbinde die Spuren seines Selbstmordversuchs verdeckt und meint mit dem Kopf auf den Verband hinweisend: »Versprochen, dass das eine einmalige Sache bleiben wird?« Heiko nickt.

»Gut. Also, als ersten Akt, denn wir brauchen dich in Zukunft in der Nähe, werde ich versuchen, beim Richter deine Verlegung in die Psychiatrie nach Emmendingen zu erwirken.« Wieder mit Blick auf sein Handgelenk ergänzt sie: »Die geschlossene Psychiatrie kann ich dir leider nicht ersparen. Doch ich sehe es nicht als schlimmeres Übel an, als wenn du in einer kargen Gefängniszelle verkümmern müsstest.« Dann blinzelt sie ihm voll Zuversicht zu.

Doris umarmt ihren Bruder herzlich. »Es wird alles gut, Heiko, davon bin ich überzeugt«, möchte auch sie ihm Mut zusprechen. Dann gehen sie beide.

»Wollen wir noch etwas essen, bevor wir nach Freiburg zurückfahren? Da nebenan ist nämlich gleich die Schubartstube. Die Karte bietet Klassisch-Schwäbisches und man hat von hier oben einen wunderbaren Blick aufs Umland«, schlägt Celine vor. Kurz darauf sitzen sie im Biergarten der Schubartstube. Bis das Essen kommt tippt Celine noch emsig in ihren Laptop. Sie möchte die Aussagen von Heiko erst einmal festhalten. Strukturieren wird sie dann zu Hause.

Um zwei Uhr machen sie sich auf den Weg zurück nach Freiburg. Das sind gute zwei Stunden Fahrt. Doris wohnt in Freiburg bei ihrer unverheirateten Freundin.

Noch gleichentags beantragt Celine bei der Kriminalpolizei Lörrach im Auftrag ihres Mandanten Heiko Thomasin Akteneinsicht.

Am nächsten Tag, trifft sie sich, zusammen mit Doris und Friedhelm in Lörrach, damit die beiden sich auch noch kennenlernen. Friedhelm ist ein mittelgroßer, schlanker Mann mittleren Alters. Sein rotbraunes Haar ist kurz geschnitten, seine dunkelbraunen Augen schauen durch eine randlose Brille. In seinem gut geschnittenen Anzug gibt er eine elegante Erscheinung ab, also tatsächlich alles andere als Doris sich von einem *Anwalts-Matula* vorgestellt hatte. Den kennt man eher mit ausgebeulten Jeans, Lederjacke und einem obligatorischen Pflästerchen auf der Stirn, weil er sich öfters mal zu weit vorwagt. Sie findet, dass ihre Freundin ihn sehr gut beschrieben hatte. Celine macht die beiden gerade miteinander bekannt, als sie auf ihrem Handy einen Anruf von Kommissar Albrecht erhält. Er teilt ihr mit, dass die Staatsanwaltschaft Akteneinsicht im Fall Thomasin gewährt.

»Wunderbar«, sagt sie, »ist es passend, wenn ich heute gegen 14:00 Uhr vorbeikomme?«

»Ist recht. Ich werde da sein«, sagt sie Albrecht zu.

Celine legt auf und wendet sich wieder den anderen zu. Sie brieft ihren Kompagnon über die bis jetzt bekannten Details, damit er sich schon einmal herumhören kann. »Geh' du als erstes ins Hans-Thoma-Gymnasium und bitte den Direktor um Erlaubnis, im Falle ihres Lehrers Herrn Thomasin nochmals ein paar Schüler zu interviewen. Du kannst ja sagen, dass sich eine Wendung im Fall ergeben habe. Ich bin überzeugt, dass sie interessiert sein werden, die Wahrheit über die Geschichte zu erfahren. Es geht immerhin um einen Lehrer ihres Gymnasiums. Und dann würde ich gerne ein bisschen das Umfeld von dieser Sandra Schaffner kennenlernen. Diese junge Dame hatte Heiko ziemlich schwer belastet. Ich möchte wissen, wer ihre Freunde sind und ...«, sie sieht, wie Friedhelm einen Mundwinkel hochzieht und sie ungeduldig, leicht genervt ansieht, und schließt ihre Rede humorvoll mit »... na ja, ich brauche dir ja nichts zu erklären. Du kennst dich aus, Mister Matula.«

»Yes Ma'am«, erwidert Friedhelm ebenso ironisch. Celine grinst.

»Und? Wie bist du zufrieden mit deiner Unterkunft?«, fragt Celine vom Thema abkommend ehrlich interessiert, denn es könnte schließlich sein, dass sie kurzfristig auch in die Region kommen wird.

»Herrlich urig ist das, inmitten eines Museums zu wohnen«, äußert Friedhelm seine Begeisterung. Er hat sich nämlich im Kreiterhof in Egerten bei Wollbach einquartiert. Dieser Hof wurde schon 1809 erbaut und das altertümliche Flair ist noch heute erhalten. Der Besitzer gleichen Namens, der auch eine gemütliche Gaststätte mit herzhaftem Essen führt, ist ein Sammler aus Leidenschaft. Er hortet Dinge des alltäglichen Lebens, wie man sie früher im Gebrauch hatte. Hier findet man alles, von landwirtschaftlichen Maschinen, über Haushaltsgeräte, zu Bettflaschen, oder Geschirr. Man kann gar nicht alles aufzählen und jedes Mal, wenn man wiederkommt, entdeckt man etwas Neues. Nicht, dass diese Dinge nicht schon zuvor dagewesen wären. Mitnichten. Man kann nur nicht alles auf einmal erfassen, weil es einfach zu viel ist. Der Hof ist ein wahres Dorado für Entdecker. Manch einer rätselt über die Funktion alter Sammlerstücke. Friedhelm könnte stundenlang genüsslich verweilen. Tja und die Wohnung, die er bewohnt, passt in das Ambiente eines alten Bauernhofes. Sie ist zweckmäßig eingerichtet, gemütlich, hat eine Terrasse und man genießt einen Blick in die Natur pur.

»Na dann werden wir dich ja mal besuchen kommen. Was meinst du Doris?«, lacht Celine und knufft Doris in die Seite.

*

Das Aktenstudium nimmt gute zwei Stunden in Anspruch. Immer wieder schaut Celine hoch und lässt die Geschehnisse vor ihrem geistigen Auge abspielen. Es fügt sich in der Tat alles nahtlos ineinander, wie von minutiöser Hand sorgfältig geplant. Aber wo ist der Haken? Wer konnte dieses Interesse haben, Menschen zu zerstören? Wem galt der Hass? Galt er dem Lehrer oder dem Mädchen? War er oder sie einfach nur ein Kollateralschaden? Welche Rolle spielte Sandra Schaffner oder dieser 16jährige Junge, der seit dem Unfall vor mehr als zwei Jahren nicht mehr spricht? Sie beide, daneben natürlich auch Patrizia, belasteten Heiko schwer. Und immer wieder taucht der Fall Isabell Lorenz auf, der zum Vergleich herangezogen wird. Hat das eine mit dem anderen zu tun? Vorstellbar wäre es. Aber welcher Art?

Während Celine und Friedhelm beschäftigt sind, fährt Doris mit dem Bus von Lörrach nach Kandern und schaut sich in der Gegend um. Sie geht zu Heikos und Patrizias Haus. Es ist ein sehr schönes Anwesen. Als plötzlich der weiße Mercedes aus der breiten Einfahrt herausgefahren kommt, dreht sie ihr Gesicht etwas weg. Sie will von Patrizia nicht erkannt werden. Als der Wagen außer Sichtweite ist, klettert Doris über den niedrigen Zaun und besichtigt das Grundstück. Da steht der Spaltklotz, von dem Heiko sprach … ohne Beil. Wahrscheinlich liegt das Teil in der Asservatenkammer der Kriminalbehörde. Sie sieht das gestapelte Holz und an der Stelle, wo man das Beil vermutlich fand, liegen die Scheite noch immer am Boden. Sie versucht durch die Terrassentür ins Innere des Hauses zu schauen. So schön das Haus von außen aussieht, so geschmackvoll ist es innen eingerichtet. Patrizia hatte schon immer ein gutes Händchen in Sachen Hausverschönerung, das muss Doris neidlos anerkennen.

Celine ist mittlerweile mit der Akteneinsicht fertig. Als sie sich von Björn Albrecht verabschiedet, wünscht der ihr viel Erfolg. Ihr nächstes Ziel ist das Café Barcode, wo Heiko dieses Mädchen getroffen hatte und wo diese Aufnahmen gemacht wurden. Anhand der Fotos kann sie gut ausmachen, wo Heiko mit Anja gesessen hatte und von wo aus die Fotos geschossen wurden. Sie setzt sich, um in ihrem Laptop Notizen zu machen. Beim Kellner bestellt sie sich einen für dieses Café berühmten Cappuccino Spezial.

Gegen halb sechs treffen sich alle drei beim Kreiterhof zu einem zünftigen Vesper. Celine ist begeistert von dem Hof. »Ei, Friedhelm, du hast wirklich nicht zu viel versprochen. Das ist ja ein richtiger Geheimtipp.«

»Oh Celine, ein Geheimtipp ist das schon lange nicht mehr. Dieses Lokal ist über die Grenzen hinaus gut bekannt. Wenn es hier voll ist, hörst du sicher bei der Hälfte der Gäste Schwizerdytsch«, klärt Friedhelm Celine auf.

Ihre Besprechung jedoch möchten sie weder im Außen- noch im Innenbereich der Gaststätte abhalten. Viel zu viel Umtrieb und viel zu laut ist es hier, als dass man ernsthafte Gespräche führen könnte. Dazu gehen sie lieber auf die Terrasse von Friedhelms kleinem Apartment.

»Also, ich habe mich in der Schule umgehört«, beginnt Friedhelm. »Sandra war seit dem Vorfall nicht mehr in der Schule. Man erzählte mir, dass sie krank sei. Sie hatte die Sache mit Anjas Tod nicht verkraften können. Es soll ihr wirklich sehr schlecht gehen, und sie hockt nur noch in ihrem Zimmer, verlässt es bloß zum Essen. Sie geht auch nicht mehr aus dem Haus. Nach Auskunft des Direktors, wollen die Eltern, dass sie sich in ärztliche Behandlung begebe ... zu einem Psychiater, doch dagegen wehrt sie sich vehement. Das einzige, das sie zulässt, ist die Hausärztin, die sie auch krankschreibt. Es wird schwer, sie zu befragen Die Eltern werden es wahrscheinlich nicht erlauben.«

»Ja, wir können uns ja zuerst mit allen anderen befassen. Aber um ein Verhör wird sie nicht herumkommen, und sei's drum, dass wir ihre Ärztin hinzuziehen. Schließlich geht es um die Wahrheitsfindung. Doch wie ich dich und deinen Charme kenne, Friedhelm, wirst du das schon irgendwie deichseln«, kommentiert Celine Friedhelms Befragungsergebnisse.

»Klar, mach ich doch«, lacht Friedhelm, »aber jetzt pass auf, jetzt kommt's. Ich habe mit Sandras bester Freundin, Lisa Picco, gesprochen und das, was ich von ihr hörte, das klang höchst interessant.«

»Oh«, Celine zieht eine Augenbraue hoch, eine für sie typische Mimik, wenn sie sehr gespannt ist. »Na dann schieß mal los!«, fordert sie Friedhelm ungeduldig auf.

»Sandra hatte sich letztes Jahr verliebt.«

»Aha, und was soll daran so außergewöhnlich sein? So was soll vorkommen, in den besten Kreisen sogar«, kommentiert Celine das Gesagte etwas enttäuscht.

»Gemach, gemach, meine liebe Celine, es kommt schon noch. Dieser Jemand, den niemand kennengelernt hatte, einzig den Vornamen, hatte Sandra im Gespräch mit Lisa einmal erwähnt, war um einiges älter als sie. Also, Andy heißt er. Ansonsten wusste man nichts von ihm. Gesehen hatte ihn auf jeden Fall nie jemand. Zuerst glaubte Lisa, dass der Freund nur eine Erfindung von Sandra gewesen sei. Schließlich hätten fast alle Mädchen der Klasse schon einen Freund gehabt und Sandra als eine von wenigen ohne Freund, wollte vielleicht auch mal mitreden können. Aber dann erfuhr Lisa, dass Sandra in einer Clique verkehrte, in der dieser Andy der Chef war. Sie soll oft des Nachts lange weg- und entsprechend in der Schule sehr müde gewesen sein; ebenso seien auch ihre Leistungen kurzfristig abgefallen. Lisa Picco hatte gegenüber Sandra den Verdacht geäußert, dass sie da wohl in die Fänge einer Art Sekte geraten sei, was Sandra jedoch vehement abstritt. Sie habe sie aber regelrecht angefleht, bloß nie etwas Derartiges bei anderen zu erzählen. Es schien ihr, als habe Sandra Angst gehabt. Dieser Andy hatte Sandra äußerste Diskretion auferlegt und erklärt, dass er dafür seine Gründe habe … also berufliche Gründe … immerhin sei Sandra ja noch sehr jung. Lisa selbst habe sich aber dann etwas von Sandra zurückgezogen.«

»Das hört sich allerdings äußerst interessant an, in der Tat. Was mich aber wundert, dass aus der Verfahrensakte keine solche Aussage hervorgeht. Das sind doch wichtige Informationen. Wurde denn Sandras beste Freundin von der Polizei nicht vernommen?«

»Ja, das fragte ich die junge Dame auch. Lisa Picco, sie ist zu einem Viertel Italienerin, befand sich zum Zeitpunkt des Mordes wegen eines Todesfalles bei der Familie in Italien. Ihr Opa, den sie sehr liebte, wurde bestattet. Und das war kurz vor den Sommerferien, das heißt also, dass Lisa vor den Ferien nicht mehr zurückgekehrt war. Als sie zum neuen Schuljahr wieder zurückkam, war alles schon vorbei. Die Beweisaufnahme abgeschlossen, der Fall sozusagen geklärt. Sie selbst sah also keine Veranlassung, etwas zu der Geschichte hinzuzufügen. Es ging ja nicht um Sandra, sondern um Anja, und dann habe sie Sandra auch versprochen, nichts von ihrem Verdacht nach außen verlauten zu lassen. Außerdem zweifelt sie daran, dass diese Geschichte etwas mit dem Mord zu tun gehabt haben könnte. Ich fragte sie, ob sie denn nie den Verdacht hatte, dass es zwischen Anjas Wesensveränderung und Sandras Sektengeschichte einen Zusammenhang gegeben haben könnte, denn, wie du ja erzählt hattest, schien Anja, gemäß Aussage eines Schulkameraden, immer nach einem Gespräch mit Sandra besonders bedrückt gewesen zu sein. Doch Lisa kann es sich nicht vorstellen, wie das eine mit dem anderen etwas zu tun gehabt haben soll.«

»Das ist für den Anfang ja schon mal ganz schön interessant und wichtig. Da müssen wir dran bleiben. Ich habe aber auch noch etwas, oder besser eine Person, die du dir unbedingt mal ansehen solltest. Es gibt da nämlich den Hauptbelastungszeugen, einen Jungen, der die Tat beobachtet haben will und …«

Bevor Celine den Satz beenden kann, unterbricht Friedhelm sie, um für sie zu Ende zu bringen, was er nach dem ›und‹ erwartete. »… und ich werde Morgen hingehen und den Knaben nochmals in die Mangel nehmen. Wie heißt er, wo wohnt er?«

»Hättest du mich ausreden lassen, würdest du jetzt nicht in eine falsche Richtung denken«, schäkert Celine. »Du wirst den Jungen nicht so einfach in die Mangel nehmen können, denn der leidet nach einem Autounfall unter einer posttraumatischen Belastungsstörung begleitet von einer Aphasie.«

»Aha?«, kommentiert Friedhelm und demonstriert damit das Fragezeichen, das über seinem Kopf schwebt: ›*sollte ich das jetzt wohl verstanden haben*?‹. Bevor er jedoch fragen kann, erklärt Celine, dass es sich bei einer posttraumatischen Belastungsstörung im Gegensatz zu einer posttraumatischen Belastungsreaktion um eine langfristige Störung handelt und dass unter Aphasie ein Sprachverlust nach einem schweren psychischen Trauma zu verstehen sei. Der Junge sei vor über zwei Jahren mit seinem Vater im Auto unterwegs gewesen und habe erleben müssen, wie der Vater nach einem Selbstunfall starb. Hinzu kam, dass er, als er aus dem Auto ausgestiegen war und im Dunkeln wohl ziemlich verwirrt unter Schock stehend über die Straße irrte, von einem anderen Auto erfasst und an den Straßenrand geschleudert wurde. Der Fahrer flüchtete vom Unfallort, ohne sich um den verletzten Jungen gekümmert zu haben. Oft ist in solchen Fällen Alkohol im Spiel oder auch überhöhte Geschwindigkeit. Die Bremsspur jedoch zeigte angepasste Fahrweise, so dass man eher von Alkohol ausging. Dem Unfallfahrer wäre nämlich in nüchternem Zustand bei angepasster Geschwindigkeit strafrechtlich nichts passiert. Er konnte an dieser entlegenen Straße bei stockdunkler Nacht – es gibt nämlich keine Straßenbeleuchtung an besagter Stelle – nicht mit einem aus dem Nichts auftauchenden Fußgänger rechnen. Schlussendlich, hatte der Junge dennoch insofern Glück, als dass kurz darauf ein anderes Auto kam und anhielt.

»Wie konnte der Junge eine Aussage machen, wenn er nicht reden kann? Und zweitens, wieso war er am Tatort? Ich verstehe das nicht ganz«, wundert sich Friedhelm.

»Nun, aus den Akten geht hervor, dass der Junge schon vor dem Unfall ein Eigenbrötler war, und dass dies nach dem Unfall noch verstärkt wurde. Er hielt sich jeden Tag stundenlang in der Wolfsschlucht auf. Wie es scheint, war er immer schon gerne dort, weil die Gegend für ihn wie eine Abenteuerlandschaft war, wo er träumen konnte. Die Mutter hatte bei der Polizei erklärt, dass er oft nur in einer Höhle saß und sich Indianergeschichten ausdachte, in denen er die Hauptrolle spielte. Ja und aus dieser Höhle heraus habe er beobachtet, wie Heiko das Mädchen erschlug. Er hatte

Heiko bei einer Gegenüberstellung eindeutig identifiziert.«

Doris schüttelt nur aufgebracht den Kopf. Wie war das möglich? Ihr Bruder war doch kein Mörder, nie und nimmer. Wie konnte der Junge ihn identifizieren.

Celine, die Doris' Gedanken förmlich zu lesen schien, legt eine Hand auf ihren Unterarm. »Mach dir keine Sorgen meine Liebe. Wir werden die Sache untersuchen, auch wenn es, wie es scheint, sehr kompliziert werden wird, denn wir haben es gleich mit zwei psychisch Traumatisierten zu tun, die zu befragen sehr schwierig sein wird. Wir müssen es nur geschickt angehen. Ich sagte ja, ich hatte schon kompliziertere Fälle.«

Zu Friedhelm gewandt sagt sie: »Der Junge heißt Xaver Gresslin und wohnt in Holzen, Im Rebacker. Es macht auch nichts, wenn du vorerst mal nur mit der Mutter sprichst. Da erfährst du sicher mehr, als wenn du dir den Jungen, der eh nichts sagt, vorknöpfen würdest. Und dann wäre da noch die Mutter von Sandra. Auch die wird dich anfänglich nicht bis zur Tochter vorlassen. Die Familie Schaffner wohnt in Kandern in der Gartenstraße. Übernimmst du die beiden Mütter?«

»Klar doch. Mit Müttern kenne ich mich bestens aus«, stimmt Friedhelm dem Auftrag dienstbeflissen mit einem verschmitzten Lächeln zu.

»Deswegen arbeite ich doch so gerne mit dir zusammen. Mit deiner Erscheinung und deinem Charme öffnest du alle Mütterherzen ... Matula«, lacht Celine.

12

»Das kann doch so nicht weitergehen, Sandra. Du musst doch wieder zur Schule. Es ist das letzte Jahr und Du versäumst gerade jetzt sehr viel. Was soll denn aus deinem Abitur werden?«, redet Frau Schaffner verzweifelt auf ihre Tochter ein. Sie hat sich eigens für ihre Tochter von ihrem Architekturbüro, das sie in Lörrach gegründet hatte und auch selbst leitet, beurlaubt und alle laufenden Aufträge an ihren Kollegen zur Bearbeitung übertragen. Ihre beiden Hauptauftraggeber, zwei Großprojekte, bedient sie von zu Hause aus. Diese Kunden sind ihr sehr wichtig und sie stehen ganz oben ihrer Prioritätenliste.

Sandra hält sich ihre Ohren zu und kreischt hysterisch. »Nein, nein, nein … Scheiß aufs Abitur … ich kann nicht … ich kann nicht …« Ihr Kreischen geht in ein jämmerliches Schluchzen über.

»… Ich kann nicht …« wiederholt sie wimmernd und ihr Körper fällt wieder zusammen zu dem, was er vor ihrem Ausbruch war, zu einem kleinen Häufchen Elend. Frau Schaffner legt, wenn auch nur für einen kurzen Moment einen Arm um ihre Tochter, die es geschehen lässt. Wie sehr hatte Sandra diese Nähe vermisst.

Die Eltern waren zwar immer für sie da, aber dennoch nie nah. Ja, sie hatte alles, was sie brauchte … zumindest alles Materielle. Sie hatte ein schönes Zuhause, ihr eigenes großes schön eingerichtetes Zimmer, schließlich ist ihre Mutter ja Architektin und hatte alle Kunst ihres Handwerks in die Gestaltung des Hauses gelegt. Sie hatte ein Bett zum Schlafen, immer zu Essen und finanziell nicht zu klagen. Doch es fehlte ihr an Nestwärme. Sie hatte alle Freiheit, musste nie fragen, wenn sie etwas unternehmen wollte. ›*Wir haben vollstes Vertrauen in dich Sandra. Wir wissen, dass du vernünftig genug bist, zwischen richtig und falsch zu unterscheiden. Du bist unsere Wunschtochter, wie wir sie uns vorgestellt hatten*‹, waren die Kommentare. Doch Liebesbezeugung durch Umarmung kannte sie nicht. Oder einfach nur mal kuscheln ... wie schön wäre das gewesen. Sie war die immer vernünftige Wunschtochter, die ihre Eltern nie enttäuschte.

Friedhelm stand vor der Türe, wollte eigentlich gerade klingeln, nahm aber die Hand wieder vom Klingelknopf, als er das hysterische Geschrei durch das schräg gestellte Fenster im oberen Stockwerk des Hauses in der Gartenstraße hörte. Er wartete einen Moment. Als der Lärm verebbte, wagte er es schließlich.

Nach einer kurzen Weile, erscheint Frau Schaffner in der Tür.

»Guten Tag Frau Schaffner. Mein Name ist Friedhelm Kulau, Privatdetektiv«, stellt er sich höflich vor, während er ihr sein Visitenkärtchen reicht.

Sie studiert zuerst das Kärtchen und sieht ihn dann fragend an. Was will ein Detektiv ausgerechnet bei ihnen?

»Ich arbeite im Auftrag von Rechtsanwältin Celine Endress, die Herrn Thomasin vertritt. Dürfte ich ...«

»Der Fall ist doch längst abgeschlossen«, unterbricht Frau Schaffner ihn, »was gibt es da noch zu vertreten? Der Kerl ist klar überführt ... nicht nur, dass er das arme Mädchen missbraucht und umgebracht hat, nein er hat auch viele der Jugendlichen zerstört. Diese jungen Menschen können es nicht begreifen. Sie liebten diesen Schönling von Lehrer, schauten beinahe ehrfürchtig zu ihm auf ... zu ihm, der es nicht verdiente. Unsere Tochter ist seither krank. Ich weiß nicht wie wir sie wieder auf die Reihe kriegen sollen.«

»Es gibt eine Wendung im Fall. Es ist eben nicht ganz schlüssig, ob Herr Thomasin wirklich der Mörder ist, oder ob das Ganze nicht doch ein Komplott gegen ihn war ... ein sehr gut ausgeklügeltes Komplott.«

»Ein Komplott? Aber wer sollte denn ...? Ja hatte er denn Feinde? Und, was soll meine Tochter damit zu tun gehabt haben?«, fragt Frau Schaffner jetzt doch neugierig geworden. Fände sie ihr gepflegtes Gegenüber nicht so sympathisch, hätte sie ihm wahrscheinlich schon längst nach dieser vagen Eröffnung eines abgeschlossenen Falles die Türe vor der Nase wieder zugeschlagen.

Aber dank seiner angenehmen Erscheinung, seiner höflichen und freundlichen, nicht aufdringlichen Art und seiner angenehmen Sprache mit seiner schönen sonoren Stimme öffnen sich ihm immer wieder Herzen und schließlich auch Türen.

»Um das herauszufinden, Frau Schaffner, haben wir die Recherchen wieder aufgenommen. Ja, Sie haben Recht, die Spuren, die zu Herrn Thomasin führen, sind eindeutig ... zu eindeutig, wie wir finden.«

Frau Schaffner tritt zur Seite und mit einer einladenden Handbewegung bedeutet sie Friedhelm, das Haus zu betreten. Sie führt ihn ins offene Wohnzimmer von dem eine Treppe nach oben führt. Er nimmt in dem ihm zugewiesenen Sessel neben dem Cheminée Platz.

Nachdem Frau Schaffner Getränke und Gläser hingestellt hatte, setzt sie sich Friedhelm gegenüber.

»Ein schönes Cheminée haben Sie da, Frau Schaffner. Modernes, ansprechendes Design. Gefällt mir sehr. Es muss eine Freude sein, im Winter, wenn es draußen so richtig kalt und ungemütlich ist, hier am Kamin zu sitzen und das Knistern des brennenden Holzes und das stimmungsvolle Flackern des Feuers zu genießen.«, stellt Friedhelm bewundernd fest.

Frau Schaffner nickt freundlich und stimmt dieser eben skizzierten Romantik zu, nicht ohne Stolz in Bezug auf ihr architektonisches Talent. Dann geht Friedhelm gleich zum Grund seines Besuches über. »Ich deutete Ihnen ja an, dass es im Fall des Herrn Thomasin eine Wendung gibt und ...«

»Ich verstehe nicht ganz Herr ...«, Frau Schaffner blickt kurz auf das Visitenkärtchen, »... Herr Kulau. Dieser Thomasin wurde doch von dem Hauptbelastungszeugen aus Holzen eindeutig identifiziert. Ebenso hatte auch seine Frau ihn schwer belastet ... und nicht zu vergessen, das im Holz versteckte Tatwerkzeug mit seinen Fingerabdrücken und dem abgewischten Blut des Mädchens. Außerdem ist er Linkshänder. Und schließlich diese Fotos, die doch auch eindeutig waren.«

»Nein, eben nicht, um von hinten Ihrer Aufzählung zu beginnen. So eindeutig sind diese Fotos gar nicht. Ich habe sie mir nämlich genau betrachtet. Die Eindeutigkeit besteht eigentlich nur darin, dass Herr Thomasin mit Anja in einem Café saß, sich mit ihr unterhielt und dabei auch mal tröstend die Hand auf die Ihre legte. Den Inhalt des Gesprächs gibt das Foto ja nicht wieder. Und, dass Anja in sein Auto stieg … nun sie beide wohnten schließlich in Kandern. Da bietet es sich doch an, dass der Lehrer das Mädchen mitnahm. Wieso sollte sie da auf den Bus warten, wenn beide im gleichen Ort wohnten? Für mich wäre es eindeutig gewesen, wenn sie in inniger Umarmung ertappt worden wären, oder sich küssend, halbnackt oder was es sonst noch gibt, das auf eine wirkliche intime Annäherung hingewiesen hätte. Und das sicher nicht in aller Öffentlichkeit. Laut Herrn Thomasin hatte Anja aber Sorgen und sie wollte mit ihm sprechen. Sie haben die Bilder sicherlich auch gesehen im Handy ihrer Tochter. Fanden Sie da nicht auch, dass nach deren Gesichtern auf den Fotos zu urteilen, das Gespräch ein sehr ernstes war?«

»Nein, leider habe ich sie nie gesehen. Sandra hatte ja alles gelöscht.«

»Na ja, auch nicht so wichtig. Auf jeden Fall hatte Anja nach Aussage einiger Schüler und ihres Lehrers offensichtlich Sorgen. Leider hatte sie bei Herrn Thomasin nur eine vage Andeutung von Erpressung gemacht, wollte aber nicht sagen, von wem sie erpresst wurde. Sie wollte von ihm wissen, ob er sie, nachdem er sie nun gut kannte, verurteilen würde, wenn sie etwas Unrechtes täte, nur weil sie jemanden der ihr nahestand schützen wolle. Wenn man die Fotos den diversen Aussagen gegenüberstellt, so scheinen sie als Schuldbeweis nicht stichhaltig genug zu sein.«

»Gut, sie mögen Recht haben, was die Fotos anbelangt. Aber wie sieht es aus mit den anderen Beweisen, zum Beispiel die Aussage dieses Jungen ... Xaver glaube ich heißt er.«

»In der Tat, Frau Schaffner, das ist der schwierigste Part unserer Aufgabe. Herauszufinden, wie es zu dieser Zeugenaussage kam. Ich werde natürlich hier sehr akribisch vorgehen. Dann war es ja nicht nur die Aussage von Xaver. Nein! Auch, dass Thomasins Frau ihn mit ihrer Aussage belastete, spricht natürlich nicht für ihn. Vielleicht hatte sie den ähnlich unrühmlichen Fall von damals in der Schule in Karlsruhe, wo es auch um unerlaubte Annäherung gegangen sein soll, immer noch im Hinterkopf. Die Erinnerung daran ließ ihre Wut vielleicht wieder aufwallen, auch wenn ihr Mann damals nachweislich unschuldig war.«

»Ach, in seiner früheren Schule hatte es auch schon einen Vorfall gegeben?«, fragt Frau Schaffner erstaunt. »Da haben wir's also. Er scheint kein unbeschriebenes Blatt zu sein. Davon stand aber nichts in der Zeitung.«

»Klar, stand nichts in der Zeitung davon. Herr Thomasin war ja damals auch unschuldig.«

»Und doch soll dieser Fall bei dessen Frau immer noch Auswirkungen gehabt haben? Dann zweifelte sie im Hinterkopf also immer noch ein wenig an der Unschuld ihres Mannes? Sie wird wohl ihre Gründe gehabt haben. Vielleicht schaute er jedem Rock hinterher und gab immer wieder Anlass zur Eifersucht.«

»Nun, das kann ich nicht beurteilen. Es ist nur eine Mutmaßung von mir, dass Frau von Ow, die Sache von damals noch nicht verdaut haben könnte. Aber stellen Sie sich vor, Frau Schaffner, Thomasins Frau will die Scheidung und schreckte sogar davor nicht zurück, den Abbruch ihrer Schwangerschaft anzukünden oder hat ihn inzwischen vermutlich schon vorgenommen.«

Frau Schaffner reißt entsetzt ihre Augen auf und schlägt voll Bestürzung eine Hand gegen ihren vor Staunen offen stehenden Mund.

»Ich verstehe Ihr Entsetzen, Frau Schaffner. Wenn man selbst Mutter ist, kann man so etwas nicht nachvollziehen. Nun, Frau Schaffner, … «, Friedhelm kennt die psychologische Wirkung, die man auf sein Gegenüber ausübt, wenn man zwischendurch immer wieder dessen Namen nennt, »… auch diese belastende Aussage seiner Ehefrau reicht uns, mit ›uns‹ meine ich die Rechtsanwältin Frau Endress und mich, als Beweis natürlich nicht aus. Es stimmt zwar, dass Frau von Ow ihm kein Alibi geben konnte, weil er zur Tatzeit tatsächlich nicht zu Hause war, danach aber fast wie aufgelöst, leichenblass und verschwitzt ankam. Aber ihr Mann leugnete ja nicht, dass er am Tatort war, zumal er ja zu Hilfe gerufen wurde. Doch als er ankam, entdeckte er nur die tote Anja.«

»Soviel ich weiß, gab er es aber auch erst zu, nachdem man es ihm schon ganz klar nachgewiesen hatte«, wendet Frau Schaffner ein.

»Sie haben Recht, Frau Schaffner. Das war nicht gerade geschickt, das weiß auch Herr Thomasin. Auf der anderen Seite. Wie würden Sie reagieren, wenn Sie vor einer Toten stünden und Sie an allen Fingern abzählen könnten, dass der Verdacht auf Sie fallen würde, weil es ja diese Handynachricht von eben dieser Toten gibt? Thomasin suchte übrigens alles in der Umgebung ab, um das Handy zu finden, weil er wusste, dass ihm daraus ein Strick gedreht werden könnte. Das Handy war aber nirgends zu finden. Komischerweise fand es die Polizei beim Eintreffen sofort, ohne lang suchen zu müssen. Es lag unweit von der Toten, etwas unterm Laub versteckt und zwar nur so versteckt, dass es leicht zu finden war. Ist doch seltsam, nicht wahr? Übrigens genauso verhält es sich mit der Tatwaffe. Diese war jederzeit jedem zugänglich. Sie steckte immer im Spaltklotz. Herrn Thomasin ist mitten im Sommer natürlich nicht aufgefallen, dass das Beil fehlte. In diesem heißen Sommer dachte man zuletzt ans Heizen und schon gar nicht an schweißtreibende Arbeit wie Holzspalten.«

»Aus Ihrem Munde klingt alles tatsächlich ziemlich logisch und relativ gut nachvollziehbar. Obwohl, überzeugen konnten Sie mich noch nicht. Bitte sagen Sie mir, was *wir* nun für Sie tun können? Sandra hatte ihre Aussagen nach bestem Wissen und Gewissen gemacht. Sie gab sogar zu, dass sie Anjas Vorhaben kannte und sich daran beteiligte ... zumindest mit den Fotos. Auch wenn ich - also wenn ich mal ganz ehrlich sein soll - Anja so etwas gar nicht zugetraut hätte, ich kenne das Mädchen schließlich schon von Kindesbeinen an, so sind doch die Aussagen meiner Tochter unmissverständlich und klar. Wieso sollte ich meiner Tochter keinen Glauben schenken. Sie ist ein gutes Mädchen, hat uns bisher nie Sorgen bereitet.«

Sie hörten beide nicht, dass Sandra sich leise aus ihrem Zimmer schlich und schon seit längerer Zeit am oberen Absatz der Treppe sitzt. Ihr Herz schlägt bis zum Hals bei all dem Gehörten. Über alles, was dieser Fremde da aufwarf, hatte sie sich selbst auch schon

Gedanken gemacht ... und sie konnte keine Erklärung finden. Ihr wird gleichzeitig heiß und kalt.

»Ich würde Sie gerne nochmals befragen. Ich weiß, Frau Schaffner, es wird schwierig für Sie sein, sich zu erinnern, da alles doch eine gewisse Zeit zurückliegt. Vor allen Dingen konnten Sie natürlich nicht ahnen, sollte Ihnen etwas seltsam vorgekommen sein, dass man dieses von der Norm Abweichende mit einem Vorfall, der erst später eintreten würde, in Zusammenhang bringen könnte. Und dann würde ich gerne nochmals mit Sandra sprechen. Ich weiß um ihren psychischen Zustand Bescheid, würde dementsprechend auch sehr behutsam vorgehen ... und, es versteht sich von selbst, ich würde nicht auf ein Interview unter vier Augen bestehen.«

Bei diesen Worten zuckt Sandra zusammen. Es schnürt ihr förmlich den Hals zu. Wie gerne würde sie sich endlich erleichtern, alles sagen, was ihr selbst auf dem Herzen liegt. Aber sie kann nicht. Es ist zu gefährlich.

In regelmäßigen Abständen erhielt sie bisher auf ihrem Handy Anrufe von einem ihr unbekannten Anrufer, der sie warnte: ›*Big-Black-Moon is watching you. Du bleibst bei deiner Aussage, ist das klar? Alles, was du tust und sagst, wird registriert. Wenn du der BMG gefährlich würdest, hätte das Konsequenzen.*‹ Wie soll sie so weiterleben können. Sie hätte so gerne mit Andy gesprochen, damit er ihr versicherte, dass er nichts mit dem Mord zu tun hatte und damit in weitestem Sinne auch sie selbst nicht. Denn sie hatte Anja schließlich den Treffpunkt vorgeschlagen, weil Andy und Ralph mit ihr reden wollten. Wie gerne hätte sie gehabt, dass

Andy sie jetzt in die Arme schlösse und wie damals in dieser wunderbaren warmen Nacht liebkose und von ihr die Angst und das Trauma nehme. Doch sie weiß, dass das nichts als ein frommer Wunsch ist. Andy ist nicht der, für den sie ihn hielt. Seine Zärtlichkeiten waren nur Taktik, sie dahin zu bringen, wo er sie gebrauchte. Danach zog er sich von ihr zurück … wahrscheinlich ging er, und dieser Gedanke schnürt ihr vor Eifersucht fast die Kehle zu, zu seiner Sonja. Sie selbst blieb als Trümmerhaufen zurück und fragte stets nach dem Warum.

»Frau Schaffner, ist Ihnen aufgefallen, dass Sandra letztes Jahr im Herbst erschöpfter wirkte, als man von ihr normalerweise gewohnt war?« Diese Frage kann Frau Schaffner ihm nicht konkret beantworten, auch nicht, ob Sandra des Nachts oft sehr lange weg war und wenn sie weg war, ob sie immer wusste, wo sie sich aufhielt. Stets schüttelt sie verneinend den Kopf und dabei wird ihr bewusst, wie wenig sie von ihrer Tochter wirklich wusste … nämlich nichts, von dem dieser Fremde offensichtlich weiß. Wie wenig hatte sie sich dafür interessiert, was Sandra in ihrer Freizeit tat. Gar schockiert zeigt sie sich, als Friedhelm davon spricht, dass ihre Tochter in nicht ungefährliche, sektenähnliche Kreise geraten sein könnte. Aussagen von Schülern aus der Klasse, die unabhängig voneinander gemacht wurden, hätten diese Ahnung unisono geäußert. Er erklärt ihr, dass sogar darin ein Zusammenhang für das momentane psychische Dilemma bei Sandra bestehen könnte.

Sandra indessen wurde bei all dem Gesagten immer erregter und als oben die Tür zu Sandras Zimmer zuschlägt, erkennen beide, dass sie belauscht wurden. Frau Schaffner schaut Friedhelm nur fragend an. Er bevorzugt es, das Ganze für den Moment damit bewenden zu lassen und eine sanfte Befragung auf jeden Fall auf einen späteren Zeitpunkt zu verschieben. Frau Schaffner hatte ihn freundlich an der Tür verabschiedet.

Friedhelm sitzt in seinem Auto und lächelt. Dieses Gespräch lief besser, als erwartet. Das war ja bei einem solchen Unterfangen die größte Schwierigkeit, die Leute dazu zu bringen, ihn hineinzulassen, zuzuhören, was er zu sagen hatte und mit ihm auch zu sprechen. Sandras Mutter hatte er voll erwischt und er weiß auch dass er eine nachdenkliche Frau zurückließ. Er spürt, dass er sie förmlich aufgerüttelt, ihr die Augen geöffnet hatte.

Nun ist er auf dem Weg nach Holzen zu den Gresslins. Hier steht ihm keine minder komplizierte Aufgabe bevor, das ist ihm klar. Deshalb beschließt er, in Holzen zuerst einmal im Gasthaus Pflug einzukehren, um einen Kaffee zu trinken. Bei dieser Gelegenheit könnte er nämlich, wie es auch Celine immer zu tun pflegt, seine Erkenntnisse aus dem Gespräch mit Frau Schaffner im Computer festhalten.

Wie erwartet, will Frau Gresslin ihn schon an der Türe höflich aber bestimmt abwimmeln. »Hören Sie, Herr Kulau, wir möchten nicht mehr mit dieser schrecklichen Geschichte behelligt werden. Mein Sohn leidet schon genug. Erst der Unfall mit seinem Vater und dann noch Zeuge eines Mordes zu sein. Wie soll er je aus seiner schlimmen psychischen Belastungsstörung herausfinden? Lassen Sie uns also bitte einfach nur in Ruhe!«

Frau Gresslin ist eine schlanke hochgewachsene, gut aussehende Frau. Ihre kurzen blonden Locken umranken verspielt ihr Gesicht, aus dem ihn zwei graublaue Augen klar und offen anblicken ... trotz der Sorge um ihren Sohn. Friedhelm ist im Moment sprachlos, so fasziniert ist er von der Erscheinung vor ihm. Keine füllige Dorfpomeranze, ein geringschätziger Ruf, der Frauen vom Lande oft vorauseilt. Doch dann fasst er sich schnell wieder. ›*Ich habe einen Auftrag*‹, denkt er sich und beginnt sein Anliegen vorzutragen.

»Frau Gresslin, ich verstehe Sie natürlich voll und ganz und respektiere auch Ihren Wunsch. Mir ist bewusst, dass Sie bis jetzt weiß Gott genug Leid ertragen mussten, und dass das Maß des Ertragbaren am Überlaufen ist. Auf der anderen Seite recherchiere ich im Fall eines vielleicht unschuldig Vorverurteilten. Die Gerichtsverhandlung steht zwar noch bevor, aber nach dem jetzigen Erkenntnisstand würde Herr Thomasin schuldig gesprochen werden. Glauben Sie mir, Frau Gresslin, bei allem Verständnis für Sie und Ihren Sohn, dieser Mann, der sich nie etwas zuschulden kommen ließ, hat diese Chance verdient. Ich würde nicht damit leben können, wenn sich herausstellte, dass ein unschuldig Verurteilter nicht meine vollste Unterstützung erhalten hätte, wenn ich nicht alles in meiner Macht stehende versucht hätte, seine Unschuld zu beweisen.«

Frau Gresslin zögert einen Moment und Friedhelm sieht dies als positives Signal. »Dann kommen Sie halt mal herein. Ich kann Ihnen aber nichts versprechen, dass Ihre Aktion hier von Erfolg gekrönt sein wird. In erster Linie werde ich meinen Sohn schützen, das heißt, dass ich Ihnen nicht erlauben werde, ihn persönlich zu kontaktieren.«

»Ich finde es in Ordnung, Frau Gresslin. Das Wohl Ihres Sohnes soll auf jeden Fall im Vordergrund stehen.«

Dieser Satz kommt bei Frau Gresslin gut an. Sie gehen zusammen ins Wohnzimmer, das im Gegensatz zu dem der Familie Schaffner sehr bescheiden ausgestattet ist. Schlicht und ordentlich.

»Was wollen Sie denn von mir wissen?«, kommt Frau Gresslin gleich zur Sache und blickt ihn voll Neugier an.

»Erzählen Sie mir etwas von Ihrem Sohn. Wie war er vor dem Unfall. Was für ein Junge war er? Was passierte damals genau, als der Unfall geschah? Ich habe gehört, dass Xaver sich gerne in der Wolfsschlucht aufhält, sowohl vor dem Unfall als auch danach. Wie oft ging er dort hin? Haben Sie immer gewusst, dass er dort ist? Wie kam es, dass er diese ... na ja, nennen wir es mal ›Aussage‹ machte. Soweit ich informiert bin, hatte er seit dem Unfall nicht mehr gesprochen.«

Frau Gresslin nickte bei Friedhelms Worten immer wieder, ähnlich eines Einvernehmens, und beginnt mit der Beschreibung ihres Sohnes. »Xaver war immer schon ein stiller, schüchterner Junge, musisch sehr begabt. Nicht nur, dass er außerordentlich musikalisch ist; nein, er kann auch phantastisch malen. Man könnte sagen, dass er ein begnadeter Künstler ist ... und, er ist ein Träumer. Er liebt seit jeher die Natur, doch ganz besonders liebt er das Waldstück um die Wolfsschlucht. Dort hielt er sich schon immer gerne auf und auch nach dem Unfall verbrachte er Stunden dort. Schulisch war er durchschnittlich. Nicht schlecht, aber auch nicht herausragend. Er träumte einfach zu viel, um ein wirklich guter Schüler zu sein, wobei er von der Intelligenz her ein Primus hätte sein können. Nach dem Unfall konnte er die Schule nicht mehr besuchen. Ja, und das ist nun schon über zwei Jahre her.«

Frau Gresslin macht eine kurze Pause, als überlege sie, was sie noch erzählen sollte, oder besser, wonach Herr Kulau noch gefragt hatte. Dann fährt sie weiter. »Sie fragten nach dem Unfall. Das war sehr tragisch. Mein Mann kam in der Kurve von der Straße ab. Das Auto überschlug sich und landete im Graben. Er schlug mit dem Kopf durch die Windschutzscheibe und starb noch an der Unfallstelle ... vor Xavers Augen. Xaver ist ausgestiegen, so hat man es rekonstruiert, und ist über die Fahrbahn gelaufen. Er stand wohl unter Schock. Dann kam da ein Auto, das ihn erfasst und in den Straßengraben geworfen hatte, wo er verletzt liegen blieb, denn der Fahrer ist einfach weitergefahren. Stellen Sie sich vor, er ließ meinen Jungen einfach wie einen weggeworfenen Gegenstand im Straßengraben liegen.« Bei diesen Worten hatte Frau Gresslin Tränen in den Augen.

Friedhelm hat das Bedürfnis dieser Frau tröstend die Hand auf ihren Arm zu legen, aber er hält sich zurück und sagt stattdessen: »Wenn es Ihnen schwerfällt, Frau Gresslin, über den Unfall und die Folgen zu sprechen, dann lassen Sie es lieber. Ich möchte nicht, dass Sie gefühlsmäßig alles noch einmal durchleben müssen. Ich hatte ja Einblick in den Unfallbericht und daraus geht einiges hervor. Erzählen Sie mir lieber, wie Xaver dann nach dem Unfall war. Wie hatte er die erste Zeit, nach dem Krankenhausaufenthalt zu Hause erlebt?«

»Xaver war total verstört. Am Anfang saß er nur apathisch herum, wippte mit dem Oberkörper vor und zurück und stierte immer in die gleiche Richtung. Kein Wort mehr hörte ich aus seinem Munde. Höchstens wenn er wimmerte, also wenn er weinte. Man hörte dann aber immer nur ein leises Schluchzen. Nachts hatte er kaum geschlafen. Dann, ganz plötzlich begann er zu malen. Ich sagte Ihnen ja, dass er großes Talent besitzt. Er verarbeitete malerisch sein schlimmes Erlebnis. Immer wieder die gleichen schrecklichen Unfallbilder. Der Arzt hatte den Prozess des Malens sogar noch bestärkt, weil er glaubte, dass diese Art der Traumabewältigung für seinen Heilungsprozess gut sein könnte. Erst allmählich, ein paar Wochen waren vergangen, hatte er das Bedürfnis wieder hinauszugehen. Auch das hatte der Arzt befürwortet, denn auch das Verweilen in geliebter vertrauter Umgebung könnte dem Heilungsprozess förderlich sein. Davon aber war ich selbst schon längst überzeugt und ich ließ ihn ja auch gleich gehen, sobald er mir seinen Wunsch verständlich gemacht hatte. Leider war Xaver dann aber oft sehr lange weg, bis spät in die Nacht. Er genoss es wohl, möglichst lange in der Wolfsschlucht zu verweilen.«

»Hatten Sie immer gewusst, wenn er dort war?«

»Ob ich es gewusst habe, kann ich so nicht beantworten. Ich bin ihm ja nicht hinterhergelaufen. Aber ich wusste, dass er, wenn er wegging, nur dorthin gegangen sein konnte. Diese Umgebung, also die Wolfsschlucht, war immer sein Lieblingsort. Er wirkte seit der Zeit, als er wieder dorthin ging, auch wieder zufriedener, ruhiger, ausgeglichener … ja, und allmählich war er auch wieder fast der Alte. Für mich war diese Verbesserung seines Zustandes ein guter Schritt in die Normalität, wäre da nicht das Problem mit der Aphasie, obwohl ich das Gefühl hatte, dass er auch hier auf gutem Wege war. Er war, so schien es, drauf und dran, die Sprache allmählich wieder zu finden. Ganz zaghaft. Einzelne Worte formulierte er schon fast treffend … Klar, haben viele Leute hier im Dorf den Kopf geschüttelt und gemauschelt, dass ich es zuließ, dass Xaver so lange bis spät in die Nacht, manchmal auch bis in die frühen Morgenstunden dort war. Einmal war es halb sechs Uhr am Morgen als er ziemlich durchfroren heimkam. Ich hatte es mitbekommen, weil ich aufs Klo gegangen war. So spät kam er noch nie … glaubte ich wenigstens. Ich wollte mit ihm schimpfen, dass er es aber jetzt wirklich übertrieb mit seinen Ausflügen. Er schüttelte nur den Kopf und deutete durch Gähnen an, dass er ins Bett möchte. Ich ließ ihn in Ruhe. Was blieb mir denn anderes übrig? Ich konnte ihm seine Ausflüge an seinen Lieblingsort doch nicht verbieten, jetzt da es ihm dadurch wieder besser ging. Er stellte ja nichts Böses an. Er hatte einen Schlüssel, konnte also jederzeit ins Haus. Obwohl, na ja, von diesem Tag an, hatte ich das Gefühl, dass seine Fortschritte, so wie sie gekommen waren, auch wieder schwanden.«

»Wann war das?«

»Im Spätherbst … es war im November und recht kalt.«

»Und, wie ist es jetzt mit seinen Ausflügen? Ich meine jetzt nach dem Mord?«, fragt Friedhelm.

Frau Gresslin schüttelt den Kopf. »Er ist seither nicht mehr in die Wolfsschlucht gegangen. Er hatte nach dem Erlebten natürlich einen ganz empfindlichen Rückschlag erlitten. Schreikrämpfe, Tobsuchtsanfälle waren an der Tagesordnung. Ich habe eine solche Wut auf diesen Lehrer, das können Sie mir glauben. Xaver wachte die Zeit danach wieder jede Nacht schreiend auf. Die Sache verfolgte ihn.«

»Hatte er auch wieder Bilder gemalt?«, will Friedhelm wissen.

»Natürlich hatte er wieder gemalt. Das macht er immer, wenn er verarbeitet. Und schließlich hatten diese Bilder auch zur Aufklärung des Mordes geführt. Er hatte aber auch schon vor dem Mord gemalt. Eben nach dieser langen Nacht im Spätherbst fing er plötzlich wieder damit an. Warum, weiß ich nicht. Wie ich ja schon sagte, war er zu der Zeit wieder sehr unruhig und die kleinen Erfolge waren einfach wieder wie weggeblasen. Als ich zufällig beim Aufräumen die Bilder entdeckte und sie … nun wie soll ich sagen … schon etwas schockiert betrachtete, hatte er sie mir entrüstet aus den Händen gerissen und sie in seinem Zimmer gut verwahrt. Obwohl ich wusste, wo er sie versteckte, wagte ich nicht, sie aus dem Versteck herauszuholen, aus Angst, dass er einen Tobsuchtsanfall bekommen könnte.«

»Wie kam es denn zu der Aussage? Sie sagten mir, dass er malte, und dass diese Bilder bei der Aufklärung behilflich waren«, fragt Friedhelm.

»Er hatte gemalt, wie diese Anja mit dem Beil erschlagen wurde. Er hatte gewimmert und er hatte schreckliche Angst. Ich machte mir deshalb solche Sorgen und bin mit ihm zum Arzt gegangen und der meinte, dass wir zur Polizei gehen sollten, weil es ganz offensichtlich sei, dass Xaver Zeuge des Mordes wurde. Das erkläre ja auch seine Unruhe, meinte der Arzt. Das haben wir dann auch getan. Das Bild, auf dem Anja gerade erschlagen wird, nahm ich aber nicht mit. Ich wollte nicht, dass seine Gemälde publik würden. Ich erklärte nur, dass Xaver dort war und Zeuge des Mordes wurde und diesen auch gemalt habe. Das hatte genügt. Das ganze Prozedere dann bei der Polizei war gar nicht so einfach. Wissen Sie, die Kommunikation mit einem Aphasiker verlangt viel Einfühlungsvermögen und Phantasie. Xaver hatte ja einfach aufgehört zu sprechen. Man sagte mir, dass Aphasiker Schwierigkeiten haben, die richtigen Worte zu finden und so hören manche einfach auf zu sprechen, bevor sie Wirrwarr rauslassen. Dieser Kriminalkommissar, Albrecht hieß er, war übrigens sehr einfühlsam. Er zog auch gleich eine psychologisch geschulte Frau hinzu. Beim Verhör kam also heraus, dass er den Mord beobachtet hatte und sich an den Mörder erinnern konnte. Sein Körper wirkte in sich zusammengefallen. Dann machte man mit ihm eine Gegenüberstellung ... na ja, Sie wissen schon, ein paar Männer standen mit Nummern hinter einer Scheibe und mein Xaver davor. Er konnte die Männer sehen, die Männer ihn aber nicht.

Und da hatte er diesen Lehrer, der die Nummer vier trug, eindeutig identifiziert. Die Polizei wollte wissen, wo Xaver sich genau aufgehalten hatte, als der Mord geschah. Wir gingen also alle zusammen in die Wolfsschlucht. Xaver wurde immer unruhiger, je näher wir der Stelle kamen. Er zitterte förmlich. Die Psychologin legte einen Arm um ihn und sprach beruhigend auf ihn ein. Und tatsächlich konnte man von der Stelle aus, wo mein Xaver saß, den Tatort, ohne selbst gesehen zu werden, gut einsehen. Dass er den Tatort kannte, war Beweis, dass er dort gewesen sein musste, woher hätte er ihn sonst kennen sollen. Beim Verhör skizzierte er mit einem Bleistift abstrakt die Mordwaffe. Man konnte das Werkzeug ganz klar erkennen, genauso wie auf seinem Gemälde zu Hause. Das Beil wurde kurz danach bei Thomasin gefunden. Es lag gut versteckt im Holz. Gott sei Dank hatte der Lehrer den Xaver in seinem Versteck nicht entdeckt. Womöglich hätte er ihn sonst auch noch erschlagen.«

»Könnten Sie mir sagen, was auf den Bildern drauf war, die Xaver letzten Spätherbst gemalt hatte?«, lenkt Friedhelm von der Idee ab, Thomasin könnte auch Xaver erschlagen haben, wenn er ihn entdeckt hätte. Auch wenn alles dafür sprach, dass Thomasin schuldig war, besonders nach der eindeutigen Identifizierung, will er trotzdem nicht daran glauben. Zu viel hatten Celine und er schon zusammengetragen.

Dass er bei der Befragung immer wieder Sprünge macht von ›*vor dem Mord*‹ und ›*nach dem Mord*‹ ist seine Taktik. Er will seine Interviewpartnerin dazu bringen, immer wieder genau zu überlegen, was wann war, ohne dass sie, die eigene Kombinationsfreudigkeit geweckt, etwas zusammenreimt, weil etwas ungefähr so hätte gewesen sein können. Gleichzeitig würden eventuelle Zusammenhänge für ihn besser ersichtlich.

»Ein paar Bilder waren richtig schön. Lauter Sterne, angeordnet wie in einem riesigen Feuerwerk, und auch der Vollmond war zu sehen. Aber die anderen Bilder waren schrecklich«, erklärt Frau Gresslin, lässt es aber mit der Andeutung der schrecklichen Bilder damit bewenden.

»Was war denn auf den Bildern zu sehen?«, ist Friedhelm neugierig.

»Das kann ich Ihnen nicht sagen. Nein, das geht wirklich nicht.«

»Warum denn nicht? Erinnern Sie sich nicht mehr daran, oder sind die Bilder so schrecklich, dass Sie nicht darüber sprechen können?«, fragt Friedhelm vorsichtig.

»Oh doch, ich erinnere mich zu gut daran. Und ja, sie sind so schrecklich, sehr schrecklich sogar, dass ich tatsächlich nicht darüber sprechen möchte. Es sind wilde, abartige Phantasien, die Xaver da gemalt hatte.«

»Haben Sie nicht auch in Betracht gezogen, dass es sich bei den Motiven nicht unbedingt um Phantasien, sondern um pure Realität gehandelt haben könnte, so wie beim Mord oder beim Unfall?«, fragt er vorsichtig.

»Nein, nein, auf gar keinen Fall. So etwas Abscheuliches gibt es nicht wirklich.«

»Aber das Gemälde mit dem Mord hatten Sie sofort ernst genommen?«, fragt Friedhelm logisch folgernd.

»Das war ja auch ganz etwas anderes. Der Mord ist ja wirklich passiert. Es hatte sich herumgesprochen, wie ein Lauffeuer, dass dieses Mädchen in der Wolfsschlucht erschlagen wurde. Und Xaver war dort. Aber für die Bilder von letztem Jahr gibt es keine realen Zusammenhänge.«

»Erlauben Sie mir, Frau Gresslin, dass ich mal eben telefoniere?«

Frau Gresslin zuckt überrascht mit den Schultern, »ja ... warum nicht. Das Telefon steht dort drüben.«

Friedhelm lächelt und sagt »nein, nein, ich nehme mein Handy.«

Zum Telefonieren steht er auf und geht ein paar Schritte auf und ab. Frau Gresslin kann sich den Inhalt des Gesprächs anhand der Gesprächsfragmente, die sie von Friedhelm hört, in etwa zusammenreimen.

»Celine, bist du gerade in der Nähe eines Computers? ... Okay, das trifft sich gut. Schau doch mal im Internet, ob im November letzten Jahres am Nachthimmel Sternschnuppen zu beobachten waren ... ach, du erinnerst dich selbst daran? ... Ein Meteorsturm sogar? Das kannst du so ad hoc sagen? Du bist ja richtig gut ... aha, selbst gesehen. Weißt du noch wann genau das war? ... Ja, schau mal nach.«

Es vergehen ein paar Minuten, während Friedhelm, sein Handy am Ohr, Frau Gresslin vielsagend anschaut. »Aha«, hört sie ihn jetzt wieder sagen. »Am 19. November. Wow, von einem Leoniden-Sternschnuppen-Feuerwerk wurde in den Medien gesprochen. Interessant. Und, um welche Uhrzeit in etwa war das? ... Ah, in den frühen Morgenstunden ... zirka halb fünf.« Wieder schaut er Frau Gresslin vielsagend an, denn sie erzählte ihm ja, wie Xaver eines Morgens gegen halb sechs nach Hause kam, und außerdem trägt das Bild als Datum den 19. November, »ja gut, das passt ja alles bestens zusammen. Okay, Celine, ich danke dir. Bis später, tschüss ... ähm halt, bist du noch da? ... sag mal, welche Mondphase hatten wir an diesem Tag? ... aha, ein Tag vor Vollmond ... gut das war's. Wir sehen uns.«

Er beendet das Gespräch und blickt sehr bedeutungsvoll zu Frau Gresslin. Er muss gar nichts sagen, denn sie scheint verstanden zu haben, worauf er hinaus wollte.

»Das heißt also, dass diese Sternenbilder keine Phantasien waren und ... na ja, dann waren die anderen schrecklichen Bilder womöglich auch keine abartigen Phantasien, die auf eine Geistesgestörtheit hinweisen könnten?«, sagt Frau Gresslin kleinlaut, aber dennoch erleichtert, denn das wäre natürlich bei aller Tragödie eine gute Nachricht.

»Hatten Sie denn an so etwas gedacht, Frau Gresslin?«, fragt Friedhelm sehr ruhig. Seine Stimme klingt angenehm, weckt großes Vertrauen in ihr. Ihr ausgesprochen gefälliges Gesicht wirkt schuldbewusst, als sie nickt. Irgendwie hat sie wohl ein schlechtes Gewissen ihrem Sohn gegenüber, dass sie seine Aufzeichnungen als Wahnvorstellungen abtat.

Dann erzählt sie Friedhelm, was auf den anderen drei Bildern zu sehen war. »Xaver hatte Leute in gespenstischer Stimmung um ein Lagerfeuer sitzend gemalt und ...«, Frau Gresslin schaudert beim Gedanken an die weiteren Motive, doch für Friedhelm fügt sich das Gesagte schon jetzt hervorragend zu der von Lisa Picco vermuteten Existenz einer Sekte zusammen, »... und eine Katze, deren Hals mit einem großen Messer durchtrennt wurde. Es fließt viel Blut. Das Blut strömt wie ein Wasserfall in ein Gefäß, das glaube ich, ein Mädchen hält. Auf einem anderen Bild kniet eine Person, vermutlich auch ein Mädchen mit langen Haaren, und die trinkt das Blut aus diesem Gefäß ... man wollte meinen, dass sie es trinken muss, denn jemand steht hinter ihr und hält sie fest. Es sind wirklich alles schockierende, abscheuliche Bilder.«

Friedhelm schüttelt betroffen den Kopf. »Das hört sich sehr nach rituellen Handlungen an. Hatten Sie denn nie mit jemandem darüber gesprochen, mit seinem Arzt vielleicht?«

»Um Gottes Willen, nein. Ich hatte doch Angst ...«, ihre Stimme wird leiser, »... Angst, dass man mir meinen Jungen wegnehmen und ihn in eine psychiatrische Anstalt stecken könnte ...« Ihre Stimme wirkt jetzt wieder aufgeregter. »Mein Junge hätte das doch nie verkraftet, nach allem, was er erlebt hatte. Er wäre eingegangen ... und ich auch.« Dann weint sie.

Diesmal steht Friedhelm auf und legt eine Hand auf ihre Schulter, um mit seiner Ruhe tröstend auf sie einzuwirken. »Frau Gresslin, ich verstehe Ihre Sorge. Aber Ihr Sohn ist ein guter Junge, vor allen Dingen kein abartig veranlagter Psychopath. Er ist nirgends so gut aufgehoben, wie bei Ihnen. Man spürt Ihre Liebe. Und, ich kann Sie beruhigen, so etwas, was Ihr Junge zu Papier gebracht hatte, kann nicht in seinem Gehirn entstanden sein. Vor allen Dingen, er hätte doch auch keine Angst vor seinen eigenen Phantasien gehabt. Sie sagten ja, dass er auch damals sehr unruhig und aus dem Gleichgewicht kam. Abartige Phantasien erzeugen eher Lust und Befriedigung denn Angst oder Unruhe. Ich bin eher der Überzeugung, dass er etwas ganz Schreckliches erlebt hatte … zu viel, zu schrecklich für ein so junges Leben.« Diese Worte tun ihr als besorgte Mutter gut. Sie hatte es in der Vergangenheit wirklich schwer genug gehabt. Ihr Gatte gestorben bei einem Autounfall und der Sohn mit einem psychischen Trauma behaftet. Sie lächelt wieder zaghaft.

»Wo ist Ihr Sohn jetzt?«, will Friedhelm wissen.

»Ich denke mal in seinem Zimmer. Er ist immer sehr, sehr leise. Man weiß nie genau, wo er ist. Man merkt nicht, wenn er sein Zimmer oder das Haus verlässt, es sei denn man sieht es.«

»Könnte ich mal einen Blick in sein Zimmer werfen?«, fragt Friedhelm vorsichtig.

»Ich weiß nicht, ob wir das jetzt tun sollten. Ich möchte nicht, dass er sich aufregt.« Dann überlegt sie, zögert einen Moment und willigt dann doch ein. Dieser Kulau ist schließlich sehr sympathisch und ziemlich einfühlsam. Sie hat Vertrauen gefasst.

Frau Gresslin klopft an Xavers Zimmertüre, wartet eine halbe Minute und öffnet sie dann ganz vorsichtig und streckt den Kopf hinein. Doch Xaver ist nicht da. Friedhelm schaut sich im Zimmer um. Es ist ein schöner heller Raum, mit freundlichen Farben. Die Möbel aus hellem Holz, sehr einfach. Frau Gresslin geht zum Fenster und blickt durch den zugezogenen Store. »Schauen Sie, dort auf dem Stein sitzt er.« Frau Gresslin zeigt auf einen schlaksigen Jungen mit wuscheligem, blondem Haar, den man nur von hinten sieht. »Jetzt träumt er wohl wieder. In die Wolfsschlucht traut er sich ja nun nicht mehr … noch nicht.«

»Sie sagten, dass sie wissen, wo er die Bilder versteckt hält«, hakt Friedhelm nach, um die Situation auszunützen, da der Junge gerade nicht da ist.

»Da oben auf dem Schrank liegen sie zwischen zwei Kartons zusammengebunden«, erklärt sie. Mittlerweile ist sie auch neugierig und daran interessiert, zu erfahren, was hinter der ganzen Sache steckt.

Friedhelm steigt auf einen Stuhl, um die Gemälde zu holen, während Frau Gresslin ihren Sohn durchs Fenster im Auge behält, damit sie sie schnell wieder verstauen können, sollte er sich plötzlich in Richtung Haus aufmachen. Was Friedhelm auf den Bildern sieht, ist so grauenhaft, so schockierend, dass ihm für einen Moment die Worte fehlen. Er macht mit seiner Digitalkamera Bilder von allen Gemälden mit den rituellen Handlungen, dem Sternenbild, zusätzlich noch vom Bild mit dem Mord und einem letzten, auf dem ein übermächtiger, grimmig dreinschauender dunkelhaariger Mann auf einen viel kleineren, schmächtig wirkenden Jungen mit hellem Haar herunterschaut. Die Bilder sind sehr gut gemalt. Alles ist gut erkennbar. Friedhelm betrachtet noch die Bilder, die der Junge vom Unfall gemalt hatte. Er ist tief berührt davon, was dieses Kind alles zu verkraften hatte. Damals war er ja gerade mal 14 Jahre alt. Schnell bindet er die Bilder wieder zwischen den beiden Kartons ein und legt sie zurück auf den Schrank. Dann gehen sie wieder zurück ins Wohnzimmer, wo sie beide tief bewegt die Bilder auf dem Display von Friedhelms Kamera nochmals betrachten.

»Frau Gresslin, ich danke Ihnen für Ihre Mithilfe und Ihr Vertrauen. Ich sehe es nicht als Selbstverständlichkeit an, zumal Sie sich ja sehr um Ihr Kind sorgen. Ich denke, Xavers Bilder sagen mehr als Worte. Da ist etwas geschehen, von dem wir noch nicht wissen, was es war und dessen Ausmaß wir zum jetzigen Zeitpunkt nicht abschätzen können. Wir ahnen nur, dass es ganz furchtbar gewesen sein muss. Nicht umsonst ist Ihr Sohn innerlich so aufgewühlt und hat eine solch schreckliche Angst.«

»Wenn ich helfen kann, die Unschuld eines Mannes zu beweisen, dann war es das wert, dass ich Ihnen Zugang zu all diesen Informationen, die ich normalerweise nicht gerne weitergebe, gewährt habe. Ob dieser Lehrer wirklich unschuldig ist, sei jedoch dahingestellt, denn es gibt ja immer noch die klare Identifizierung. Ja, und ich habe keinen blassen Schimmer davon, was die Horrorbilder mit dem Mordfall zu tun haben könnten, denn sie entstanden Monate vor dem Mord. Aber vielleicht gelingt es Ihnen und der Rechtsanwältin diese Dinge in einen logischen Zusammenhang zu bringen, wenn es einen solchen geben sollte.«

»Frau Gresslin, ich werde Sie auf dem Laufenden halten, was bei den Recherchen herausgekommen ist. Darf ich Sie bei eventuellen weiteren Fragen nochmals kontaktieren?«

Frau Gresslin zeigt ihre Bereitschaft, ihm auf jeden Fall weiter zur Verfügung zu stehen, wenn es nötig sein sollte.

Wieder einmal hatte Friedhelm es geschafft, sich mit seiner angenehmen, unaufdringlichen Art Zugang zu einem skeptischen Menschen zu verschaffen. Über das Gespräch mit Frau Gresslin reflektierend, hat Friedhelm den Eindruck, dass es sich bei ihr um eine gebildete Frau handeln muss. Für ihn klang ihre Ausdrucksweise sehr gepflegt mit einer gehobenen Wortvielfalt.

Friedhelm geht nicht gleich zurück zu seinem Auto, sondern am Stein vorbei auf dem Xaver sitzt. Er möchte ihn gerne einmal von vorne gesehen haben, damit er eine Vorstellung von diesem Jungen hat. Als er in dessen Höhe angekommen ist, blickt er in ein sonnengebräuntes hübsches, irgendwie noch ziemlich kindlich wirkendes Gesicht, das von wilden strohblonden Locken umrahmt ist, ähnlich wie bei seiner Mutter, nur noch wuscheliger. Er hat den Kragen seiner, für diese im September immer noch sehr warmen Temperaturen, zu dicken Jacke hochgestellt. Friedhelm lächelt ihn an und ruft ihm ein freundliches »Hallo« zu, während er seine Hand zum Gruße anhebt. Xaver schaut kurz auf, ihm direkt in die Augen. Der Blick wirkt unsicher, vielleicht auch ein bisschen stechend. Er scheint irgendwie durch ihn hindurchzugehen. Sein Gesicht zeigt keinerlei Regung und seine Hände ruhen ganz entspannt auf seinen Knien. Mit einer Hand grüßt er sachte zurück, während er seine Grußhand nur leicht anhebt, das Handgelenk dabei noch auf dem Knie liegen lässt. Friedhelm blickt Xaver noch einen Moment an, doch der Junge senkt seinen Blick auf seine jetzt plötzlich nervös spielenden Finger. Als Friedhelm das sieht, geht er schnell weiter. Er möchte nicht, dass der Junge seinetwegen unruhig wird.

13

»So, nun haben wir ja schon eine ganze Menge zusammen«, sagt Celine, »wer fängt an?« Celine und Doris sitzen zusammen mit Friedhelm auf dessen schönen alten Terrasse des Kreiterhofs. »Fang du an«, bestimmt Friedhelm, der eine Vielfalt an Informationen in der Hinterhand hält und diese erst zum Schluss präsentieren möchte.

»Okay … dann fange ich mal an. Ich habe mir den Fall Thomasin von Karlsruhe nochmals angesehen, weil von dieser Sache in der neuen Strafakte immer wieder die Rede war. Es hat mich einfach interessiert, was damals genau geschehen ist. Isabell Lorenz, das ist die Schülerin, die Heiko damals schwer belastet hatte, ist ein unscheinbares nicht besonders hübsches, dafür aber umso intelligenteres Mädchen und Halbwaise. Die Mutter starb 47jährig an Krebs als Isabell dreizehn Jahre alt war. Der Vater war geschäftlich viel unterwegs und hatte somit keine Zeit für seine Tochter. So war sie hauptsächlich mit ihrem um acht Jahre älteren Bruder Marc alleine zu Hause.

Isabell kämpfte vergebens um Zugehörigkeit im Klassenverbund und vor allem im Leaderteam, indem sie sich immer sehr spendabel zeigte und in die Eisdiele einlud oder Geschenke machte. Dennoch, sie war nie anerkannt. Man benutzte sie nur, denn sie war eine hervorragende Schülerin, und die Schulkameradinnen ließen sich gerne von ihr die Hausaufgaben machen und in bestimmten Fächern helfen. Sie war zwar geduldet, durfte sich also dazustellen, wenn die Clique sich gruppierte, aber ihre Meinung oder Ansichten waren fast nie gefragt. Wenn sie etwas sagen wollte, dann wurde sie meist einfach übergangen, indem immer jemand dazwischenredete. Kurz und gut, sie stand am Rande, war stets das kleine unbedeutende graue Mäuschen. Und genau diese unbedeutende Maus hatte unerfüllbare Träume. Sie, die auch bei den Jungen nie Chancen hatte, träumte von einem schönen Prinzen. Sie war total verknallt in ihren Lehrer Thomasin. Sie himmelte ihn förmlich an. Gemäß Heikos damaliger Aussage, lobte er sie viel, weil sie ja wirklich herausragende Leistungen erbrachte. Er holte sie öfter an die Tafel, ließ sie Dinge, mit denen die anderen ihre Probleme hatten, erklären und er hatte ihr zugelächelt, wenn sie ein Thema in gekonnter Weise vortrug. Heiko hatte halt sehr wohl erkannt, dass das Mädchen bei den anderen um Anerkennung buhlte. Auf diese Weise wollte er den anderen wohl vor Augen führen, welch wertvoller Mensch Isabell war und dass eben jeder Mensch den Respekt der anderen verdiente, auch wenn er etwas andersartig ist. Oder auch, wenn er nicht in die Schablone des im landläufigen Sinne ›Schönheitsbegriffes‹ passt.« Die nächsten Worte richtet Celine direkt an Doris. »Das kennen wir ja von Heiko. Er, eigentlich ein Lebemann, der mit einem ausgeprägten Helfersyndrom ausgestattet ist, fördert, lobt, ermutigt, sucht das Gespräch. Er hört aufmerksam zu und berät. Er ist immer für Menschen da, die Probleme haben. Und so hält er es wohl auch mit Schülern.«

Doris nickt. »Ja, das ist Heiko. So war er schon damals als Junge gewesen. Das hatte ich zu spüren bekommen als ich noch ein kleines Mädchen war, und so ist er heute. Er wurde auch immer verehrt. Er war angesehen bei den Boys und geliebt bei den Mädchen … von klein bis groß.«

Celine lächelt. »Ja, das stimmt wohl. Erinnerst du dich noch, Doris, wie ich mich dreizehnjährig in Heiko verliebt hatte. Und der hatte mich gar nicht beachtet. Na ja, was wollte er mit einem um drei Jahre jüngeren Mädchen. Er verkehrte schon lieber mit Gleichaltrigen oder Älteren, aber nie mit Jüngeren. Als er sich dann in der Elften mit dieser Patrizia zusammengetan hatte, war ich so etwas von eifersüchtig. Die war in meinen Augen überhaupt nicht hübsch. Ich konnte es nicht verstehen«, schwelgt Celine für einen Moment in der Erinnerung früherer Zeiten. Doris lächelt zustimmend. Nach diesem kurzen Abstecher in die Vergangenheit kommt Celine gleich wieder auf das Thema ihres Berichts zurück.

»Nun gut, bleiben wir beim Thema. Also, es waren genau Heikos Lob, sein Lächeln, was Isabell dahinschmelzen ließen. Tja und irgendwann wollte sie sich bei den anderen einfach einmal so richtig hervortun. Sie hoffte, dass man sie endlich vollwertig im Team aufnahm. Und so erfand sie Geschichten, die sie den Mädchen unter dem Siegel der Verschwiegenheit auftischte. Sie erzählte wie Heiko sich ihr näherte, mit ihr Zärtlichkeiten austauschte und ihr sogar zärtlich zwischen die Beine fasste. Auch wenn man ihr glaubte, denn jeder hatte ja mitbekommen, wie der Lehrer die Klassenbeste regelrecht bevorzugte, präsentierte sie auf ihrer kleinen Digitalkamera zusätzlich als Beweis einige mit Selbstauslöser aufgenommene Fotos, die sie spärlich bekleidet, in aufreizenden Posen zeigten. Sie erzählte, dass er sie am liebsten so halbnackt mochte und deshalb diese Fotos von ihr geschossen hatte. Isabell hatte alles sehr gut ausgedacht. Sie war auch auf Fragen gut gewappnet, wie zum Beispiel die, warum der Lehrer, wenn er sie doch so gerne halbnackt sah, sie denn nicht mit seiner eigenen Kamera fotografiert hatte. Die Erklärung, dass er natürlich nicht wollte, dass seine Frau etwas von seiner heimlichen Affäre erfährt, leuchtete ein. Eine wahrhaft hervorragende Geschichtenerzählerin war sie, das musste man ihr schon lassen. Auf der anderen Seite war sie wirklich so dumm, zu glauben, dass diese erdichtete Story nur im kleinen Kreis dieser paar Klassenkameradinnen kursieren und als süßes Geheimnis gehütet würde, während sie selbst endlich im Mittelpunkt der begehrten Gruppe Ansehen genießen könnte. Soweit hatte es ja auch hervorragend geklappt … sie war tatsächlich Mittelpunkt … zumindest Mittelpunkt der Gespräche, und das, mehr als sie jemals wollte. Niemals nämlich hätte sie gedacht, dass die erfundene Affäre solche weite Kreise ziehen würde und zwar bis zur Polizei. Es kam zu Befragungen. Ihr Lehrer und ihre Schulfreundinnen wurden geladen und verhört, und diesem Druck hatte sie nicht mehr standgehalten. Sie war schlicht überfordert, bis sie dann zugab, dass sie alles erfunden hatte, um anerkannt zu sein. Bis es jedoch soweit war, machte Heiko die Hölle durch. Man zeigte mit dem Finger auf ihn. Er war unrühmliches Stadtgespräch. Übrigens, so etwas hält sich. Es ist ja bekannt, dass immer etwas hängen bleibt, auch wenn du unschuldig bist. Ist der Ruf erst mal ruiniert, lebt es sich in dieser Position nicht mehr ungeniert. Und so wechselte Heiko nach Ende des Schuljahres zum Hans-Thoma-Gymnasium in Lörrach.

Nachdem alles aufgeflogen war, war es Isabell, die zum Gespött der ganzen Schule und natürlich der nächsten Umgebung wurde. Ihr Vater, der Geschäftsmann, in der Finanzwelt eine angesehene Persönlichkeit, hatte seine Tochter mit Verachtung bestraft. Das war in etwa gleichzusetzen mit Liebesentzug, zumindest das bisschen, was davon überhaupt existierte, denn von Liebe überschüttet wurde Isabell eigentlich nie. Der einzige der zu ihr hielt, war ihr Bruder Marc, übrigens ihr Halbbruder, der für Isabell quasi Elternersatz war. Und der hatte beim Vater auch nicht gerade die besten Karten, da er nicht sein leibliches Kind ist.«

Celine trinkt einen Schluck des herrlichen Markgräfler Rotweins, den Friedhelm ihr nachgeschenkt hatte und fährt fort. »Dann ging eigentlich alles sehr schnell. Isabell, ein labiler Charakter, konnte die Spötteleien und Vorwürfe der Menschen und vor allen Dingen die Ablehnung durch ihren Vater nicht verkraften. Sie wagte sich nicht mehr aus dem Haus und verfiel schließlich in eine tiefe Depression. Ihr Vater ließ sie in eine Klinik einweisen. Es war natürlich nicht irgendeine Klinik, nein, er wollte sich als vermögender Vater nicht lumpen lassen. Er zeigte sich sehr spendabel und wählte ein richtiges Luxushaus. Tja und vor etwa einem guten Jahr geschah dann die Tragödie; Isabell stürzte sich aus dem Fenster der Klinik. Sie wollte sterben … ein Abschiedsbrief lag auf dem Zimmertisch. Doch sie hatte überlebt. Jetzt sitzt sie im Rollstuhl.«

»Ui, das ist ja eine wahnsinnige Geschichte. Und was Heiko erlebt hatte, ist schon ganz schön verrückt. Das Verrückteste jedoch ist, dass er gleich zweimal in ähnliche Geschichten hineingeraten musste, kaum zu glauben«, beklagt Doris das Schicksal ihres Bruders. »Kein Wunder hatte der Staatsanwalt ihn so demütigend behandelt. Heiko fühlte sich sowas von verletzt.«

»Wenn man so gut aussieht, wie … wie sagte Rainer noch mal? … wenn man aussieht wie George Clooney, sollte man nicht Lehrer werden. Wenn ich ehrlich bin, muss ich ihm da schon recht geben«, kommentiert Celine.

»Aber, was hat die Geschichte von Karlsruhe nun mit der heutigen zu tun außer, dass sie sich thematisch ähnlich sind?«, will Doris wissen.

»Nichts. Ich sagte ja auch nicht, dass sie miteinander zu tun haben; ich wollte einfach nur mal Parallelen aufspüren. Sie sind sich ähnlich, und das ist eigentlich schon alles. Lass uns jetzt aber erst mal sehen, in welcher Form wir dem aktuellen Fall näherkommen, nachdem wir uns Friedhelms Rechercheergebnisse angehört haben.«

Als die beiden Frauen dann die ganzen Details von Friedhelms Nachforschungen hören, kommen sie aus dem Staunen nicht mehr heraus. Ein beklemmendes Gefühl macht sich breit, vor allen Dingen, als sie dann noch die auf Fotopapier ausgedruckten Aufnahmen von Xavers Gemälden betrachten, die Friedhelm in chronologischer Reihenfolge ausgebreitet hatte. Während Celine ihre Fassung ziemlich schnell wieder findet, denn sie ist aus ihrer beruflichen Tätigkeit doch einiges gewohnt, ist Doris total entsetzt. »Das ist ja furchtbar«, kommentiert sie das in Bildern dargestellte Schreckensszenario.

»Nun, lasst uns einmal alles zusammenfassen, um Parallelen und Gegensätze zu erkennen«, beginnt Celine. »Wie aus deinen Erklärungen hervorgeht, hat Sandra Schaffner ein wohlhabendes Zuhause, doch entbehrt sie Nestwärme. Die Eltern gaben ihr bis jetzt alle Freiheit, wussten aber kaum, was sie in ihrer Abwesenheit tat. In diesem Punkt zumindest gibt es eine Parallele zu Isabell Lorenz. Auch sie hatte als Lebensgrundlage ein wohlhabendes aber liebloses Elternhaus. Sie musste ohne Mutter aufwachsen. Ihr Vater, der viel unterwegs war, hatte keine Zeit für die Tochter. Doch sie hatte, im Gegensatz zu Sandra, wenigstens noch einen Bruder. Er war der einzige, an den Isabell sich anlehnen konnte und er war es wahrscheinlich auch, der sich für sie einsetzte, wenn sie Probleme hatte. Xaver Gresslin hingegen, der nach dem Tod seines Vaters unter einer posttraumatischen Belastungsstörung leidet, wird von der Mutter, die viel Einfühlungsvermögen für den Sohn aufbringen muss, sehr geliebt. Du sagtest ja, dass er schon dabei war, seine Sprache wiederzufinden, bis es eben zu dem Rückfall kam, verursacht durch die Geschehnisse in der Wolfsschlucht. Im Gegensatz zu den beiden Mädchen ist Xavers Zuhause ein einfaches, ohne Luxus, dafür aber ein behütetes, was jedoch anders zu verstehen ist, als im herkömmlichen Sinn. Die Mutter ist im Laufe der über zweijährigen Erfahrung mit der Krankheit ihres Sohnes vertraut. Sie weiß, dass eine posttraumatische Belastungsstörung als Stressverarbeitungsstörung eines vergangenen außerordentlichen Erlebnisses anzusehen ist und dass eine solche Störung mit Todesangst, dem Gefühl des Ausgeliefertseins und der Ohnmacht einhergeht, und sie versucht daher, ihm mit Liebe und viel Verständnis zu helfen. Deshalb lebt sie immer in der Hoffnung, dass ihr Sohn durch das Wiederaufnehmen seiner gewohnten Tätigkeiten in vertrauter Umgebung seine panische Angst verlieren und eventuell sogar seine Sprache wieder erlangen könne. Wie gesagt, nahe daran war er ja schon. Also lässt sie ihm entsprechend viel Freiheit. Er darf, wann immer er will, seine geliebte, vertraute Umgebung der Wolfsschlucht aufsuchen. Sie setzt ihm hier also keine Grenzen, vertraut ihm, weil sie ihn gut kennt.«

Celine macht eine Pause und blickt ihre Gesprächspartner Zustimmung heischend an. »Soweit, so gut?«, fragt sie mit hochgezogenen Augenbrauen. Doris nickt ganz betrübt. Sie steht unter dem erdrückenden Einfluss des zuvor Gehörten und Gesehenen. Friedhelm indes hatte sich dieselben Gedanken selbst schon gemacht, und zwar während Celines Bericht im Fall ›Isabell Lorenz‹.

Dann nimmt Friedhelm den Faden auf und beginnt mit der weiteren Skizzierung seiner zusammengetragenen Erkenntnisse, indem er versucht, Parallelen aufzuzeigen. »Am meisten Aufschluss geben uns natürlich Xavers Bilder. Diese bestätigen uns sozusagen klar die Aussagen der Schülerin Lisa Picco, die Freundin von Sandra Schaffner. Die hegte nämlich den Verdacht, dass Sandra in die Fänge einer Sekte geraten sein könnte, oder zumindest in die einer sektenähnlichen Clique. Übrigens, ich hatte nochmals kurz nach dem Besuch bei Xavers Mutter mit Lisa gesprochen.

Sie bestätigte, dass Sandra nach dem Meteoritensturm am Morgen in der Schule eingeschlafen war. Nachdem der Lehrer Sandra weckte, hatte diese erklärt, dass sie in den frühen Morgenstunden das Himmelsspektakel beobachtet habe und deswegen müde sei. Das heißt also, dass sie vermutlich auch dort war, wo auch Xaver sich in seinem Versteck befand und wo auch das Ritual stattgefunden hatte. Niemand sonst in der Klasse hatte sich damals dafür interessiert, wegen dieses Himmelschauspiels die Nacht um die Ohren zu schlagen.

Und nun, zur Bestätigung des Ganzen, zurück zu den Bildern. Wir sehen auf diesem hier ganz klar sektentypische Rituale. Zum Beispiel da …«, er deutet mit dem Finger auf die besagte Stelle, »… die Katze da, die kopfüber gehalten wird. Ihr Blut fließt wie ein Wasserfall in einen Krug. Hier auf dem nächsten Bild, trinkt eine weibliche Person das Blut und sie wird, wie es aussieht, sogar festgehalten. Wir wissen nicht, wer diese weibliche Person ist, aber wir können annehmen, dass es sich eventuell um Sandra handeln könnte.« Er blickt auf, und die beiden Frauen nicken zustimmend. »Bevor ich auf die anderen Bilder zu sprechen komme, schweife ich hier einmal kurz ab. Jeder würde ja jetzt sagen, ›*soweit alles verständlich, die Zusammenhänge erkennbar*‹, aber mit Fug und Recht würde jeder auch fragen, ›*und wo sind jetzt die Zusammenhänge mit Anja Sailer?*‹ Anjas Eltern habe ich nicht interviewt, noch nicht, ganz einfach, weil es noch zu früh ist. Einerseits zu früh in Bezug auf unseren Ermittlungsstand und andererseits zu früh, weil wir die Familie, die einen Todesfall zu verkraften hat, von Fragen, die alles wieder aufwärmen, verschonen sollten. Und dennoch«,

Friedhelm hebt seinen Zeigefinger wie als Zeichen einer Warnung, »sehe ich schon jetzt eine Verbindung … auch zu Anja. Vergegenwärtigen wir uns nochmals Heikos Aussagen. Anja wurde angeblich erpresst. Sie fragte ihren Lehrer, ob er sie verachten würde, wenn sie etwas Schlimmes täte, weil sie eine ihr nahestehende Person schützen will. Nun, wer erpresste sie, und was verlangte der Erpresser oder die Erpresserin von ihr, das sie tun soll und zwar etwas, das in den Augen des Lehrers verwerflich sein könnte. Alle sagten, Anja sei nie und nimmer erpressbar gewesen. Sie habe nie irgendetwas Unrechtes getan. Doch das ist eine eindimensionale Sichtweite. Wir dürfen nicht vergessen, dass eine Erpressbarkeit auch mit einer anderen Person … einer nahestehenden Person … zusammenhängen könnte, eine Person, die der Genötigte dem Erpresser preisgeben würde, wenn er nicht gehorchte. Denn davon sprach Anja ja. Was sollte sie nun tun? Hängt das, was sie eine schlechte Tat nannte, die man von ihr verlangte, eventuell mit der - nennen wir es mal Sekte - zusammen? Hieß die zu schützende Person vielleicht Sandra? Hatte man von ihr erwartet, dass sie ihren eigenen Lehrer erpresst? Denn immerhin wandte sie sich an Heiko, machte nur vage Andeutungen und war besorgt darüber, was er von ihr denken könnte, weil sie ihn eben als Lehrer sehr achtete und vielleicht auch wirklich verliebt in ihn war.« Celine hebt wieder ihre berühmte Augenbraue und Friedhelm fährt weiter.

»Mich wundert zum Beispiel, dass Heiko innerhalb einer relativ kurzen Zeitspanne in zwei ähnliche Fälle verwickelt wurde. Es geht um Missbrauch Schutzbefohlener. Anja wird ja nachgesagt, dass sie ihn erpressen wollte, indem sie sich an ihn heranwarf. Warum aber ausgerechnet Heiko? Niemand wusste doch von der Sache in Karlsruhe. Für Heiko, der Karlsruhe zusammen mit den schlimmen Ereignissen, hinter sich zurückließ, war Lörrach ein Neubeginn, und er selbst für Lörrach ein unbeschriebenes Blatt. Zumindest gingen er und wir bisher davon aus. Doch, ich bin überzeugt, dass doch jemand etwas gewusst haben musste. Hätte es sonst einen Erpressungsgrund geben können? Da hätte doch jede andere Person genauso Erpressungsopfer sein können. Also, woher hätte Anja wissen sollen, dass ihr Lehrer sich wegen eines solchen Falles versetzen ließ?«

»Einerseits muss ich dir recht geben, Friedhelm«, pflichtet Celine ihm bei, »aber andererseits, Heiko ist als Lehrer halt eine Ausnahmeerscheinung, sprich er sieht zu gut aus. Da drängt es sich doch auf, gerade ihn zu erpressen und nicht irgendwen. So war es ja auch in Karlsruhe. Alle Mädchen schwärmen doch von einem solchen Lehrer. Das hatte Rainer ihm ja schon damals prophezeit, als Heiko diesen Berufsweg einschlug. Nun, sei's drum, lass uns doch die anderen Bilder von Xaver analysieren. Vielleicht gibt es hier noch interessante Antworten zu diesem Dickicht von Fragezeichen.«

»Gut. Hier haben wir nochmals das Bild mit der Blut trinkenden Person. Das Mädchen das das Ritualprozedere über sich ergehen lässt hat braune Haare, also wie Sandra. Jetzt schauen wir auf das Bild, auf dem Anja erschlagen wird. Anja hier hat blonde Haare. Wir dürfen also davon ausgehen, wie ja schon angenommen, dass es Sandra ist, die hier das Blut trinkt. Wenn ich mir die heutige psychisch traumatisierte Sandra so anschaue, würde mich das auch gar nicht wundern. Wahrscheinlich kommt zu allem hinzu, dass für sie das Ganze aus dem Ruder geraten und sie deswegen jetzt panisch ist. Vielleicht ist die Trauer über Anjas Tod wirklich tief empfunden … vielleicht kam der Tod sogar für sie überraschend und nun fühlt sie sich womöglich schuldig. Also befassen wir uns jetzt nochmals mit dem Mordgemälde. Wir sehen hier Anja, die von einem Beil getroffen wird. Es fehlt aber die schlagende Person. Wir sehen hier nur die linke Hand, die das Beil führt. Xaver hat doch sonst immer alles zeichnerisch genau dargestellt. Warum fehlt hier der Mörder?« Friedhelm schaut auf und erhält Zustimmung durch Nicken. Er fährt weiter. »Jetzt gehen wir nochmals zu diesem Bild hier. Da sehen wir einen übermächtigen, grimmig dreinschauenden schwarzen Mann, er wirkt wie ein Hüne, der auf den kleinen schmächtigen Jüngling herunterschaut. Er hält ihn am Handgelenk fest, scheint ihm zu drohen. Der Jüngling hat blondes Haar … blond wie Xaver … und man kann genau erkennen, dass er Angst hat. Seine Mundwinkel sind nach unten gezogen. Und hier, seht mal, das habe ich anfänglich selbst übersehen. Da hat er etwas skizziert, das eigentlich gar nicht in dieses Bild gehört. Es ist wie eine Skizze an den Rand gesetzt: ein schwarzes Loch mit vier Augen. Das schwarze Loch könnte zum Beispiel die Höhle sein und ein Augenpaar könnte das von Xaver sein, denn er saß ja oft in der Höhle. Von der Logik her, müsste die Höhle also auf dem Mordgemälde abgebildet sein, weil er ja den Mord beobachtet hatte. Auf diesem Bild hier sitzt er aber nicht in der Höhle, sondern wird von diesem Hünen bedroht. Wem gehört also das zweite Augenpaar? Gehören diese Augen womöglich diesem Hünen? Ist dieser Hüne vielleicht Andy, von dem Lisa sprach? Sie sagte doch, dass dieser Andy der Chef einer Clique war, dass ihn niemand kannte und dass Sandra nur den Vornamen erwähnt hatte. Nun gut, diese Frage lassen wir hier einfach mal stehen, denn die können wir uns im Moment nicht abschließend beantworten. Richten wir unsere Aufmerksamkeit lieber nochmals auf den Hünen – nennen wir ihn jetzt einfach mal Andy, weil er ja Sandras Freund und Chef der Clique war – der hier eine wirklich beängstigende Gestalt, den sogenannten schwarzen Mann, darstellt. Schaut nochmals dieses Bild. Der Typ, ähm … also Andy, der die Katze massakriert, der hat genauso dunkle Haare und das gleiche grimmige Gesicht, wie die Gestalt mit der Drohgebärde über dem schmächtigen Jungen. Er ist vom Typ her identisch, doch auf dem Katzenbild ist er nicht so groß und übermächtig, wie auf dem anderen, dem Drohbild. Das lässt sich sicherlich damit erklären, dass Xaver schreckliche Angst hatte und diese Gestalt, die ihm drohte, für ihn übermächtig erschien. Die Größe des Kerls ist also eher als psychischer Ausdruck eines Bedrohten anzusehen. Und nun hier zu diesem Bild. Es zeigt ein Sternenfeuerwerk. Xavers Mutter war nämlich besorgt, dass ihr Sohn zu abartigen Phantasien neigte. Diese Angst konnte ich ihr insofern nehmen, als dass ich ihr erklärte, dass es dieses Feuerwerk am Novemberhimmel tatsächlich gab und sie war dankbar dafür. Ich habe in ihr somit eine gute Verbündete gefunden. Sie ist kooperativ. So, und wenn dieses phantastische Feuerwerk nun Realität war, wieso sollte der Rest nicht auch Realität gewesen sein? Wie wir nämlich am Datum und der Nummerierung sehen können, fielen die rituelle Handlung und das Himmelsereignis in der genannten Folge auf denselben Tag, den 19. November 2002.«

»Wow«, sagt Celine sehr beeindruckt von Friedhelms Recherchearbeit und akribischer Analyse. »Ich bin beeindruckt. Das ist alles sehr aufschlussreich und recht einleuchtend. Und ... na ja, erstaunlich, wie viel psychologische Kenntnis du da an den Tag legst.«

»Man hat schließlich Internet. Da muss heute keiner unwissend bleiben«, lacht er.

»Ja, ich frage mich tatsächlich, was wir früher gemacht hatten, als es dieses Medium noch nicht gab? Unvorstellbar. Aber nun müssen wir planen, wie wir weiterfahren. Ich nehme an, du wirst nochmals zu den Schaffners gehen, eventuell sogar mit Sandra sprechen wollen.«

»Ja, genau. Vielleicht schaffe ich es, sie zu befragen. Und nach Holzen möchte ich auch unbedingt nochmals gehen. Möchte mich gerne mit dem Jungen etwas näher befassen. Ihn beobachten, zum Beispiel wie sein Tag abläuft. Ich würde gerne an ihn herankommen. Vielleicht klappt's mit freundschaftlicher Annäherung, um auf diese Weise Vertrauen zu wecken. Mit Anjas Eltern zu sprechen, wäre natürlich auch noch sehr interessant, ich werde es aber aus Rücksicht auf deren Gefühle nicht auf Teufel-komm-raus forcieren. Wir werden sehen. Es gibt ja einige vielsagende Aussagen über die Tochter, so dass wir eventuell um ein Interview herumkommen. Ich möchte sie nicht unbedingt belästigen«, Friedhelm blickt in die kleine Runde.

»Gut. Und ich werde heute noch versuchen, mit Kommissar Albrecht über den Stand der Dinge zu diskutieren. Mal sehen was er dazu meint. Leider habe ich noch einen anderen wichtigen Fall, du weißt schon, den Fall Riethmüller, bei dem ich unbedingt Vorort in Freiburg sein muss. Doch übernächste Woche werde ich ganz frei für unsere Sache hier und entsprechend auch öfter in der Region sein. Vielleicht nehme ich mir auch sporadisch ein Zimmer im Kreiterhof«, erklärt Celine ihren Plan. »Der Hof gefällt mir nämlich zunehmend. Angenehmes mit Nützlichem verbinden, meine Devise.« Sie schmunzelt.

»Und ich fahre mit dir wieder nach Freiburg, Celine«, schlägt Doris vor, »denn ich möchte gerne nahe bei meinem Bruder sein. Natürlich nur, wenn es dir recht ist, dass ich bei dir so lange weiter wohne. Später kann ich mir dann ja auch ein Zimmer hier im Kreiterhof nehmen.«

»Doris, kein Problem, du kannst auch länger bei mir wohnen bleiben, auch wenn ich nicht da bin. Du störst ja niemanden und Dein Bruder braucht dich jetzt.«

»Danke Celine. Du bist lieb.«

»Das ist doch selbstverständlich. Du bist meine Freundin und dein Bruder steht mir schließlich auch nahe. Über unsere Rechercheergebnisse halten wir dich auf dem Laufenden, so dass du Heiko immer aktuell Bericht erstatten kannst.«

14

»Sag mal, wer war der Typ, der euch heute Vormittag besuchte?«, fragt eine dunkle Männerstimme ziemlich ruppig. Sandra weiß nicht wer hinter dieser Stimme steckt. Sie kennt den Anrufer nicht, doch jedes Mal, wenn er sich meldet, zuckt sie regelrecht zusammen.

»W-was meinst du?«, fragt sie ganz unsicher.

»Hältst du mich eigentlich für blöd. Glaubst du im Ernst, wir kriegen das nicht mit, wenn da so urplötzlich ein geschniegelter Typ bei euch auftaucht? Wer ist das und was will der von euch?«

»Er … er … ist ein Detektiv, der mit einer Rechtsanwältin zusammenarbeitet«, gibt sie eingeschüchtert zu.

»Hatte ich mir doch so etwas Ähnliches gedacht. Und, was wollte dieser Schnüffler bei euch«, fragt der Anrufer barsch weiter.

»Der will rauskriegen, was im Juli in der Wolfsschlucht genau geschehen ist. Er und seine Anwältin glauben nicht daran, dass Thomasin mit der Mordgeschichte etwas zu tun hat«, sagt sie, denn sie traut sich nicht zu lügen. Sie hat das Gefühl, dass sie von tausend funkelnden Augen und nach News gierenden Ohren umgeben ist … sie sehen und hören alles. Sandra zittert vor Angst.

»Und was hast du gesagt?«

»Er hat gar nicht mit mir gesprochen, sondern mit meiner Mutter. Aber auch wenn er sich mit mir befasst hätte. Was hätte ich ihm denn sagen sollen? Nichts. Ich habe doch selbst keine Ahnung, was in der Wolfs-

schlucht wirklich geschah. Ich war ja nicht dabei.«
Dass sie oben vom Treppenabsatz hörte, wie der Detektiv bei der Mutter eine gefährliche Sekte erwähnte, wagt sie nicht zu erzählen. Sie selbst war überrascht und gleichzeitig erschrocken.

»Natürlich weißt du, was geschehen ist. Du weißt doch, dass Thomasin die Kleine umgebracht hatte. Oder glaubst du vielleicht, dass Andy dich belogen hatte?«, fragt der Fremde mit drohender Stimme.

»N-nein, n-natürlich nicht. Der Täter … also der Thomasin … wurde ja eindeutig identifiziert«, stammelt Sandra.

»Eben. Du weißt also, was zu tun ist. Kein Wort über die BMG, kein Wort über Andy und die anderen Mitglieder! Verstanden?«, droht der Anrufer nochmals eindringlich. Wieder zuckt Sandra erschreckt zusammen. Der Detektiv weiß schon zu viel. Aber nicht von ihr. Von wem also dann? Man wird ihr nicht glauben, dass sie immer geschwiegen hat. Dann sagt sie kleinlaut, »ja, klar. Ich erzähle nichts.«

»Wenn du dich an die Regeln der BMG und vor allen Dingen an deinen Schwur hältst, passiert dir nichts«, redet er nochmals intensiv auf Sandra ein. In ähnlicher Form droht er ihr schon seit Wochen in regelmäßigen Abständen. Es ist eine für Sekten typische zünftige Gehirnwäsche, mit der er sie gefügig machen will. Nur so ist sie lenkbar und es scheint zu funktionieren. »Also, du weißt Bescheid, ich melde mich wieder«, beschließt er endgültig seine eindringliche Manipulation.

»Ähm …«, Sandra will noch etwas sagen.

»Was ist? Irgendwas nicht klar?«, sagt der unbekannte Anrufer ziemlich schnoddrig.

»Ich wollte nur mal wissen, wo Andy ist?«, sagt Sandra unterwürfig.

»Wieso willste das denn wissen?«

»Ich würde ihn so gerne wieder mal treffen. Das letzte Mal, dass wir uns trafen, ist schon so lange her … ich habe Sehnsucht nach ihm.«

»Im Moment geht's nicht. Andy hat andere Sorgen. Er ist geschäftlich viel unterwegs und da kann er sich nicht darum kümmern, ob eine seiner Gspusis sich nach ihm verzehrt. Ich werd's ihm aber ausrichten, dass du nach ihm gefragt hast. Vielleicht kann er es gelegentlich mal einrichten, dass ihr euch trefft.«

Was hatte er da gesagt? Eine seiner Gspusis? Ist sie also wirklich nur eine unter vielen? War ihr romantischer Abend im Sommer gar nichts Besonderes? Hatte er womöglich viele, mit denen er sich in romantische Nischen zurückzog und dort weitergehen konnte, als mit ihr, weil sie dazu nicht bereit war? Ist er gar nicht so rücksichtsvoll, wie er behauptete, sondern holte sich all das, was er brauchte anderswo?

Alle diese Fragen, geistern Sandra nach dem Gespräch durch den Kopf. Sie sitzt zusammengekauert auf dem Fußboden ihres Zimmers, ihre Arme umfassen die angewinkelten Beine. Sie wirkt zerbrechlich. Seit sie wegen ihres psychischen Traumas krankgeschrieben ist, hat sie ziemlich abgenommen. Ihre Haare hängen strähnig herunter, die Augen wirken glanzlos und ihr Gesicht hat seine unbeschwerte Heiterkeit verloren. Normalerweise wäre sie nach einem solchen herrlichen Sommer wie dieser des Jahres 2003 braungebrannt gewesen. Stattdessen ist sie blass und sie fühlt sich elend.

In ihrem Kopf kreisen die Gedanken unaufhörlich … immer wieder dieselben Fragen und keine Antworten. Von wo aus beobachtet der Anrufer sie, und wieso weiß er über alles Bescheid? Und woher wusste dieser Detektiv, der ein zweites Mal mit ihrer Mutter sprach, von der Gang und sogar auch von Treffen in der Wolfsschlucht? Was, wenn der Detektiv oder die Rechtsanwältin zur Polizei gingen, und man sie nochmals so richtig in die Mangel nehmen würde? Würde sie dem Druck standhalten?

Ihre einzige Möglichkeit, sich hartnäckigen Befragungen zu entziehen, sieht sie allein darin, sich in das Schneckenhaus ihres psychischen Traumas zu verkriechen. Kein Arzt würde erlauben, dass man sie quält mit Fragen, die Horrorszenarien beschreiben und ihre Krankheit dadurch verschlimmern könnten.

Längst verflucht sie den Tag, an dem sie sich auf dieses üble Spiel eingelassen hatte.

*

Friedhelm ist von Kandern, wo er nochmals mit Frau Schaffner sprach, auf dem Weg nach Holzen zu den Gresslins. Während der Fahrt lässt er seine Unterhaltung mit Sandras Mutter Revue passieren. Es war ein ziemlich dramatisches Gespräch. Frau Schaffner war von ihren Gefühlen hin- und hergerissen. Er hatte ihr in aller Schnelle die zwei Ritualbilder, natürlich nicht als Ausdruck auf Papier, sondern im Kleinformat seiner Digitalkamera, gezeigt. Er dachte, dass sie es im Kleinformat besser verkraften würde. Dass der Anblick der Bluttrinkenden so enorm einschlagen würde, damit hatte er nicht gerechnet. Er hatte ja nicht erzählt, dass er und Celine vermuten, es handele sich bei der Bluttrinkenden um Sandra. Dennoch setzte dieser Anblick Frau Schaffner ziemlich hart zu.

Natürlich hatte Friedhelm zum Schutz des Künstlers - ja, man kann schon sagen, dass dessen Bilder kleine Kunstwerke sind - nichts von Xaver erzählt. Niemand weiß bisher von dessen künstlerischen Fähigkeiten und das ist gut so. Frau Schaffner hatte zwar gefragt, wer diese Bilder malte und Friedhelm wich mit der Erklärung aus, dass sie ihm von jemandem, der bis dato noch nicht in Erscheinung trat, zugespielt worden seien. Für diesen Jemand habe es bis jetzt keinen Anlass gegeben, seine Beobachtungen weiterzugeben. Erst, nachdem dieser Beobachter mitbekommen habe, in welche Richtung das Team Endress und Kulau forschte, sei er auf der Bildfläche erschienen, um seine Bilder zu präsentieren.

Frau Schaffner hatte ihn dann gebeten, das Gespräch mit Sandra auf später zu verschieben. Sie selbst müsse das Ganze erst einmal verdauen, bevor sie ihre Tochter damit konfrontieren will. Sie ahnte natürlich nicht, dass Sandra von oben wieder alles mitbekommen hatte.

Friedhelm, inzwischen in Holzen angekommen, will gerade beim Gasthaus Hirschen von der Talstraße in die Brunnenstraße in Richtung Rebacker abbiegen, als er linkerhand beim Spielplatz Xaver auf einer Bank sitzen sieht. Kurzerhand stellt er sein Auto beim ›Milchhüsli‹ in der Talstraße ab. Langsam schlendert er zu Xaver, der mit seinen Gedanken weit entfernt zu sein scheint. Als er ihn erreicht hat und mit einem kurzen »hallo Xaver« begrüßt, zuckt der Junge wie aus einem Traum aufgeschreckt zusammen und mit überraschten Augen blinzelt er ihn an. Friedhelm überlegt, wie er das Gespräch beginnen soll. Er hatte in letzter Zeit viel über Aphasie gelesen und sich auch darüber informiert, wie man mit Aphasikern kommuniziert: ›kurze, einfache Sätze verwenden; ja/nein-Fragen stellen; Einsetzen körpereigener, nonverbaler Hilfsmittel wie Gestik, Körpersprache, Geräusche oder auch Pantomime; Einsetzen von Hilfsmittel wie Papier und Stift, aber auch Handys‹ eignen sich dazu. ›*Nun, ich versuche es einfach. Mal sehen, ob's funktioniert*‹, denkt er sich und beginnt ganz harmlos. »Wir kennen uns, Xaver.« Während er das sagte, zeigte er mit ausgestreckten Zeige- und Mittelfinger zuerst auf Xavers Augen und dann auf seine eigenen. Xaver schaut ihn nur fragend an. Friedhelm versucht es weiter. Er zeigt auf Xaver und dann auf seine eigene Schläfe und sagt ganz langsam, jedes Wort akzentuiert: »Erinnerst - du - dich? Ich - dich - gesehen - zu Hause«, er zeigt dabei wieder auf seine Augen, dann auf Xavers Augen und dann in die Richtung, wo Xaver wohnt. Der erste Erfolg zeichnet sich ab, denn Xaver nickt. »Wie geht es dir«, fragt er weiter. Diesen Satz hat Xaver sehr oft zu hören bekommen und versteht ihn. Er zuckt nur mit den Schultern, als wolle er sagen, »es geht so.« Dann setzt Friedhelm sich neben Xaver auf die Bank, zieht ein Blatt Papier aus seiner Aktentasche, und aus der Innentasche seines Jacketts holt er einen Stift. Er zeigt auf den Storch auf der Kirchturmspitze und Xaver folgt mit den Augen in die gezeigte Richtung des Zeigefingers. Dann versucht Friedhelm, den Storch zu malen. Man kann zwar erkennen, dass es ein Storch sein soll, aber besonders gut gemalt hatte er ihn nicht. Xaver lächelt. ›Wow‹, denkt Friedhelm, ›*das Eis ist gebrochen. Ein guter Anfang*‹. Friedhelm lächelt zurück und reicht Xaver ein neues Blatt Papier und den Stift. »Jetzt - du!«, sagt er. Xaver nimmt beides und in aller Schnelle skizziert er perfekt Storch und Kirchturm. Er reicht Friedhelm die Zeichnung, die dieser ehrfürchtig bestaunt. Dann schaut er auf und lacht jetzt richtig herzhaft zu Xaver und sagt: »Du - bist - ein - wahrer - Künstler. Das - ist - phantastisch«, dabei zeigt er mit dem Daumen nach oben als Zeichen seiner Anerkennung. Xaver lächelt, seine blauen Augen leuchten jetzt förmlich. Das ist es. Mit der Kunst ist dieses sensible Herz zu öffnen. Friedhelm zeigt auf Xaver und sagt: »du - bist - Xaver.« Dann zeigt er auf sich »und - ich - ich bin - Friedhelm.« Wieder lächelt Xaver, dann hebt er schüchtern die Hand und reicht sie Friedhelm. Der ist gerührt über diesen zarten Versuch, Zuneigung und Vertrauen zuzulassen. Er nimmt die gebotene Hand und fragt wieder begleitet mit Mimik und Gestik: »Ich - gehe - zu - deiner - Mutter. Kommst - du mit?« Einen Moment zögert Xaver, dann steht er auf, als Antwort auf die Frage. Das erste Wort, das Friedhelm aus dem Munde dieses Jungen hört ist »Ja« Er ist überrascht und stolz über diesen ersten Erfolg. Friedhelm lächelt gewinnend. »Also - komm!«, und nebeneinander gehen sie zu Friedhelms Auto, so als wären sie die besten Freunde.

*

Celine war im Kommissariat nicht sehr erfolgreich. Kommissar Albrecht, der den Fall damals behandelte, befindet sich derzeit auf Kur und Claudia Schwarzer, die stellvertretend für ihn eingesprungen ist, ist nicht wirklich interessiert daran, den Fall wieder aufzurollen. Sie wollte Celine gar nicht vorsprechen lassen, sondern versuchte, sie gleich am Telefon abzuwimmeln. »Hören Sie, Frau Endress, der Fall ist abgeschlossen, die Beweise sind erdrückend eindeutig, also für uns kein Grund, uns nochmals damit zu befassen. Es gibt jetzt andere, wichtigere Dinge zu tun, die absoluten Vorrang haben«, hatte sie gesagt.

»Dürfte ich dennoch Ihre wertvolle Zeit kurz beanspruchen, damit ich Ihnen die entlastenden Details, die wir zusammengetragen haben, unterbreite? Es wäre sehr wichtig«, hatte Celine es nochmals höflich versucht, aber Frau Schwarzer blieb hart.

»Ich will und kann Staatsanwalt Faber damit nicht erneut behelligen, vor allen Dingen, wenn es sich womöglich um vage Vermutungen handelt. Er würde sich nicht sehr erbaut davon zeigen, zumal er, selbst Vater einer Tochter, sich damals über diesen Thomasin ziemlich aufgeregt hatte.« Nach einer kurzen Pause sagte sie dann: »Nun, Frau Endress, ich will mich ja nicht sperren ... also gegen eine eventuelle neue Wahrheitsfindung meine ich, wobei ich wirklich überzeugt bin, dass wir die Wahrheit bis ins kleinste Detail kennen. Wenn es Sie beruhigt, dann verfassen Sie doch bitte einen Bericht über Ihre Recherchen und lassen ihn zu meinen Händen zukommen. Mehr kann ich im Moment wirklich nicht für Sie tun.«

Das war's denn auch. Celine wird den Bericht natürlich nicht abfassen und senden. Alles, was sie, vor allem aber Friedhelm, zusammengetragen hatten, ist sehr erklärungsbedürftig. Mit Berichtlesen alleine ist es nicht getan, denn sie kann sich nicht vorstellen, dass die gelesenen Details die beabsichtigte Wirkung haben würden. Den entlastenden Ausschlag für eine Wiederaufnahme des Verfahrens würde er garantiert verfehlen und dann wäre das Fenster vielleicht endgültig geschlossen. Genau genommen sind es eigentlich nur Indizien diametral zu den polizeilichen Ermittlungen, aber keine Fakts, was sie zu bieten hatte. Dinge, die ihr selbst einleuchtend erscheinen, müssen bei der Polizei noch lange nicht die gleiche Wirkung zeitigen.

Sie beschließt der Sicherheit halber, sich mit dem Polizeiposten Kandern in Verbindung zu setzen. Man weiß ja nie, ob es ganz plötzlich eines schnellen Einsatzes bedarf. Die Abgründe, die Friedhelm aufgetan hatte, gebieten oberste Vorsicht. Solche Leute sind zu allem fähig. Das hatte man ja gemerkt.

*

Doris sitzt ihrem Bruder im Besuchszimmer der Psychiatrie Emmendingen gegenüber. Heiko wirkt apathisch. Sein Blick ist auf seine Hände gerichtet. »Heiko, gibt man dir ruhigstellende Medikamente?«, fragt Doris.

Müde hebt er seine Augenlider und schaut seine Schwester wie abwesend an. »Heiko, wenn die dir etwas geben, dann tu bitte nur so, als würdest du es schlucken. Behalte es unter der Zunge oder in der Wangentasche und spucke es aus, sobald sie weg sind. Die wollen dich doch nur willenlos machen«, redet sie leise auf ihn ein, so dass die bewachende Person es nicht hören kann. Doris steigen Tränen in die Augen. »Heiko, bitte, halte durch. Wir sind schon einen großen Schritt weiter. Wie es aussieht, handelt es sich um ein Komplott ... man hat dir eine Falle gestellt.« Sie legt eine Hand auf seine und durch einen Schleier von Tränen schaut sie ihren Bruder an, der nur noch ein Schatten dessen ist, was er früher einmal war. »Der Friedhelm ist ein total fähiger Detektiv. Der pirscht sich geschickt an alle ran, mit viel Charme und viel Einfühlungsvermögen.« Sie sagt dies fast ein bisschen schwärmerisch. »Glaube mir, der beherrscht seinen Job zu hundert Prozent. Der ist sowas von gut«, versucht sie ihren Bruder aufzumuntern. »Du kennst doch Celine. Glaubst du, die würde mit einem Halbprofi arbeiten? Nie und nimmer. Sie will Vollblutprofis um sich haben. Bitte habe Vertrauen. Wir holen dich raus.«

Doris ist auf dem Weg von Emmendingen nach Freiburg. Tränen laufen ihr über die Wangen. Ihr Bruder war nicht mehr wiederzuerkennen. Das Gespräch mit ihm war nur ein Monolog. Heiko war stumm, sein Blick stumpf, so als hätte er abgeschlossen mit dieser Welt und sie ist überzeugt, dass er es wieder tun würde ... aber diesmal so, dass man ihn nicht mehr retten könnte. Den Freitod, so scheint es, sieht er als einzige Möglichkeit, diesem ganzen schmerzhaften Dilemma zu entkommen.

15

»Erlauben Sie, das sind doch alles Hirngespinste, was Sie da aus Ihrem Gepäck zaubern«, sagt Detlef Schaffner, Sandras Vater, ziemlich überheblich. »Das einzige, was Sie damit erreichen, ist doch, dass Sie die Leute gründlich durcheinander gebracht haben. Meine Frau war nach Ihrem letzten Besuch komplett aus dem Häuschen. Das klingt doch total abstrus, was Sie ihr da vorgetragen haben. Auf keinen Fall werde ich zulassen, dass Sie mit meiner Tochter sprechen, Herr Kulau. Die hat nun wirklich schon genug gelitten und braucht endlich Abstand zur ganzen Geschichte. Sie soll jetzt schnellstmöglich wieder auf die Beine kommen, damit sie wieder zur Schule gehen kann. Wir hoffen nur, dass sie nicht zu stark zurück gefallen ist und ihr Abitur noch schaffen kann. Gottseidank ist sie intelligent genug, um Versäumtes sicherlich schnell wieder aufzuholen. Glauben Sie vielleicht, dass ich Ihnen angesichts dieser traurigen Umstände auch noch helfen werde, den Mörder mit verrückten Ideen zu entlasten?«

Friedhelm schaut seinem Gegenüber offen und direkt in die Augen. Der ist wirklich ein schwerer Brocken, jedenfalls schwerer als dessen Frau, die jetzt schweigsam neben ihm sitzt. Sie scheint ziemlich unter dem Zepter ihres Mannes zu stehen. Wenn er spricht, scheint sie nichts mehr zu sagen zu haben. Friedhelm überlegt kurz, dann sagt er: »Herr Schaffner, ich verstehe Ihre Sorge um Ihre Tochter …«, - dass es sich wirklich um Sorgen des liebenden Vaters handelte, bezweifelt er zwar; er hat eher das Gefühl, dass es um Prestige und Ansehen geht; seine Tochter hat nach seinen Vorstellungen zu funktionieren - »... doch erlauben Sie mir, dass ich kurz den Umkehrfall skizziere. Nicht Anja hätte es getroffen, sondern Ihre Tochter Sandra.«

Schaffner reißt entsetzt die Augen auf: »Jetzt gehen Sie aber zu weit, Herr Kulau. Das wird ja immer dreister, was Sie hier auftischen. Setzen Sie hier einfach einen Punkt, und am besten noch, sie verlassen jetzt unser Haus.« Er steht auf.

»Herr Schaffner, es geht mir doch nur darum, Ihre Empathie zu wecken, und zwar für die andere Seite, für die Eltern der Ermordeten. Würden Sie nicht die absolute Wahrheit erfahren wollen? Würden Sie nicht wollen, dass das Andenken Ihrer Tochter, das unter den vorgegebenen Anschuldigungen der Erpressung beschmutzt wurde, wieder rehabilitiert würde?«, sagt Friedhelm, ebenso von seinem Platz aufgestanden.

»Sie vergessen, dass unsere Tochter krank ist und deswegen auch wir alle Gründe für die Aufdeckung der Wahrheit haben könnten ... die absolute Wahrheit ... wenn es eine andere Wahrheit, als die, die wir schon kennen, gäbe, was ich aber bezweifle«, sagt Schaffner in seiner arroganten Art, immer noch stehend, für den Rausschmiss bereit.

Doch Friedhelm nimmt dieses Argument gerne als gute Gelegenheit, genau darauf einzugehen - ›*die absolute Wahrheit erfahren wollen - was will er mehr*‹: »Dann lassen Sie mich Ihnen darlegen, was wir herausgefunden haben. Wie schon in früheren Unterhaltungen mit Ihrer Frau besprochen, werden wir, was Ihre Tochter betrifft, möglichst behutsam vorgehen. Ein eventuelles Gespräch soll nur unter Zeugen, zum Beispiel Sie und/oder eines Arztes geführt werden. Von unserer Seite würde Frau Endress das Gespräch führen. Von Frau zu Frau ist eventuell sinnvoller, als wenn ich es führte. Wer weiß, vielleicht braucht Ihre Tochter dringend Hilfe, gerade in diesem Fall, wo wir dann helfen können.«

Herr Schaffner zögert noch immer. Seine Frau, die mittlerweile gewillt ist, mehr zu erfahren, schaut ihren Mann flehend an, der sich nun wieder setzt. »Detlef, lass es dir doch wenigstens einmal erklären. Das kostet doch nichts.«

»Du hast mir genug von dem ganzen Hokuspokus erklärt. Ich brauche keine weiteren Details dazu.«

»Vielleicht doch, Herr Schaffner. Weitere Details sind vielleicht gerade jetzt notwendig, da Sie bis jetzt keinen anderen Eindruck von unseren Recherchen haben, als dass es sich um Hokuspokus handeln könnte. Ihre Frau konnte Ihnen doch nur ungefähr meine Erklärungen wiedergeben. Es war einfach zu viel, da gehen bei der Wiedergabe einige Zusammenhänge verloren.« Er setzt sich ebenfalls wieder.

Schaffner rollt genervt mit seinen Augen. »Dann halt, in Gottes Namen, erzählen Sie. Aber versprechen Sie sich nicht zu viel davon.«

Friedhelm atmet erleichtert ein und beginnt dann mit seiner Erzählung und zwar ganz von vorne. Natürlich sagt er nicht alles, zum Schutz von Xaver und natürlich zum eigenen Schutz. Er will auch Sandras aus den Zeichnungen gefolgerte Handlungen nicht zu sehr ausmalen, wie zum Beispiel, dass sie in einer Zeremonie Blut einer vor ihren Augen getöteten Katze getrunken und natürlich, dass sie in einem üblen Komplott mitgemischt haben könnte, denn davon ist Friedhelm längst überzeugt. Das alles könnte nicht gut ankommen beim Patriarchen Schaffner. Der Mutter hatte er ja beim letzten Besuch Andeutungen über Sandras Zugehörigkeit zu einer Sekte gemacht. Das sollte vorerst mal reichen. Er erklärt es eher so, dass Sandra womöglich unfreiwillig in Kreise geriet, die nichts Gutes im Schilde führten. Er ist fast am Ende seiner Erzählung, als sein Handy klingelt. Er entschuldigt sich bei den Schaffners, die ziemlich verdattert, kopfschüttelnd dasitzen. Auch Schaffner ist plötzlich sehr still geworden, nichts ist mehr von seiner Arroganz spürbar.

»Ja Celine? … Ich bin bei den Schaffners in der Gartenstraße. Wo bist du? … Ah, das ist ja gar nicht so weit weg … einen Moment …«, er wendet sich an die Schaffners.»Meine Kollegin Celine Endress ist gerade in der Nähe. Darf ich ihr sagen, dass sie eben mal vorbei kommt?«

Sichtlich noch geschockt vom Eindruck der aufgezeigten Recherche-Ergebnisse, nickt Schaffner nur stumm.

»Danke«, sagt Friedhelm zu Schaffner und wieder ins Handymikrophon zu Celine, »komm doch bitte hier vorbei … ja, ist gut. Bis später.«

»Ich würde mir meine Tochter am liebsten gleich vorknöpfen«, sagt Schaffner ziemlich wütend, nachdem er sich allmählich gefasst hatte. »Ich möchte gerne wissen, was sie ausgefressen hat. Das klingt ja alles ungeheuerlich.«

›*Das ist wieder richtig typisch*‹, denkt Friedhelm, ›*dieser ausgemachte Macho! Zuerst den treusorgenden Daddy markieren und dann gleich ins Gegenteil umschlagen ... ich bin der Herr im Hause und <u>ich</u> übe Schelte, wenn's angesagt ist.*‹ Er richtet sich beschwörend an ihn: »Bitte, Herr Schaffner, machen Sie jetzt keinen Fehler. Wenn wir zu harsch mit Sandra umgehen, könnten wir gerade das Gegenteil erreichen. Ihr Zustand könnte sich nur noch verschlimmern und sie wird stumm bleiben, sich gegen alles sperren.« Er schaut Schaffner prüfend an, um zu sehen, ob er gewillt sei, auf seinen Vorschlag einzugehen. Schaffner schweigt betreten, während Frau Schaffner, die erkennt, dass es diesem Kulau wirklich sehr um das Wohl ihrer Tochter geht, nickt.

»Ich schlage vor, wenn es Ihnen recht ist, dass wir auf meine Kollegin warten, damit sie auf Sandra eingehen kann und dabei beiläufig Dinge erfährt, die in unser Puzzle passen und die somit weiter Licht in die ganze Sache bringen könnten.« Schaffner kann gar nicht mehr Antwort geben, denn schon klingelt es an der Haustüre. Frau Schaffner öffnet.

Sie begrüßt Celine freundlich und bittet sie einzutreten. Ihr Gesicht wirkt dabei sehr bedrückt.

Sandra, die ihre Zimmertür offenstehen ließ, um vielleicht etwas zu erhaschen, zittert vor Angst. Zu viel ist los da unten, was ihr bedrohlich erscheint. Sie konnte zwar nicht genau verstehen, was besprochen wurde, nur dass ihr Vater hin und wieder ziemlich laut wurde, dann kamen Gesprächsfetzen durch, die sie aber nicht in einen Kontext bringen konnte. Und jetzt ist noch jemand gekommen. Sie fühlt sich hilflos. Was soll sie tun? Wie soll sie sich verhalten, wenn man sie ruft? Kaum, dass sie sich diese Frage gestellt hatte, hört sie schon ihre Mutter vom Treppenaufgang zu ihr hinaufrufen. »Sandra?« Es klingt nicht böse. Doch Sandra gibt keine Antwort. Sie hört, wie sich die Mutter anschickt die Treppe hinaufzusteigen. Sandras Herz schlägt schneller. Sie hat sich nicht in der Gewalt, kann ihre Aufregung nicht unterdrücken. Ihre Augen flackern, ihre Hände zittern.

Ihre Mutter erscheint in der Tür. Entgegen ihrer Erwartung, schaut die Mutter freundlich, ja man könnte sagen, liebevoll. Sie fragt sich, wann sie diesen warmherzigen Blick wohl das letzte Mal gesehen hatte. »Sandra, könntest du bitte mit mir herunterkommen?«, fragt die Mutter.

»Wozu?«, fragt Sandra zurück. Sie versucht, sich nichts von ihrer Aufregung anmerken zu lassen, was ihr nur schwer gelingt. Alle wissen ja um ihren Zustand ... sie kann nichts richtig verbergen.

»Wir möchten gerne mit dir reden. Es ist wichtig. Kommst du?«

Sandra, die in üblicher Kauerhaltung am Boden sitzt, rührt sich nicht. Frau Schaffner geht auf ihre Tochter zu, geht vor ihr in die Knie und erfasst mit beiden Händen Sandras Hände. Wieder dieser liebevolle Blick. Bei Sandra, die so viel demonstrierte Zuneigung nicht kennt, füllen sich die Augen mit Tränen. Es ist nur ein Flüstern, als sie schließlich sagt: »Mama«

›Traurig‹, denkt Frau Schaffner, ›dass ich erstmals, aufgerüttelt durch diesen gefühlsvollen Herrn Kulau, meine Tochter richtig spüre.‹ Erstmals spürt sie den inneren Kampf ihres Kindes gegen etwas, das übermächtig zu sein scheint und für sie als Mutter im Moment noch nicht greifbar ist. Erstmals steht nicht mehr die Frage ›*Was wird aus deinem Abitur, wenn du so lange zu Hause rumsitzt*‹ im Vordergrund, sondern einzig ihre Tochter. Frau Schaffner fasst in diesem Moment einen Entschluss: ›*künftig werde ich meinem Mann widersprechen, wenn ich es für nötig halte; ich werde mir nichts mehr vorschreiben lassen, wenn es um Erziehungsfragen geht …*‹, wenn es denn nicht schon zu spät ist für Erziehung, denn ihre Tochter ist ja mittlerweile volljährig. ›*Ich werde auf jeden Fall künftig meiner weiblichen Intuition folgen und entsprechend handeln.*‹ Ihre Tochter braucht Hilfe, das weiß sie jetzt, und sie schwört sich in diesem Moment, dass sie sie ihr zukommen lassen will, ohne Wenn und Aber, ohne Härte … emotionale Regungen werden künftig nicht mehr als Gefühlsduselei abgetan.

Hand in Hand kommen Mutter und Tochter ins Wohnzimmer. Celine erschrickt, als sie das blasse verhärmte Mädchen sieht. Dunkle Ringe um ihre großen braunen Augen geben diesem Gesicht fast schon einen gespenstischen Ausdruck … das ganze Elend scheint gezeichnet in diesem jungen Gesicht, das um Jahre gealtert wirkt. Als würde Herr Schaffner Sandra das erste Mal in ihrem momentanen Zustand sehen, als würde er sich des ganzen Dilemmas, in dem sich seine Tochter befindet, erst jetzt richtig bewusst, blickt er starr auf die jämmerliche Gestalt an der Hand seiner Frau. Auch Friedhelm wirkt betroffen. Für ihn ist es auch das erste Mal, dass er Sandra zu Gesicht bekommt.

»Hallo Sandra«, geht Celine als erste auf Sandra zu.

Sandra gibt keine Antwort, schaut nur einfach verstört in die Runde. Frau Schaffner zieht ihre Tochter neben sich aufs Sofa. Als sie sich gesetzt hatte, geht ein verstohlener Blick zu ihrem Vater, doch der vermeidet jeden Blickkontakt, schaut starr vor sich hin. Im Innern ärgert sich Celine über das Verhalten von Sandras Vater. Dieses angsteinflößende Gebaren dient nicht gerade dazu, das Mädchen aus seinem Schneckenhaus zu locken.

»Sandra, wir wissen, dass es dir im Moment ziemlich schlecht geht«, fährt Celine fort, »du stehst unter einem schlimmen Leidensdruck. Glaube mir, Sandra, wir sind nicht zusammengekommen, um dich an den Pranger zu stellen oder dich zu schelten. Wir sind hier, um dir zu helfen.« Sie macht eine kurze Pause. In Sandras Gesicht zeigt sich keine Regung.

»Sandra, bitte sieh mich an und höre mir zu.«

Sandras scheuer Blick verändert sich zu einem trotzigen. In ihrem Kopf arbeitet es. ›*Nichts sagen. Du musst einfach nur stumm bleiben … Sie können dich nicht zwingen … Big Black Moon is watching you … Bloß nichts sagen*‹.

»Ich habe eine Ärztin«, sagt Sandra plötzlich für die andren ziemlich überraschend. »Ich brauche eure Hilfe nicht.«

»Sandra, du weißt so gut wie ich, dass dir im Moment kein Arzt helfen kann«, ändert Celine jetzt ihre Strategie. Ihr ist bewusst, dass das Mädchen vor ihr total eingeschüchtert ist und mit zu viel Gefühlsduselei ist da nicht beizukommen. Zu viel Schonung würde dem anderen Druck, dem Sandra sich ausgeliefert sieht, nur Vorschub leisten. Celine muss sich dem anderen, dem mächtigen Unbekannten entgegenstellen und sich Sandra entsprechend anders nähern, nämlich mit Gegendruck.

Celines Feststellung kommt für Sandra ziemlich unerwartet, was man ihrem fragenden Blick deutlich ansehen kann. Das entgeht Celine natürlich nicht und sie nutzt die Gunst der Stunde ... setzt genau da an.

»Ganz einfach, Sandra«, fährt Celine fort, »weil die Ärztin nicht etwas behandeln kann, wovon sie den tieferen Grund nicht kennt. Ich spreche von dem Grund, über den du dich in Schweigen hüllst.«

Mittlerweile hat sich die Verwunderung bei allen im Wohnzimmer Anwesenden breit gemacht. Alle Augen sind nun auf Celine gerichtet, die ganz genau weiß, was sie bezweckt. Sie ist ein Profi, das macht sich hier bemerkbar.

»Sie könnte dir behilflich sein, wenn du zum Beispiel über den Tod deiner Freundin nicht hinwegkommen könntest. Bei der Trauerbewältigung kann eine Ärztin, oder noch besser, eine Psychiaterin kompetent helfen. Irgendwann würdest du es geschafft haben.«

Celine macht eine kurze Pause. Im Raum ist es mucksmäuschenstill. Keiner wagt zu widersprechen, denn keiner will ihr ins Handwerk pfuschen. Keiner möchte etwas zerstören mit Bemerkungen, die nicht in Celines Konzept passten. Celine fährt mit ihrer begonnenen Strategie weiter. »Ich will dir nicht absprechen, Sandra, dass du über den Tod deiner Freundin trauerst. Aber Trauer allein sieht anders aus. Ich weiß das, denn ich habe, bedingt durch meinen Beruf, schon viele Trauernde gesehen. Und, wenn ich dich so ansehe ... na ja deine ganze Erscheinung ... die verrät mir ganz etwas anderes. Du hast Angst. Ich gehe sogar so weit, zu behaupten, dass du dich an Anjas Tod irgendwie mitschuldig fühlst.«

Sandra sperrt ihren Mund auf, so als wolle sie heftig protestieren. Doch es kommt nichts heraus, zu perplex ist sie. Das passt Celine wunderbar ins Konzept.

»Ich bin der Überzeugung, dass es etwas ganz Schlimmes ist, das dich belastet. Es ist sogar so schlimm, dass es das Maß des Tragbaren sprengt. Wie gesagt, um das zu sehen, braucht man dich nur anzuschauen. Ich bin auch weiter der Überzeugung, dass du vermutlich rein zufällig in diese schlimme Sache hineingeraten bist und da jetzt nicht mehr herauskommst … zumindest nicht alleine.«

Sandra blickt unruhig in die Runde. Ihr Vater hatte den Mund schon zum Protest geöffnet, schließt ihn aber gleich wieder, als ihn die mahnenden Blicke der Anwesenden, ganz besonders der seiner Frau, treffen. Solche demonstrierte Strenge ihm gegenüber ist er von seiner Frau nicht gewohnt. Für Celine scheint es, dass diese ganze Affäre allen in der Familie die Augen öffnet, dass sich jeder peu à peu bewusst wird, was hier falsch gelaufen ist, der Grund auch dafür, warum ihre Tochter überhaupt in falsche Hände geraten konnte. Alles war immer nur selbstverständlich. Niemand hatte jemals Geschehnisse hinterfragt, weil alles normal erschien. Es wird, wenn dann mal alles vorbei ist, wohl ein großes Reinemachen in dieser Familie geben.

»Sandra?«, beginnt Celine mit wie zu einer Frage angehobener Stimme. Sandra schaut Celine jetzt direkt in die Augen. »Sandra, wer ist Andy?«

Sandras extrem blasses Gesicht, das vielleicht nur ganz dezent von Leben zeugte, wurde spätestens bei dieser Frage durch einen lebendigen, blutdurchströmten Farbton abgelöst.

»Wer ist Andy?«, fragt Celine nun eindringlicher. Sandra zuckt nur mit den Schultern. Sie ist den Tränen nahe.

»Du weißt es nicht. Alles, was du weißt ist der Vorname, stimmt's?«

Jetzt schluchzt Sandra herzerweichend. Sie schüttelt den Kopf. Mit weinerlicher Stimme sagt sie. »Ich habe Andy geliebt.«

Sandras Vater schaut zu seiner Frau hinüber. Seine Bestürzung darüber, was sich hier eben abspielt, steigt zusehends. Seine Tochter verliebt, in irgendeinen Typen, den sie und vor allem er selbst nicht kennt. Womöglich war sie nicht mal mehr Jungfrau und er, der Vater, hatte keinen blassen Schimmer davon. Er war immer davon ausgegangen, eine anständige Tochter zu haben, intelligent genug, sich nicht gleich an den erstbesten heranzuwerfen.

»Was heißt, du hattest ihn geliebt? Heißt das, dass es aus ist?«, fragt Celine aus der Vergangenheitsform logisch folgernd.

Sandra nickt. Sie zögert einen Moment, dann sagt sie: »Ich habe ihn seither nicht mehr gesehen. Also, seit das mit Anja war.«

»Ja …«, nickt Celine bestätigend, »… das ist schon eine ganze Weile für ein Liebespaar. Wir haben jetzt Oktober, also könnte man sagen, seit drei Monaten?«

Sandra nickt.

»Und was schließt du daraus? Was glaubst du, warum er sich so plötzlich abgeseilt hat?«, fragt Celine herausfordernd.

Von Sandra kommt keine Antwort, nur Schulterzucken. Was soll sie auf diese Frage auch antworten. Dass Andy sie nicht mehr liebt?

»Ich sage dir, was du daraus geschlossen hast. Einfach nur zur Erinnerung für dich, falls du es in deinem ganzen Dilemma schon wieder vergessen hast. Andy hatte dich nur benutzt ... benutzt für seine Sache. Ist es so?« Sie blickt Sandra aufmerksam an, um jede Regung von ihr aufzunehmen. In diese Enge gedrängt, senkt diese aber nur ihren Blick auf ihre Hände.

»Ich nehme deine Körpersprache als affirmative Antwort«, sagt sie und wiederholt nochmals eindringlich: »Er hat dich benutzt ... für seine Sache benutzt. Jetzt drängt sich uns nur noch die Frage auf: ›*Was war denn seine Sache*? *Wofür wollte er wen bestrafen*?‹ Denn nach Bestrafung sieht es für mich verdammt nochmal aus. Ging es ihm um Herrn Thomasin oder um Anja? Ich verlasse mich auf meinen Instinkt und behaupte einfach mal, dass es ihm um den Lehrer ging, um hier die Story weiterzuspinnen. Denn hier gibt es für mich aufgrund unserer Recherchen einen Sinn, wenn auch noch nicht bis ins letzte Detail, aber dennoch recht aufschlussreich. Anjas Tod betrachte ich vorerst mal als Kollateralschaden. Man nahm ihn einfach in Kauf.«

Friedhelm ist immer verblüffter über Celines Verhörpraxis, über ihre Wortgewandtheit, ihre Kombinationsgabe. Es ist einfach unglaublich, wie sie versteht, Sandra aus ihrem Schneckenhaus zu locken und zwar sehr bestimmt. Nicht mit Erwecken des Gefühls, dass sie das arme Hascherl sei, das gestreichelt werden müsse, so wie es zum Beispiel bei Xaver der Fall wäre. Er hat das Gefühl, dass er von seiner Auftraggeberin und Kompagnon noch viel lernen kann. Celine spürt den bewundernden Blick von Friedhelm und lächelt fast unmerkbar in seine Richtung.

»Ich erkläre dir jetzt, was mein Kollege und ich denken. Du kannst am Ende meiner Geschichte JA oder NEIN sagen.« Sie schaut Sandra wieder auffordernd an. Diese nickt scheu.

»Dieser Andy, von dem du nicht das Geringste weißt, weder Nachname noch Adresse, Beruf oder Arbeitgeber, sofern er nicht selbständig ist, was ich eher vermute, hat dich benutzt, ohne dass du es merktest, denn du warst ja verliebt. Da gab es endlich jemand, der dir Aufmerksamkeit schenkte.« Celine ist sich bewusst, dass sie sich jetzt sehr weit vorwagte. Diese Bemerkung ist gewissermaßen eine kritische Anspielung auf die Familie. Doch sie wagt es jetzt mal ganz unverfroren, denn was sie in dieser Zeit, in der sie die Familie beobachten konnte, mitbekommen hatte, ist für sie Rechtfertigung genug. Die Eltern auf jeden Fall wirken betroffen und zerknirscht.

»Er schenkte dir die Aufmerksamkeit, nach der du dich so sehr gesehnt hattest. Und, um dir diese Liebe zu sichern, hättest du für Andy alles getan.« Celine atmet tief ein und wieder aus. »Herr Kulau und ich gehen davon aus, dass du es warst, die den Lehrer in eine verfängliche Situation bringen sollte, damit dieser, aus dem Hinterhalt aufgenommen, mit Bildern erpresst werden konnte. Wie man schließlich weiß, ist das Ehepaar Thomasin/von Ow ziemlich vermögend.

Einen Lehrer jedoch zu bezirzen ist gar nicht so einfach. Er muss ja erst einmal anspringen und es könnte sein, dass du dich mit dieser Aufgabe überfordert fühltest. Du bist zwar ohne Zweifel ein hübsches Mädchen, dennoch mit Anja konntest du es nicht aufnehmen. Also musste sie für dieses Vorhaben gewonnen werden, was sicher nicht einfach war.«

Herr Schaffner will gerade wieder einmal unterbrechen, will Celine sagen, dass sie jetzt aber einen Punkt machen soll … dass sie hier doch maßlos übertreibe und dass es schließlich ganz klar die Fotos Thomasin/Anja gab. Doch es ist wieder seine Frau, die ihn scharf anblickt, um seinen Protest gleich im Keim zu ersticken. Für den Macho Schaffner eine ganz neue Erfahrung.

Celine fährt mit ihrer Rekonstruktion weiter, während sie bewusst darauf verzichtet, Xavers Namen zu nennen, um ihn zu schützen. Nach seiner Zeichnung nämlich fühlte der sich bedroht durch den übermächtigen Mann, wahrscheinlich namens Andy.

»Anja, war aber für dieses Vorhaben nicht so einfach zu gewinnen. Sie stand schließlich nicht unter dem Einfluss deines Andys, so dass sie unter einem Druck gestanden hätte. Das heißt also, es musste ein Druck geschaffen werden. Und jetzt gibt mir die Aussage von Herrn Thomasin in etwa Sinn. Er sagte nämlich, dass Anja ihm anvertraute, dass sie erpresst würde. Sie sagte ihm weder in welcher Form, noch womit. Sie sagte nur, dass sie eine ihr nahestehende Person schützen wolle und machte sich Sorgen darüber, was ihr Lehrer von ihr denken könnte, wenn sie etwas Verwerfliches tun würde … ganz einfach, weil sie nicht anders könnte, wenn sie die nahestehende Person nicht ans Messer liefern wollte. Macht doch Sinn, oder?«, fragt Celine forschend. Sie schaut Sandra ganz intensiv in die Augen, um eventuell aus ihr zu lesen. Doch Sandra ist nur verwirrt, kann sich nicht vorstellen, woher diese Rechtsanwältin dieses ganze Wissen haben konnte. Sie hatte niemandem etwas erzählt und auch Kulau hatte nicht mit ihr gesprochen. Sie hatte aber schon beim ersten Gespräch, das dieser mit ihrer Mutter führte, das Gefühl, dass er zu viel wusste. Sie zittert vor Angst. Wenn die Gang erfährt, was diese Frau Endress und ihr Detektiv alles wissen, ist sie dran. Die kennen kein Pardon.

Celine reichen diese nonverbalen Signale vollauf. Sie lässt also nicht locker und fährt weiter: »Soweit haben wir das Puzzle also zusammengesetzt. Da du nicht widersprochen hast, gehe ich davon aus, dass wir auf dem richtigen Weg sind. Doch ich hätte das Puzzle gerne vervollständigt. Es fehlt noch etwas Entscheidendes: Um wen handelt es sich bei der nahestehenden Person, die Anja schützen wollte? Was hatte diese Person getan und welche Rolle spielte Anja dabei? Da musst du mir bitte weiterhelfen.«

Sie wartet einen Moment, um Sandra für eine Antwort Zeit zu lassen. Diese jedoch sitzt nur wie eine Gejagte da und sagt nichts. Ihre Hände bewegen sich unruhig und ihr Blick flackert nervös hin und her.

»Du hast Angst Sandra, stimmt's? Haben sie dir gedroht? Komm sag etwas. Wir können dir sonst nicht helfen.«

»Ihr wollt mir gar nicht helfen. Ihr wollt Herrn Thomasin helfen. Ihr wollt mich überführen, das ist es doch, was ihr wollt. Ich bin euch doch scheißegal«, reißt Sandra all ihren Mut zusammen.

»Ist es das, was du glaubst, Sandra? Dass du allen scheißegal bist? Dass niemand dich wirklich liebt?« Das war wieder ein Seitenhieb an die Adresse der Eltern. »Ja, sicher, wir wollen Herrn Thomasin helfen. Ist doch logisch, meinst du nicht auch? Wenn er unschuldig ist, hat er doch jede Hilfe verdient, oder nicht? Er hat ja nie jemandem etwas Böses getan.«

»Doch«, sagt Sandra jetzt sehr bestimmt. »Er hat in seiner vorherigen Schule eine Schülerin verführt.«

Celine wird hellhörig. »Wer hat so etwas gesagt?«

»Das ist egal. Ich weiß es einfach.«

»Aber, du weißt doch sicher auch, dass er damals unschuldig war und deshalb freigesprochen wurde«, lässt Celine nicht locker. Sandra zuckt nur mit den Schultern. Celine gehört nicht zu denen, die vorschnell aufgeben und fährt mit einem neuen Geschütz auf. ›Jetzt werde ich handfest‹, denkt sie sich. »Ich gehe nochmals zurück zu der Stelle meines Berichts, als ich feststellte, dass du Angst hast. Ja, du hast Angst, das ist offensichtlich. Nun, es würde mich auch wundern, wenn es nicht so wäre. Wenn man nämlich in die Fänge einer Sekte geraten ist, kann man schon das Fürchten lernen. Womit droht man dir, Sandra?«

Wieder schaut Sandra erschrocken auf. »Ich bin in keine Sekte geraten«, sagt sie bestimmt, dennoch mit bebender Stimme. »Ich war in einer harmlosen Clique, aber nicht in einer Sekte.«

»Sag mal, Sandra, hast du schon mal Blut getrunken? Blut von einer Katze, der man den Hals durchtrennt hatte, etwas, das man in einer ganz normalen, harmlosen Clique sicher nicht tut?«

Dieser Satz, der das sektenähnliche Ritual beschrieb, hatte endgültig ins Schwarze getroffen, denn Sandra hält sich die Ohren zu und kreischt hysterisch … genauso wie an dem Tag, als Friedhelm das erste Mal bei den Schaffners aufgekreuzt war. Es ist ein durchdringender, schriller Schrei. Celine schaut Frau Schaffner vielsagend an. Mit einer Kopfbewegung bedeutet sie ihr, dass sie ihre Tochter jetzt in die Arme nehmen soll, um sie zu trösten. Sie weiß, dass diese intime Nähe in diesem Moment nur von der Mutter ausgehen kann, nicht von einer Fremden und schon gar nicht vom Vater. Frau Schaffner hatte verstanden und tut, was wortlos von ihr verlangt wurde. Sandra legt schluchzend ihren Kopf auf die Schulter ihrer Mutter, die sanft ihren Kopf streichelt. So sitzen sie eine ganze Weile, bis sich Sandra wieder beruhigt hat. Dann löst sich das Mädchen wieder aus der Umarmung und wischt mit ihrem Ärmel die Nase ab.

»Sandra, ich beende unsere Unterhaltung hier. Ich will, dass du erst einmal wieder zur Ruhe kommst. Deine Reaktionen gaben mir sehr viel Aufschluss. Es war, als hättest du jede meiner Fragen beantwortet. Ich, spüre … nein … ich weiß es jetzt, dass wir mit unseren Annahmen auf dem richtigen Weg sind. Denke bitte darüber nach, ob du mit uns zusammenarbeiten willst. Vielleicht spürst du, dass wir dir wirklich helfen wollen, unabhängig von der Absicht, auch Herrn Thomasin entlasten zu wollen. Es sind zwei verschiedene Intentionen und doch hängen sie eng zusammen.«

Sandra blickt Celine nur stumm an. Und Celine hat das Gefühl, dass Sandra gerne alles von der Seele reden würde, damit der Spuk endlich ein Ende habe, wäre da nur nicht diese schreckliche Angst vor den Folgen. Denn so, wie es aussieht, steht sie immer noch unter dem Einfluss der Sekte. Davon, dass sie regelmäßig Anrufe von einem ihr Unbekannten erhält, hat Celine natürlich keine Ahnung. Doch genau das ist es, wovor Sandra Angst hat: Angst sich zu verraten und vor allen Dingen Angst vor Bestrafung.

Friedhelm ist schon aufgestanden und Celine tut es ihm gleich. »Ich bringe Sie zur Türe«, sagt Frau Schaffner mit ruhiger Stimme.

Bei der Verabschiedung schaut Herr Schaffner Celine sehr lange, fast etwas betreten in die Augen. ›*Könnte es sein, dass er sich ein bisschen schämt für seine bisherige Ignoranz, für seine Wichtigtuerei? Vielleicht lernt in dieser Familie jeder seine Lektion*‹, denkt Celine. ›*Es wäre auf jeden Fall an der Zeit.*‹

Sandra ist auch aufgestanden und macht sich gleich daran, in ihr Zimmer zu verschwinden. So wie es aussieht, will sie weiteren Fragen ihrer Eltern aus dem Wege gehen.

*

»Wow Celine«, sagt Friedhelm, als sie beide wieder draußen auf der Straße stehen, »ich bin beeindruckt … Ich wusste zwar, dass du ein Profi bist, aber du hast meine Vorstellung von dir weit übertroffen. Wie hast du gewusst … oder besser, wie hast du gemerkt, dass du das Gespräch anders einfädeln musst? Ich meine, Sandra gilt ja als traumatisiert, ein Zustand, an den man normalerweise mit viel Feingefühl und Verständnis herangehen muss. Du hast aber plötzlich umgeschwenkt und ziemlich harte Bandagen angelegt. Tja, und wie man feststellen konnte, mit Erfolg.«

»Ja, mein Lieber, ich habe mich die letzten Tage sehr viel mit Sekten befasst, mit Gehirnwäsche und dem ganzen Krimskrams. Es ist auch allgemein bekannt, dass Mitglieder, die aus einer Sekte aussteigen wollen, sich ziemlich großen Problemen gegenüber sehen. Es wird ihnen gedroht, nicht selten mit der Höchstbestrafung - dem Tod. Damit werden sie so eingeschüchtert, dass sie nichts preisgeben wollen. Weißt du, wenn man dann als Außenstehender mit Fakts aufwartet, wenn man demonstriert, dass man alles weiß, sind sie total perplex und von der Situation überfordert. Dann muss man eigentlich nur noch beobachten. Ihre Körpersprache ist dann mehr als genug der Information«, erklärt Celine. »Mit den harten Bandagen habe ich übrigens dann begonnen, als ich merkte, dass sie sich, ihres Zustandes nach dem Motto ›*du kannst mir gar nichts, ich bin krank, ich genieße besonderen Schutz*‹ sehr wohl bewusst ist. Weißt du, ein bisschen Seelenkunde beherrsche ich auch. Habe schließlich im Nebenstudium das Fach Psychologie belegt. Ich dachte, dass das in meinem Beruf nur gut sein kann.«

»Meinst du sie hatte gelogen, als sie sagte, sie wisse von Andy nichts?«

»Nein. Das glaube ich nicht, dass sie gelogen hat. Andy wollte möglichst anonym bleiben, weil er sich nie sicher sein kann, wie schwach ein Gruppenmitglied werden könnte. Ein schwaches Glied in der Kette könnte ihm das Genick brechen. Was mir zum Erfolg aber noch fehlt, also das i-Tüpfelchen, das ist der Name der Person, die Anja sehr nahestand und natürlich, was diese Person ausgefressen hatte, worüber sowohl Anja als auch Sandra Bescheid wussten.«

»Glaubst du, dass Sandra Anja bewusst ans Messer geliefert hat?«, fragt Friedhelm weiter.

»Nein, auch das glaube ich nicht. Ich habe eher den Eindruck, dass sie dem Andy zugespielt hatte, aber von seinen tatsächlichen Vorhaben nicht wirklich etwas wusste. Ich denke, dass sie überhaupt nichts wusste. Sie hatte wahrscheinlich überhaupt keine Ahnung, warum sie gewisse Dinge tat.«

Inzwischen sind sie bei Celines Auto angelangt. »Okay, lass uns beim Kreiterhof weiterreden«, schlägt sie vor. Celine hatte sich seit kurzem nämlich auch dort in ein Zimmer einquartiert. Hintereinander fahren sie in Richtung Wollbach und kurze Zeit später sitzen sie in der gemütlichen Gaststube des Kreiterhofes.

»Sag mal, Friedhelm, wie weit bist du eigentlich bei Xaver?«

»Oh, wir sind inzwischen gute Freunde. Der Junge ist wirklich ein lieber Kerl. Nachdem er beim Spielplatz aufgetaut ist, war jedes Treffen ein weiterer Fortschritt. An dem Tag, als ich ihn nach Hause brachte, war seine Mutter ziemlich überrascht. Sie lud mich gleich ein und offerierte Kaffee und Kuchen. Xaver sah richtig glücklich aus. Als ich mich verabschiedete, fragte sie mich, ob ich am nächsten Tag wiederkäme. Ihr hatte natürlich gefallen, dass ihr Sohn an diesem Tag so gut drauf war. Es gibt ihr dadurch wieder Anlass zu neuer Hoffnung. Sie hat es auf jeden Fall nicht bedauert, dass sie mich beim allerersten Besuch nicht abgewimmelt hatte. Ich bin dann noch …«, er überlegt einen Moment, »… ja, ich glaube es war mindestens fünfmal, dass ich dort war, und jeden Tag ging es mit der Unterhaltung besser. Ich sage dir, ich bin ein richtiger Spezialist in der Gebärdensprache geworden. Xaver und ich konnten uns schon richtig gut unterhalten. Gestern war er bei mir zu Hause … also im Kreiterhof.«

»Oh! Wie das? Das ist ja kaum zu glauben«, zeigt sich Celine sehr beeindruckt.

»Ich bin doch in seinem Zimmer gewesen, weil ich ihn fragte, ob er Bilder habe, die er malte. Er nickte freudig und zeigte mir seine Bilder. Diejenigen auf dem Schrank hatte er natürlich nicht heruntergeholt. Die sind ja auch zu schrecklich. Ich denke, er wollte mir den Anblick seiner schlimmsten Erlebnisse ersparen. Aber er hat ja genug andere sehr schöne Kunstwerke in seiner Sammlung, die er mir anbieten konnte. Viele zeigen ihn zusammen mit seinem Vater. Vermutlich gehören diese auch zu seiner Traumaverarbeitung. Sie entstanden wohl einige Zeit nach dem Unfall, als es ihm wieder etwas besser zu gehen schien. Es sind Bilder aus glücklichen Tagen. Was mir aber in seinem Zimmer auch noch auffiel, das waren seine drei Modellautos. Da hatte ich wieder einen Berührungspunkt, unsere Beziehung weiter zu vertiefen. Ich erklärte ihm nämlich, dass ich eine ganze Sammlung von etwa vierzig Exemplaren schöner Modellautos besitze und wenn er Lust habe, könne er einen Teil davon bei mir anschauen. Es war eine Freude, seine Augen leuchten zu sehen. Ich sprach auch gleich mit seiner Mutter, ob sie etwas dagegen einzuwenden hätte und sie schüttelte natürlich hoch erfreut den Kopf. Wir verabredeten uns auf den nächsten Tag, so dass ich gleichentags noch nach Reute in mein Haus fahren konnte, um zwanzig Exemplare meiner Sammlung zu holen. Ja, und gestern sind wir dann bei mir im Kreiterhof gewesen und Xaver war begeistert. Ich zeigte ihm natürlich zuerst das ganze Sammelsurium das überall auf dem Kreiterhof herumsteht. Das war für ihn so etwas von spannend. Und dann meine Autosammlung hat ihn fast umgehauen. Ich habe Xaver noch nie so strahlen gesehen. Mittlerweile bringt er auch schon Worte heraus. Bei den Autos sagte er ganz ehrfurchtsvoll ›*schön*‹, nahm eines nach dem anderen sachte in die Hände und bestaunte sie alle. Ich erklärte ihm so dies und das. Das Größte war natürlich, als ich ihm ein 1938er Model Mercedes Benz 540k Cabriolet schenkte. Ich kann es entbehren, weil ich noch zwei ähnliche besitze und die Freundschaft mit Xaver war es mir wert. Weißt du, Celine, ich habe den Kerl mittlerweile richtig liebgewonnen. Er ist ein so gefühlsvoller Junge.«

»Und ich muss dir das Kompliment zurückgeben, Friedhelm. Du bist auch nicht von schlechten Eltern, was dein hervorragendes psychologisches Feingefühl anbelangt. Bei Xaver dürfte es um einiges schwieriger gewesen sein, als ich es bei Sandra antraf«, sagt Celine voller Bewunderung.

»Danke Celine. Ein klein bisschen bin ich auch stolz darauf, dass ich es gerade bei diesem Jungen geschafft habe, ihn aus der Isolation seiner stummen Welt herauszuholen. Ich denke, dass es nicht mehr lange dauern wird, bis ich mit ihm vorsichtig über die Ereignisse in der Wolfsschlucht sprechen kann. Seine Mutter unterstützt mich hervorragend. Sie ist übrigens eine ganz wunderbare feine Frau. Für sie ist es mittlerweile auch schon eine liebe Gewohnheit geworden, wenn ich bei ihr Kaffee trinke.«

Celine blinzelt schelmisch.

»Was gibt's da zu blinzeln?«, fragt Friedhelm gespielt entrüstet.

»Nein, nein, schon gut«, lacht sie. Die Bemerkung ›*Nachtigall ick hör dir trapsen*‹, hatte sie sich verkniffen.

16

»Das ist ja ungeheuerlich, was Sie da herausgefunden haben. Ungeheuerlich.« Kriminalkommissar Albrecht schüttelt immer wieder ungläubig den Kopf, während Celine über ihre Rechercheergebnisse berichtet. »Es wundert mich, dass Frau Schwarzer Sie nicht vorgelassen hatte, um sich die Ergebnisse Ihrer Nachforschungen anzuhören. Sie dürfen natürlich jetzt nicht denken, dass sie deswegen eine schlechte Polizistin ist. Frau Schwarzer ist eine Beamtin, die bei ihrer Arbeit immer sehr gewissenhaft vorgeht. In diesem Fall jedoch scheint sie Sie vorschnell abgewimmelt zu haben. Klar, es war natürlich viel los während meiner Kurabwesenheit und, dafür ist sie natürlich auch bekannt, sie geht bei ihrem Zeitmanagement nach dem Eisenhower-Prinzip vor. Sie setzt Prioritäten und unterscheidet klar zwischen Dringlichkeit und Wichtigkeit. Ihr Anliegen sah sie in dem Moment wahrscheinlich weder als wichtig, noch als dringlich an. Ich war einmal bei einem Vortrag, den Frau Schwarzer vor jungen angehenden Polizisten über Zeitmanagement hielt. Eine Aussage ist mir für alle Ewigkeit im Kopf haften geblieben. Sie sagte ›*Mit hoher Priorität sollten die Dinge erledigt werden, die sowohl wichtig als auch dringlich sind. Deswegen ist es unerlässlich für die strategisch richtige Vorgehensweise, dass Sie zwischen wichtigen und dringlichen Dingen zu unterscheiden lernen.*‹ Das klang echt gut.« Er schmunzelt und meint dann, »und, um beim Eisenhower-Prinzip zu bleiben, habe ich eben beschlossen, den Fall Thomasin auf höchster Priorität einzustufen, weil er sowohl wichtig als auch dringlich ist. Wenn ich ganz ehrlich bin, ich hatte damals Probleme, daran zu glauben, dass dieser Mann so etwas Schreckliches getan haben soll. Aber die Beweislast war einfach erdrückend. Hätte Frau Gresslin uns doch nur diese ganzen Gemälde gezeigt, dann hätten bei mir die Alarmglocken wahrscheinlich auch ziemlich schrill ertönt.«

»Sie sah halt keinen Zusammenhang zwischen den Ritualbildern und dem Bild, das den Mord zeigt. Letzteres war ja eindeutig klar. Ein Mädchen mit blondem Haar wurde mit einem Beil erschlagen. Aber die anderen? Die waren einfach nur abscheulich, angsteinflößend und sie entstanden Mitte November, also acht Monate vor dem Mord. Um da einen Zusammenhang zu sehen, bedarf es großer Spitzfindigkeit. Ich kann sehr gut nachvollziehen, dass Frau Gresslin Angst hatte, weil sie glaubte, ihr Sohn sei mittlerweile geistesgestört. Dank des sehr großen psychologischen Feingespürs meines Kompagnons konnte sie überzeugt werden, dass ihr Junge ganz normal ist … allerdings nach wie vor mit einem psychischen Trauma nach einem schlimmen Erlebnis behaftet.«

»Sie haben sich auch eingehend mit dem Fall Lorenz in Karlsruhe befasst. Hat das eine besondere Bewandtnis? Haben sie den Verdacht, dass das eine mit dem anderen zu tun haben könnte?«, fragt Albrecht.

»Mir ging es vordergründig einfach mal darum, Parallelen aufzuspüren, um zu sehen, ob es eine Verbindung geben könnte; ob der eine Fall auf dem anderen aufbaut. Sind vielleicht Trittbrettfahrer mit im Spiel? Kriminelle könnten schlicht eine Quelle für einen schnell verdienten Euro vermutet haben. Ich hatte diesen Verdacht einfach deswegen, weil hier in Lörrach niemand von der Affäre in Karlsruhe wusste. Thomasin kam als unbescholtener Bürger nach Kandern und fing hier ein ganz neues Leben an.«

»Ich werde Staatsanwalt Faber den Fall nochmals im Detail vortragen, um eine Wiederaufnahme der Ermittlungen zu erwirken. Ich muss halt gute Überzeugungsarbeit leisten, indem ich stichhaltige Argumente vortrage, dass er sich dazu veranlasst sieht, die Anklageschrift zurückzuziehen. Das Hauptverfahren ist auf den 18. November festgelegt. Wir haben noch gute drei Wochen Zeit und ...«, er lächelt anerkennend, »... die Überzeugungsarbeit wird mir nach der akribischen Vorarbeit durch Sie und Herrn Kulau sehr erleichtert.«

»Prima. Dann werde ich Herrn Kulau davon informieren, dass wir Sie im Boot haben und vor allen Dingen muss Herr Thomasin informiert werden, damit er wieder Hoffnung schöpfen kann. Das kann er in seinem jetzigen Zustand wirklich sehr gebrauchen.«

»Gut. Wir werden uns ab jetzt gegenseitig stets auf dem Laufenden halten. Und das Wichtigste ist, wir müssen miteinander in engem Kontakt stehen, damit unsere Leute schnell zur Stelle sind, wenn's gefährlich würde. In die Verhöre der beiden Traumatisierten werden wir uns nicht einmischen. Da haben Sie beide sich als äußerst fähig erwiesen.« Albrecht lächelt, »na ja, Rechtswissenschaften und im Nebenstudium Psychologie: eine hervorragende Kombination.«

»Dann wären wir soweit fertig. Herr Kulau ist daran, von Xaver Gresslin noch etwas herauszubekommen und ich werde mich mit Sandra Schaffner befassen.«

»Gut, und wir werden uns intern intensiv durch Ihre Akten durcharbeiten und, wenn alles positiv läuft, mit dem Einverständnis von Staatsanwalt Faber, die Ermittlungen wieder aufnehmen.«

Celine ist zufrieden. Auf dem Weg zum Auto ruft sie Doris an: »Hi Doris. Wo bist du gerade?«

»Ich bin auf dem Weg zu Heiko. Er macht mir wirklich große Sorgen. Ich weiß nicht, wie ich ihn aus dem Loch herausholen kann.«

Celine lacht und sagt, »aber ich weiß es.«

Dann informiert sie Doris in aller Kürze darüber, was sie mit Albrecht besprochen hatte, vor allen Dingen, dass jetzt endlich auch von amtlicher Seite wieder Hoffnung besteht. Denn sie habe mit ziemlicher Sicherheit erreicht, dass die Anklageschrift zurückgezogen und das Verfahren wieder aufgenommen würde.

Doris stößt einen Seufzer der Erleichterung aus bei diesem besten Bericht des Tages. »Mein Gott, Celine. Ich bin so froh. Dieser Besuch heute wird ein guter werden, einer mit Substanz.«

*

Celine ist gerade auf dem Weg zum Kreiterhof, als ihr Handy klingelt. Sie nimmt das Gespräch über die Freisprechanlage an. »Hallo Frau Endress … ich bin's, Sandra.« Celine hebt ihre berühmte Augenbraue. ›Nanu?‹ »Hallo Sandra«, begrüßt sie die Anruferin und ziemlich überrascht fragt sie »Na, was kann ich für Dich tun?«

»Also … ich … ich wollt Sie mal fragen, ob wir uns treffen könnten? Es ist einfach so, dass ich mich nach dem Gespräch mit Ihnen irgendwie besser fühlte und mich jetzt gerne unter vier Augen mit Ihnen unterhalten würde. Meine Mutter hatte zwar schon immer wieder versucht, mit mir über alles zu sprechen. Aber … nun ja … wie soll ich sagen … ich muss mit jemand anderem reden … nicht mit jemandem aus der Familie … Mama ist immer gleich geschockt wenn's mal so richtig ans Eingemachte geht … und mit Papa geht das schon mal gar nicht. Zwischen uns beiden herrscht in letzter Zeit Funkstille. Außerdem, wird der immer gleich wütend.« Sie versucht beim Gespräch ruhig zu bleiben, nicht durchblicken zu lassen, dass sie sehr erregt ist.

Celine ist ziemlich erstaunt. Der Anruf kam wirklich unerwartet. Wenn sie an alles geglaubt hätte, aber nicht daran, dass Sandra das Gespräch mit ihr könnte suchen wollen. Sie hatte auch nicht den Eindruck, dass sie sich nach dem Gespräch wirklich besser gefühlt haben könnte, und entsprechend ist Celine etwas skeptisch. Sie beschließt aber, erst einmal auf den Vorschlag einzugehen.

»Na ja, das hört sich schon mal gut an. Ich bin zwar ziemlich überrascht, zumal du uns nach unserem letzten Gespräch nicht gerade einen Wohlfühlzustand vermittelt hattest. Ich meine, die Fakts, die ich dir da knallhart auftische, waren schon recht heftig, vor allen Dingen kamen sie sehr überraschend für dich. Du musst dich ja irgendwie ertappt gefühlt haben … also alles andere als erleichtert. Immerhin hattest du dir die Ohren zugehalten und ohrenbetäubend geschrien.«

»Klar kam alles sehr überraschend für mich. Aber, wissen Sie, ich kam mir vor, wie ein Dampfdruckkochtopf, der so gerne Dampf abgelassen hätte, und nicht konnte, weil das Ventil geschlossen war. Sie haben es geschafft, dieses Ventil zu öffnen … auch wenn es wirklich brutal war, wie Sie mich drangenommen haben.« Sie zögert einen Moment und sagt dann: »Ihnen vertraue ich.«

»Ja prima, dann können wir ja endlich einmal offen reden zusammen. Wann soll ich zu dir kommen?«

»Wenn es Ihnen recht ist, übermorgen, da geht mein Vater auf Geschäftsreise und meine Mutter will mal wieder in ihrem Büro in Lörrach nach dem Rechten sehen. Sagen wir so um halb zwei Uhr am Nachmittag. Könnten Sie mich abholen … Ecke Gartenstraße und Heinrich-Bösiger-Straße?«

»Ich kann dich aber auch zu Hause abholen«, schlägt Celine vor. »Wir müssen uns doch nicht heimlich treffen, wie jemand, der etwas zu verbergen hat oder schlimmer noch, der etwas ausgefressen hat.«

»Nein, ich möchte lieber nicht zu Hause abgeholt werden. Wenn irgendwie möglich, will ich unbemerkt verschwinden«, widerspricht Sandra.

»Das verstehe ich jetzt nicht. Deine Mutter kann doch wissen, dass du mit mir Kontakt aufgenommen hast, aber gerne mal unter vier Augen mit mir sprechen möchtest. Sie wird nichts dagegen haben, denn sie ist ja froh, wenn du endlich aus deiner Isolation herauskommst.«

»Erstens ist meine Mutter gar nicht da, weil sie ja in Lörrach ist und zweitens, will ich nicht, dass sie von unserem Treffen erfährt. Wenn sie weiß, dass ich mit

Ihnen gesprochen habe, wird sie mich ausquetschen wie eine Zitrone. Dann stellt sie mir tausend Fragen ... und... na ja, ich will dann meine Ruhe haben. Ich will selbst bestimmen, wann ich über alles spreche. Bitte Frau Endress, holen Sie mich an der Straßenecke ab. Es ist ja auch wegen der anderen, Sie wissen schon ... wegen der Nachbarn ...! Meine Mutter könnte es dann über die erfahren, dass Sie mich abholten und Tratsch ist nie gut. Es würde sie enttäuschen, wenn wir hinter ihrem Rücken ... na ja, ich brauche Ihnen das ja nicht zu erklären. Ich finde, dass wir uns später immer noch bei mir zu Hause unterhalten können. Aber jetzt, jetzt will ich es noch nicht.«

»Okay, geht klar. Dann hole ich dich am gewünschten Ort ab«, verspricht Celine. Einen Moment überlegt sie und meint dann: »Ich muss dir aber sagen, dass ich kein gutes Gefühl dabei habe, ohne Wissen deiner Mutter so heimlich zu tun. Deine Mutter macht sich schließlich berechtigt Sorgen um dich. Ich bin eher für Offenheit.«

»Ich ja auch ... normalerweise, aber jetzt ist's noch zu früh. Außerdem bin ich erwachsen. Seit zwei Monaten bin ich volljährig und ich kann meine Entscheidungen selbst treffen.«

Celine merkt, dass es keinen Zweck hat und willigt schließlich ein, um endlich zum Ende zu kommen. Außerdem ist sie gespannt, was Sandra ihr zu sagen hat. »Gut, dann sehen wir uns übermorgen.«

Sie ist gerade beim Kreiterhof angekommen, als sie das Gespräch mit Sandra beendet hatte. Sie bleibt noch einen Moment im Auto sitzen und lässt das Gesagte nochmals Revue passieren. Es kommt ihr irgendwie seltsam vor. ›*Na, wir werden ja sehen*‹, denkt sie und steigt aus dem Wagen aus. Sie geht aber nicht gleich in ihr Zimmer, sondern in die Gaststube. Ihr gelüstet nach neuem Wein. Die Weinlese ist zwar schon abgeschlossen, doch den neuen Wein gibt's noch eine gute Weile. ›*Es gibt nichts besseres, als ein schönes Glas neuen, noch halbsüßen Weins mit einer feinen Ziebelewaie*‹, ist sie der kennerischen Überzeugung.

*

Frau Gresslin öffnet die Tür. »Hallo Herr Kulau. Kommen Sie herein. Das Essen ist gerade fertig geworden.«

Friedhelm streckt Frau Gresslin einen hübschen herbstlichen Blumenstrauß entgegen. »Die Einladung zum Essen hat mich sehr gefreut. Vielen Dank. Ich habe versucht, Ihren Geschmack zu erraten und diesen Blumenstrauß für Sie zusammenstellen lassen.«

»Der ist ja wunderschön«, schwärmt Frau Gresslin, »und Sie haben in der Tat genau meinen Geschmack getroffen … es sind meine Farben.« Es ist ein Strauß in sattem Rot gehalten: eine große Hortensie, hellgrün mit zartrosa Rand, rostrote Astern, halb geschlossene Röschen mit zarten vanillegelben, rot geränderten Blüten. Grünzeug und anderes Beiwerk runden den Strauß ab.

Friedhelm tritt ein und Xaver begrüßt ihn mit einem breiten Lächeln. Mit einem freundschaftlichen Stupsen auf den Oberarm begrüßt Friedhelm seinen kleinen Freund. »Hallo Sportsfreund.«

»Hallo«, antwortet Xaver.

»Wow Xaver, wieder ein Wort aus deinem Munde. Das macht mich froh, weißt du das?«

»Ja«, sagt Xaver und nickt freudig erregt.

Frau Gresslin schaut liebevoll zu ihrem Sohn und sagt: »Sie schickte der Himmel. Seit Xaver Sie kennt, geht es ihm wieder besser.« Ihr liebes Lächeln gilt Xaver, das dieser erwidert und zu Friedhelm gewandt, sagt sie: »Wie haben Sie das nur geschafft? Er ist schon weiter, als er damals war, bevor er die Schockerlebnisse in der Wolfsschlucht hatte.«

Bevor Xaver nach dem Essen aufsteht, um in sein Zimmer zu gehen, schaut er Friedhelm noch auffordernd an.

»Xaver, geh schon mal vor. Ich trinke noch mein Glas aus und komme dann gleich nach«, sagt Friedhelm mimisch und gestisch unterstützt.

Als sie alleine sind, fragt Frau Gresslin Friedhelm, ob er heute beabsichtige, mit Xaver über die Vorfälle in der Wolfsschlucht zu sprechen. Sie habe die Wolfsschlucht ja vor dem Essen mal prophylaktisch erwähnt.

»Wenn es Ihnen recht ist, Frau Gresslin, werde ich es mal ganz vorsichtig versuchen.«

Frau Gresslin hebt ihr Glas. »Helga.« Sie prostet ihm zu und wiederholt, »ich bin Helga.«

»Friedhelm«, gibt er sein Einverständnis zum gegenseitigen DU und sie stoßen an.

»Du versprichst mir, ganz vorsichtig vorzugehen, ja?«

»Du kennst mich doch. Ich habe bis jetzt nur Fortschritte bei Xaver erzielt. Ich werde nichts unternehmen, was seine Seele nicht verkraftet und ihn wieder zurückwerfen könnte.«

»Ich vertraue dir«, sagt Helga mit einem freundlichen Augenzwinkern. Friedhelm zwinkert zurück und folgt dann Xaver in dessen Zimmer.

Der sitzt an seinem Schreibtisch und malt an einem Bild, das kurz vor der Fertigstellung steht. Friedhelm tritt hinter ihn, legt eine Hand auf Xavers Schulter und betrachtet das Bild. »Darf ich raten?«, fragt er.

Xaver blickt lächelnd zu ihm auf.

Friedhelm deutet auf eine Figur und sagt laut und sehr akzentuiert: »Das - bist - du - Xaver. - Ich - sehe - es - am fröhlichen - Gesicht.«

Der Junge nickt und zeigt auf die andere Figur, die neben seinem Konterfei steht. »Der?«, fragt Xaver einsilbig, was dennoch für diesen Jungen ein wichtiger Schritt in die Normalität bedeutet.

Friedhelm lacht und sagt in der gleichen deutlichen Art: »Das - muss - ich - sein. Unverkennbar.« Wieder nickt Xaver und wechselt abrupt das Thema. Er zeigt auf das Regal neben seinem Kleiderschrank. »Schau.« Da stehen fein säuberlich in Position gebracht vier Modell-Autos. Eines davon ist ein weißer Mercedes Benz 540k Cabriolet Baujahr 1938. Damit demonstriert er Friedhelm, welchen Wert dieses Geschenk für ihn hat. Er ist so dankbar und stolz auf seine kleine Sammlung.

Friedhelm setzt sich auf Xavers Bett und fragt unvermittelt: »Xaver, vertraust du mir?« Der Junge blickt Friedhelm nur fragend an. Friedhelm klopft mit der flachen Hand neben sich aufs Bett und bedeutet Xaver damit, sich neben ihn zu setzen. Dieser Aufforderung folgt der Junge. Man sieht, dass er diesen Mann, der vor nicht allzu langer Zeit in sein Leben trat, sehr gerne mag. Friedhelm wiederholt seine Frage, diesmal noch etwas akzentuierter und mit viel begleitender Gestik. Was dann geschieht, ist einer der schönsten, rührendsten Momente, die Friedhelm je erlebt hatte. Xaver schaut ihn emphatisch an, umarmt ihn und sagt: »Freund.«

Friedhelm erwidert diese Geste der Sympathie. Er umschließt Xaver mit seinen Armen und so bleiben sie eine kurze Weile still und bewegungslos sitzen. Ein bisschen kämpft Friedhelm sogar mit Tränen der Rührung.

Sie lösen sich aus der Umarmung und noch einmal fragt Friedhelm … ganz, ganz langsam: »Xaver - vertraust - du mir?«   Xaver nickt.

»Ich - möchte - gerne - dass - du - mir - hilfst«, sagt Friedhelm sehr akzentuiert und beschreibt mit Händen und Mimik seinen Wunsch, »und - ich - helfe - dir, - gut?« Mit einer Strichzeichnung hatte er zusätzlich noch versucht, seine Rede zu erklären.

»Ja, gut«, sagt Xaver und lächelt. Er nimmt ein anderes Blatt Papier und skizziert ebenfalls mit wenigen Strichen den Mord in der Wolfsschlucht.

Friedhelm fühlt sich ertappt. »Woher weißt du, Xaver?«

Xaver zeigt mit Zeige- und Mittelfinger auf seine Augen und anschließend mit beiden Zeigefingern auf seine Ohren.

»Hast du mitbekommen, wie ich mit deiner Mutter darüber gesprochen habe?« Xaver zuckt nur mit den Schultern, nach dem Motto ›vielleicht‹. Friedhelm ist immer wieder aufs Neue überrascht, denn das würde doch bedeuten, dass Xaver sprachlich mittlerweile weitergekommen ist. Wie er diesen Jungen doch mag. Nie hätte er gedacht, nach der ersten Begegnung, dass er ihn einmal so sehr ins Herz schließen würde. Aber nicht nur Xaver hat es ihm angetan. Er mag auch dessen Mutter Helga. Er ist gerne in ihrer Gesellschaft. Sie hat eine feine, liebevolle Art. Ja, er hatte die beiden in letzter Zeit auffallend oft besucht … nicht alleine wegen des Jungen.

In den folgenden zwei Stunden sind Friedhelm und Xaver so sehr ins Gespräch vertieft, dass sie die Zeit und die Welt um sich herum total vergessen. Friedhelm ist immer wieder begeistert, wie gut sie sich inzwischen verständigen können und er ist auf der anderen Seite entrüstet, was alles er nun direkt von Xaver erfährt. Unglaublich, was man diesem Jungen angetan hatte. Das größte Zeichen von Vertrauen, das Xaver seinem Freund entgegenbringt, demonstriert er, indem er seine Bilder aus dem Versteck hervorholt und sie Friedhelm zeigt. Sie unterbrechen das Gespräch erst, als Helga an die Tür klopft und zum Kaffeetisch ruft. Glücklich blickt sie auf die beiden, als sie einträchtig nebeneinander ins Esszimmer kommen. ›*Mit diesem Mann*‹, denkt sie, ›*könnte ich mir, nach dem Tod meines geliebten Harald, ein Zusammenleben vorstellen. Ein Neuanfang für uns beide, Xaver und mich*‹.

*

»Konntest du inzwischen etwas in Erfahrung bringen?«, fragt die strenge Stimme des Anrufers scharf. Er zeigt Sandra damit seine Macht, die er über sie hat.

Sandra zittert, als sie diese Stimme vernimmt. Sie spricht sehr leise, damit man sie nicht hören kann.

»Nein, ich weiß noch nichts. Ich treffe mich aber mit der Rechtsanwältin … heute Nachmittag.« Nach Celines und Friedhelms Besuch wurde Sandra nämlich ziemlich hartnäckig bedrängt, zu berichten, was während der Zusammenkunft in ihrem Elternhaus alles so abging. Eingeschüchtert wie sie war, erklärte sie brühwarm, dass die fast alles wissen … nicht ganz alles … dennoch viel zu viel. Dabei wundert sie sich, warum der Anrufer selbst immer darüber Bescheid weiß, was um sie herum so geschieht. Er weiß, wenn sie in der Gartenstraße Besuch erhalten, überhaupt alles, was ums Haus vorgeht. Dessen Augen müssen irgendwo im Verborgenen über sie wachen. ›*Big-Black-Moon is watching you.*‹

»Okay, das ist gut. Du weißt, was Andy wissen möchte. Er vertraut dir, dass du es geschickt anstellst. Wir haben es ja oft genug durchgekaut. Es dürfte nicht sehr schwierig sein, auf jeden Fall nicht schwieriger als das Projekt Thomasin. Da warst du ja ziemlich gut. Man könnte sagen, dass du dich soweit bewährt und dich der Mitgliedschaft bei der BMG würdig erwiesen hast. Es kann gar nichts schiefgehen«, bestärkt der Anrufer Sandra. »Übrigens, Andy hat demnächst wieder in der Region zu tun. Dann hätte er mal wieder Zeit für dich. Er würde dich gerne treffen. Du hast ihm sehr gefehlt«, fügt er als zusätzliches Bonbon hinzu.

»Hat er das gesagt?« Sandra ist ganz aufgeregt bei diesen Worten. Ihr Herz schlägt ganz plötzlich schneller. Alle Sorgen sind wie weggeblasen. Sie hängt halt immer noch an ihrem Andy … auch jetzt noch, nachdem Celine es fast geschafft hatte, sie umzukrempeln. Vielleicht wurde Andy ja doch verkannt. Vielleicht stimmte das alles, was sie gesagt hatte gar nicht, und Andy hatte sie gar nicht für irgendeine Sache benutzt, sondern alles ist nur zufällig passiert.

»Klar hat er das gesagt. Ich glaube, er liebt dich sehr.«

»Sag ihm, dass ich ihn auch liebe und ihn sehr vermisse. Sag ihm auch, dass ich mich freue, wenn er wieder kommt.«

*

Celine kommt am vereinbarten Treffpunkt an, kann Sandra aber nirgends entdecken. Langsam überfährt sie die Kreuzung, und da kam Sandra ganz vorsichtig aus dem Schatten eines Busches hervorgetreten. Celine hält ihren VW Golf am Straßenrand an. Bevor Sandra ins Auto steigt, blickt sie verstohlen um sich, als befürchte sie, beobachtet zu werden. Doch Busch und Auto verdecken sie gut.

»Bitte fahren Sie«, drängt sie Celine zur Eile.

»Werden wir verfolgt?«, fragt Celine verwundert.

»Ich mag einfach nicht, dass uns jemand sieht«, so Sandras Kurzkommentar. Sie rutscht in ihrem Sitz ziemlich weit hinunter, so dass man sie von außen nicht sehen kann.

»Und, wohin geht's?«

»Können wir nach Vogelbach ins Restaurant Maien. Jetzt zu dieser Jahreszeit und bei diesem miesen Wetter ist dort kaum was los. Das Nebenzimmer ist für Nichtraucher und da sitzen die Leute nur zum Essen … sonst ist es meistens leer … Da können wir uns in Ruhe unterhalten«, schlägt Sandra vor.

»Eigentlich wäre ich gerne einmal zur Zimmermanns Weinschänke ›Auf dem Schliengener Berg‹ gefahren. Die wurde mir kürzlich wärmstens empfohlen«, äußert Celine ihren Gegenvorschlag.

»Die haben erst ab drei Uhr geöffnet«, erklärt Sandra, »außerdem ist dort immer viel los. Dieses Lokal ist ziemlich bekannt, und ich wollte ja mit Ihnen alleine sein.«

»Okay«, gibt Celine nach und lenkt den Wagen in Richtung Vogelbach. ›*Die Weinschenke kann ich ja immer noch mit Friedhelm und Doris aufsuchen, vielleicht zu einem schöneren Anlass*‹, denkt sie.

Langsam fahren sie in Vogelbach ein und Sandra dirigiert sie in Richtung des Restaurants. Celine ist begeistert von diesem beschaulichen Bergdorf, das ungefähr 690m über dem Meeresspiegel unterhalb der trutzigen Sausenburg liegt.

»Wow, ist das idyllisch hier. Dieses Markgräflerland hat ja unglaublich viel an Schönheiten zu bieten«, schwärmt sie laut und für sich denkt sie ›*kein Wunder hat es Heiko in diese Gegend verschlagen. Hier lässt sich leben und genießen. Aber wahrscheinlich wird er auch diese Gegend in Zukunft nicht auskosten können, wenn wir ihn rausgehauen haben werden. Wirklich schade drum, wirklich schade.*‹

Kurz darauf sitzen Celine und Sandra bei Kaffee und Apfelkuchen im gemütlichen Dorfgasthaus Maien. In der Tat, es hat zu dieser Stunde kaum Leute. Ein Ehepaar, das in dieser reizenden Gegend offenbar Urlaub macht, sind neben ihnen selbst die einzigen Gäste. Nach deren dialektalen Singsang zu urteilen, müssten sie aus der Gegend um Mannheim kommen.

»Also Sandra«, beginnt Celine, »dann lass uns mal reden. Was willst du mir sagen?«

Sandra zögert einen Moment, ihre nervös flackernden Augen verraten ihre innere Unruhe. Erst allmählich rückt sie heraus mit der Sprache: »Ich habe mich gewundert, was Sie alles wussten. Ich meine, die Sache mit der Clique und ... na ja ... diesem Blutritual und so ... da muss ich zwar sagen, dass das kein Ritual war, wie sie es nannten ... es war eigentlich nur Spaß. Woher ...«, sie kann die begonnene Frage nicht stellen, denn sie wird von Celine jäh unterbrochen.

»Ihr habt also nur so zum Spaß einer Katze den Hals durchtrennt? Sie wird ja nicht gleich tot gewesen sein, sondern wird abscheulich gelitten haben. Das war für euch also nichts als Spaß? Und dann hattest du das Blut auch noch getrunken ... auch nur so ... zum Spaß?« Celines Empörung ist deutlich spürbar. Doch nicht nur sie schaudert es bei dieser Vorstellung. Auch Sandra fröstelt bei diesem Gedanken.

»Woher wollen Sie denn wissen, dass ich Blut getrunken habe?«, fragt sie scheinheilig, denn sie muss, gemäß Auftrag, unbedingt an den Namen des Informanten drankommen. In Gedanken ist sie schon mit Andy zusammen und stellt sich vor, wie sie ihm wichtige Informationen mitbringen kann.

»Och, wissen tu ich gar nichts. Deine Reaktion hat es mir verraten, das ist alles.«

»Und wenn es jemand anderer war, der Blut getrunken hatte?«

»Hat denn jemand anderer Blut getrunken?«, nimmt Celine diesen Gedanken gleich als Frage auf.

»Es könnte ja auch einer der Brüder ... also der Cliquenbrüder gewesen sein. Warum also ausgerechnet ich?«, fragt Sandra vorsichtig.

»Wie ich ja schon sagte, deine Reaktion war Antwort und damit Bestätigung genug. Aber sag mal, wer interviewt hier eigentlich wen?«, lenkt Celine das Gespräch in eine andere Richtung.

Sandra merkt, dass es nicht so einfach ist, wie der Fremde behauptete, aus dieser Rechtsanwältin etwas herauszuquetschen. Sie versucht es weiter. »Na ja, es hat mich halt gewundert, woher Sie das wissen wollen, mehr nicht.«

»Okay, bloß so viel. Es konnte nur ein weibliches Mitglied gewesen sein, das getrunken hatte. In der Clique gab es, soviel ich weiß, nur zwei Mädchen, wovon eines kinnlanges blondes und das andere langes braunes Haar hatte, so wie du. Und es war das Mädchen mit dem braunen Haar, das getrunken hatte … und das, wie es schien, nicht ganz freiwillig, denn es wurde von hinten von einem Mitglied festgehalten … natürlich nur so zum Spaß, wie du ja sagtest.«

Sandra muss ihren Kloß, der sich im Hals festgesetzt hatte herunterschlucken. Sie ist total betroffen, alles bis ins kleinste Detail von einer Fremden zu hören. Das hörte sich ja an, als wäre diese Frau Endress selbst dabei gewesen und hätte alles beobachtet.

Celine ist diese Regung natürlich nicht entgangen.

»Von wem haben Sie das?«, versucht Sandra es erneut, »Sie waren ja nicht dabei, also muss es jemand anderer gewesen sein.« Sie stockt einen Moment, als von Celine nichts kommt fragt sie ganz direkt: »War's Xaver … der Zeuge aus Holzen? Der war ja immer gern in der Wolfsschlucht. So zumindest stand es in der Zeitung.«

Celine gibt sich trotz innerlicher Alarmstimmung ganz cool, lässt sich nicht so schnell aus der Reserve locken. Aus ihr kann man nicht so klar lesen, wie aus einem aufgeschlagenen Buch, so wie es bei Sandra der Fall ist. »Dieser Xaver ist, soviel ich hörte, zum Schweigen verdammt ... er hat seit einem Autounfall die Sprache verloren. Wie will er denn etwas so Kompliziertes erklärt haben?«

Jetzt kommt Sandras Stich, der zeigt, dass auch sie sehr wohl logisch kombinieren kann: »Er hat ja auch den Lehrer belastet, obwohl er nicht sprechen kann.«

Doch auch für diese Frage ist Celine gut gewappnet: »Überleg doch mal Sandra. Herr Thomasin war ja der Hauptverdächtige; alle Spuren führten zu ihm. Also war es für Xaver doch kein Problem, mit dem Finger auf den Mann zu zeigen, den er am Tatort gesehen hatte, wo der ja auch tatsächlich war ... und dass er angeblich Anja erschlagen hatte.«

»Und warum sagen Sie dann ›angeblich‹? Warum zweifeln Sie daran, wenn Xaver ihn so klar identifiziert hatte?«

»Eben genau das ist es, was ich von dir hören will. Xaver kann es mir nicht sagen ... er spricht ja nicht. Also, Sandra, wurde Xaver bedroht?«

Sandra kommt wieder ins Zittern. »Das weiß ich doch nicht«, sagt sie in ihrer Aufregung etwas lauter. »Ich war doch nicht dabei. Für mich kam das alles doch auch überraschend. Ich wusste nichts ... absolut nichts.« Und das stimmte sogar. Sie musste nicht einmal lügen. Dennoch, ist ihr bewusst, dass sie jetzt eben zu viel verriet. Für Celine kommt Sandras Aussage ganz klar einem Geständnis gleich. Ein Geständnis, dass es sich anders zugetragen hatte, als man die Leute glauben machte.

»Das glaube ich dir sogar, Sandra«, sagt Celine. »Da wären wir wieder an der Stelle, an der wir beim letzten Gespräch schon einmal waren. Es ist die Stelle, bei der ich festgestellt hatte, dass du absolut nichts weißt; weder weißt Du wer Andy ist, noch kennst Du seine wahren Absichten und schließlich, hast du keine Ahnung, warum und wie alles am Ende in dieser Tragödie endete. Und als letztes, das hatten wir ja auch schon festgestellt, hast du Angst. Du bist in etwas hineingeraten, das für dich unkontrolliert aus dem Ruder lief. Ich gehe soweit, zu behaupten, dass du nicht einmal die weiteren Mitglieder kennst, an die du dich wenden könntest.«

Wieder bewegen sich Sandras Augäpfel nervös hin und her. ›*Verdammt nochmal, der Frau ist nicht beizukommen*‹, denkt sie voller Panik. ›*Die versteht es immer wieder geschickt, von meinem Thema ab- und auf mich zurückzukommen.*‹

»Sag mal Sandra. Du hattest mich doch angerufen. Du hattest gesagt, dass du dich nach unserem Gespräch erleichtert fühltest. Für mich schien es, als wollest du dich zu den Details endlich äußern, als wollest du uns helfen, die Wahrheit, und zwar die ganze Wahrheit, die auch du nicht bis ins Detail kennst, herauszubekommen. Und jetzt versuchst du aus mir herauszubekommen, wer meine Informanten sind. Wirst du bedroht? Hat man dich vorgeschickt?«

Sandra fühlt sich in die Ecke gedrängt. Immer wenn sie nicht mehr weiter weiß, blickt sie auf ihre nervös spielenden Hände.

»Also Sandra, du kannst deinem Andy, oder wem auch immer, sagen, dass der Informant ein aus Basel stammender verheirateter Mann ist, der mit einer ebenfalls verheirateten Frau aus Kandern eine außereheliche Beziehung unterhält, und dass die beiden sich in der Wolfsschlucht getroffen hatten. Sie glaubten, dass sie dort unbemerkt schmusen könnten. Danach wollten sie gerne das Himmelsspektakel bewundern … du weißt schon, diese Sternschnuppen am Morgen des 19. November. Sternschnuppen sind ein ideales Ereignis für Verliebte und unerfüllte Wünsche. Doch aus dem unbemerkten Schmusen wurde offenbar nichts, denn plötzlich traf eine Gruppe junger Leute ein. Die beiden konnten sich gerade noch rechtzeitig verstecken, ohne entdeckt zu werden. Sie mussten ihre Beziehung schließlich geheim halten. Ja, und dann zelebrierte diese Gruppe besagtes Ritual. Die beiden waren ziemlich schockiert … die Frau hätte sich beinahe übergeben. Sie musste sich schwer beherrschen, was ihr wohl aus Angst dann doch gelang«, erklärt Celine der staunenden Sandra und ist über sich selbst verblüfft, dass sie, ohne rot zu werden, so ad hoc eine Geschichte erfinden konnte, die sich auch noch glaubwürdig anhörte. Wahrscheinlich macht sie die Verpflichtung Xaver gegenüber, ihn zu schützen, so unglaublich erfinderisch. Sie ist zufrieden, als sie erkennt, wie die Story ins Schwarze getroffen hatte. Sandra schaut Celine total verdutzt an, ihr Gesicht ist aschfahl. Dann aber fragt sie geistesgegenwärtig, und daran erkennt man, dass diese junge Dame logisch zu kombinieren versteht, »und warum hatten diese Leute damals dann nicht ausgesagt ... bei der Polizei, meine ich?«

»Sandra, wofür oder wogegen sollten sie denn aussagen? Nie war bei der Polizei die Rede von einem rituellen Treffen in der Wolfsschlucht. Außerdem ist es kein Verbrechen, Blut zu trinken. Und du weißt ja, schließlich warst du selbst dabei, dass dieses Treffen im November stattfand. Der Mord geschah im Juli. Woher sollte denn jemand eine Verbindung darin gesehen haben? Diese Kombination, dass es einen Zusammenhang zwischen beidem gegeben haben könnte, stammt von Herrn Kulau und mir, nachdem ein Mitschüler damals erklärt hatte, Anja sei immer nach einem Gespräch mit dir bedrückt gewesen ... und das wohlbemerkt schon Anfang dieses Jahres.« Celine macht für einen Augenblick eine Atempause, in der sie die weitere Rede gedanklich vorwegnimmt, während sie Sandras Nervosität beobachtet. Dann fährt sie weiter. »Aber angenommen ... das ist jetzt rein hypothetisch zu verstehen ... das Liebespaar hätte aus irgendeinem Grund einen Zusammenhang erkennen können, weil die Zeremonie vielleicht nicht im November, sondern im kommenden Juli abgehalten worden wäre, glaubst du sie wären zur Polizei gegangen, um zu sagen, ›*wir haben beim Fremdgehen folgendes beobachtet*‹? Ihre Untreue gegenüber den Ehepartnern wäre dann logischerweise aufgeflogen. Man kennt sich schließlich in der Region. Ich sagte ja, die Dame stammt aus Kandern. Das wäre denen doch peinlich gewesen.«

»Und warum kommen die beiden jetzt wie die alte Fasnacht hinterher und berichten über etwas, wofür sich, wie Sie sagten, niemand interessiert? Ein Zusammenhang besteht für die beiden ja ein Jahr später genauso wenig wie zuvor. Und ebenso ist ihr Fremdgehen nicht weniger peinlich als zuvor.«

Celine ist von Sandras schneller Denkfähigkeit überrascht, positiv überrascht, weil sie merkt, dass bei ihr nicht alles hoffnungslos verloren ist. Die Achtzehnjährige ist nicht dumm, ist äußerst aufmerksam und weiß klug zu argumentieren. Sie muss sie jetzt eigentlich nur noch auf ihre Seite ziehen, ihr in punkto Sektenwahn und Abhängigkeit die Augen öffnen und vor allen Dingen ihr die Angst nehmen.

Celine ist natürlich an Schlagfertigkeit ebenfalls nicht unterlegen. Dafür war sie schon immer berühmt, damals in der Schul- und Studienzeit, wie auch heute als erfolgreiche Anwältin. »Ich beginne bei der Beantwortung von Fragen immer gerne bei der letzten. Die beiden Liebenden sind für uns, also für Herrn Kulau und mich, fremd und wir für sie. Vor uns müssen sie sich nicht verstecken, müssen ihre Liebe nicht verheimlichen. Natürlich haben wir auch versprochen, dass wir ihre Namen, wenn die ganze Sache noch weitere Kreise ziehen sollte, nicht preisgeben werden. Und das nicht nur der Diskretion wegen - also ihre Affäre nicht herauszuposaunen - sondern auch zu deren Schutz. Sektenbosse können ziemlich gefährlich sein.«

Sandra zuckt zusammen, denn Celine hatte sie mit der Bemerkung ›*wenn die ganze Sache weitere Kreise ziehen sollte*‹ und ›*Gefährlichkeit von Sektenbossen*‹ wieder einmal tief berührt, da sie nämlich ihre eigene Angst angesprochen hatte.

»Und nun zu deinen anderen Fragen. Ja, warum sind die beiden gerade jetzt, nach so langer Zeit, mit ihrer Beobachtung herausgerückt. Tja, liebe Sandra, da kam uns Kommissar Zufall zu Hilfe. Herr Kulau und ich saßen im Restaurant unserer Unterkunft und wir unterhielten uns. Es war wirklich Zufall, dass wir uns über Sternschnuppen unterhielten. Kulau erzählte mir nämlich, dass er glaubte in der Nacht zuvor eine Sternschnuppe gesehen zu haben, und dass er im Stillen einen innigen Wunsch formulierte, in der Hoffnung er gehe in Erfüllung.« Celine denkt bei diesen Worten automatisch an Frau Gresslin. »Das Paar saß an unserem Tisch und hatte wohl gehört, worüber wir sprachen. Die Frau sagte nämlich ›*eine einzige Sternschnuppe? Na, dann hätten Sie vor etwa einem Jahr sehen sollen. Da gab es eine ganze Explosion von den Dingern.*‹ Dann schüttelte sie sich für einen Moment und sagte dann. ›*Ein bisschen habe ich an diesen Tag leider eine horrormäßige Erinnerung. Wir waren in der Wolfsschlucht und wurden Zeugen eines grausigen Rituals. Mir war alleine vom Zusehen richtig mau*‹.«

Jetzt treibt Celine es mit ihrem Erfindungsgeist zur Spitze. Wenn sie mal dabei ist, ist sie nicht zu bremsen. »Am meisten schockiert zeigte sich die Dame jedoch darüber, dass sie das Mädchen, das das Blut trinken musste, kannte. Nicht persönlich, aber sie wusste, dass es aus Kandern kommt. Wir hatten sie natürlich im Folgenden befragt, weil wir hellhörig wurden. Und nachdem wir den beiden versprachen, ihre Privatsphäre unbedingt zu schützen, durchlebten sie erzählerisch nochmals die ganze ›*gruslige Geschichte*‹, wie die Dame es nannte. Wir ließen uns noch das bluttrinkende Mädchen beschreiben … und da war der Weg zu dir nicht mehr weit. Ja Sandra, ich übertreibe nicht, wenn ich behaupte, dass wir beide, Kulau und ich, reine Kombinationsweltmeister sind. Wir skizzierten, bündelten, schlussfolgerten und so fügte sich alles zusammen. Ganz plötzlich sahen wir eine Verbindung zum Mord. Genügt dir das, oder willst du noch mehr hören?«, fragt Celine ganz unschuldig.

Sandra schüttelt den Kopf. Sie ist hin- und hergerissen zwischen Angst und Beruhigung. Es war einerseits zwar schrecklich, was sie zu hören bekam, vor allem wie viel von dieser Geschichte schon bekannt war. Auf der anderen Seite aber ist sie froh, dass sie dem Anrufer nun konkret berichten kann, damit er sie endlich in Ruhe lasse. Noch wichtiger war natürlich, dass Andy zufrieden mit ihr sei und sich für ein Treffen bei ihr melde, wo sie alles genau erklären könne. Celine spürt, wie es hinter Sandras Stirn arbeitet. Sie lässt ihr etwas Zeit zum Nachdenken bevor sie weiterfährt.

»So Sandra, jetzt bist du dran. Ich habe dir verraten, woher wir alles wussten und nun sagst du mir, wer Anja erpresst hat und wen Anja schützen wollte, so dass sie überhaupt erpressbar wurde?«

Sandra überlegt, dann hat auch sie eine Idee, wie sie die Beantwortung dieser Frage umgehen könnte. »Sie haben mir zwar erzählt, was sie alles erfahren haben. Sie sprachen von einem Liebespaar, das unerkannt bleiben will ... doch Sie haben mir, um diese Leute zu schützen, keine Namen genannt. Und nun möchten Sie von mir Namen erfahren?«

»Natürlich möchte ich Namen erfahren«, sagt Celine ganz trocken. »Sandra, schalte doch jetzt endlich deinen Verstand ein. Du weißt genau, dass im Gefängnis ein Unschuldiger sitzt ... ein Mensch, der für etwas, das er nicht getan hat, den Kopf hinhalten muss. Ebenso wurde Anjas Andenken beschmutzt und es wäre doch das Mindeste, dass man das Andenken einer Toten wenigstens in gutem Sinne wahrt.«

»Die nahestehende Person ist doch auch schützenswert, finden Sie nicht auch? Denken Sie daran, diese Person lebt noch, während Anja tot ist. Es ist doch wichtiger, diese Person, die noch lebt zu schützen. Ich bin mir sicher, dass es in Anjas Interesse wäre, wenn ich den Namen dieser Person verschweige. Es war schließlich genau diese Person, die sie schützen wollte. Ich liefere sie jetzt doch nicht einfach aus ... das ist doch das Mindeste, was ich für Anja tun kann und nicht ihr ein reines Andenken zu bewahren. Sie haben soweit ja alles herausgefunden. Ich gebe es zu. Das sollte genügen, meine ich.«

»Okay, Sandra, dieses Argument muss ich gelten lassen. Es klingt auch sehr vernünftig. Wir könnten es vielleicht so handhaben, dass du mir nicht den Namen verrätst, sondern nur die Verfehlung nennst, die diese Person begangen hat. Ist das ein Deal? Ach ja und dann wüsste ich gerne, wer Anja erpresst hat.«

»Es ging um Fahrerflucht ... ein Vergehen, das schon Jahre zurückliegt, dennoch noch nicht verjährt ist.«

Celine zieht ihre Augenbrauen hoch. »Ach«, bringt sie für den ersten Moment nur heraus und denkt dabei automatisch an Xaver. Damals ging es ja auch um Fahrerflucht. Wäre es möglich, dass es einen Zusammenhang gibt? Gibt es solche Zufälle überhaupt?

»Ja, ach«, sagt Sandra wie ein Echo.

»Damit Anja erpresst werden konnte, musste sie davon gewusst haben. Heißt das, dass sie dabei war? Und wer hat noch davon gewusst, denn sie hat sich ja wohl nicht selbst erpresst.« Sie macht eine kurze Pause. »Du warst es, die auch davon wusste, stimmt's? Ja klar, sonst könntest du mir jetzt nicht davon erzählen. Also, warst du es, die Anja erpresste!«

Sandra senkt ihren Blick wieder auf ihre nervös spielenden Hände.

Eigentlich ist Celine zufrieden mit dem Ergebnis dieser Unterhaltung. Immerhin hatte Sandra jetzt zugegeben, dass Anja erpresst wurde. Indirekt gab sie sogar zu, dass sie selbst die Erpresserin war. Sie hatte damit auch zugegeben, dass Anja den Lehrer nicht bezirzen wollte und es auch nicht tat. Anjas Treffen mit Heiko war, wie Heikos Aussage schon zu entnehmen war, eine harmlose Sache, bei der sie sich den Druck von der Seele reden wollte. Das ist im Vergleich zum ersten Gespräch ganz schön viel. Celine spürte während der ganzen Unterhaltung heute, dass Sandra immer wieder hin- und hergerissen war zwischen ›sprechen wollen‹ und ›Angst vor Bestrafung‹. Einerseits wirkt sie sehr selbstbewusst, klar argumentierend, also scheinbar weit entfernt von traumatisiert, was man als den Zustand ›himmelhoch-jauchzend‹ bezeichnen könnte, und dann kommt plötzlich wieder der starre, angstvolle, manchmal auch nervös flackernde Blick. Das Senken des Blicks auf die nervös spielenden Hände, verstocktes Schweigen, der Zustand, den man, als Gegenstück zum ersten, ›zu Tode betrübt‹ nennen würde. Irgendwie erscheint Celine an Sandra alles widersprüchlich zu sein. Für sie sieht es aus, als reagiere ihr Zustand im Wechsel auf Zuckerbrot und Peitsche. Deshalb geht sie nochmals auf Konfrontation. »Sandra, du stehst unter einem starken, bedrohlichen Druck. Ich spüre deine Angst und würde dir gerne helfen. Es ist bekannt, dass Cliquen, Sekten, Gruppierungen egal welcher Art auf ihre Mitglieder ständig Druck ausüben, indem sie sie Gehirnwäschen unterziehen. Sie machen sie auf diese Weise gefügig. Meist stellen sie Leute ab, die eventuell Abtrünnige dauernd observieren. Die Beobachteten haben dann das Gefühl, dass deren Augen überall sind. In regelmäßigen Abständen kontaktieren sie ihre Opfer, ähnlich dem Effekt des steten Tropfens, der den Stein höhlt. Sie nehmen ihnen die Luft zum Atmen.«

Sandra schweigt betroffen. Sie ist erstaunt und gleichzeitig erschreckt darüber, wie diese Frau so sicher auf den Punkt kommt. Man könnte meinen, sie sei jedes Mal, wenn Sandra einen Anruf erhielt, anwesend gewesen und hätte selbst erlebt, wie es abläuft. Diese Frau hat recht ... ja, sie hat recht, verdammt nochmal ... jetzt ist der Moment gekommen, da Sandra sich wieder schlecht fühlt, zu Tode betrübt.

»Sandra, du musst dich daraus befreien, wenn du wieder ein normales Leben führen möchtest. Und das kannst du nicht alleine. Lass dir helfen.«

Sandras Augen füllen sich mit Tränen, als ihr so richtig bewusst wird, wie ernst es dieser Frau ist, ihr zu helfen. Celine legt tröstend eine Hand auf Sandras Unterarm. Dieser Moment der Annäherung genügt, um die psychisch Gepeinigte in Tränen ausbrechen zu lassen und herzerweichend zu schluchzen. Celine nimmt die zu einem kleinen Häufchen Elend zusammengefallene junge Frau in ihre Arme. Sandra lässt es geschehen. Sie legt ihren Kopf auf Celines Schulter. Ihre Tränen befeuchten Celines Bluse. Sie sitzen ein paar Minuten so da, während Celine Sandras Kopf unentwegt streichelt. Plötzlich klingelt Celines Handy. Beide lösen sich aus der Umarmung, Sandra wischt sich die Tränen ab und schnäuzt geräuschvoll ihre Nase.

»Hallo Herr Albrecht«, hört sie Frau Endress sagen, »ja, wunderbar; seine Schwester wird sich freuen, dies zu hören. … ja gut, wir, Herr Kulau und ich, könnten Morgen vorbeikommen … nein gar kein Problem … es gibt sicher einiges zu besprechen … ja genau … schlecht, ich bin gerade in einem Gespräch. Aber wir sehen uns ja Morgen. Gut, Herr Albrecht, danke für Ihre Nachricht; gute Nachrichten kann man nicht früh genug erhalten.« Celine lächelt und beendet das Gespräch.

Sandras dunkle Augen schauen erstaunt, wirken wie große runde Löcher und Celine glaubt, dass sie Sandra nun eine Erklärung schuldet. »Das war Kommissar Albrecht aus Lörrach. Die Staatsanwaltschaft ist bereit, den Fall Thomasin nochmals aufzurollen, die Anklageschrift wurde vorerst mal auf Eis gelegt … also, ich meine, sie wurde zurückgezogen, denn ich bin überzeugt, dass sie nicht mehr aufgetaut werden muss.« Sandra schweigt dazu.

»Also, Sandra, überlege es dir. Wenn wir dir helfen sollen, musst du dich uns anvertrauen. Nur so ist Hilfe möglich. Man kann nicht helfen, wenn man im Dunkeln tappt und auch noch versucht, darin herumzustochern, um etwas zu finden, das du schon längst kennst.«

Sandra schaut Celine nur flehentlich an. Dann sagt sie kleinlaut: »Sie wissen ja schon alles. Mehr kann ich dazu auch nicht sagen.«

»Ich bin überzeugt, dass es da sicher noch einige Details gibt, die uns weiterhelfen würden. Überlege es dir, ob du mit uns zusammenarbeiten möchtest. Man könnte dich zum Beispiel in ein Zeugenschutzprogamm nehmen.«

Sandra bekommt bei diesen Worten wieder diesen unruhig flackernden Blick, der ihre Angst und Hilflosigkeit ausdrückt, so dass Celine beschließt, nicht mehr weiter auf dieses Thema einzugehen. Es muss sich jetzt natürlich erst alles wieder einmal setzen, bevor Sandra sich in die gewünschte Richtung führen lässt. Auf der anderen Seite ist Celine sich auch bewusst, dass, in dem Moment, in dem Sandra wieder alleine und den Klauen der Sekte ausgeliefert ist, alle Fortschritte zunichte gemacht werden können. »Wollen wir gehen?«, fragt sie und Sandra nickt. Celine bezahlt und beide machen sich auf, zu gehen.

Celine setzt Sandra am nördlichen Ortseingang ab, denn Sandra möchte zu Fuß nach Hause gehen. Als Celines Wagen sich entfernt hatte, schaltet Sandra ihr Handy wieder ein. Ein dreimaliges Piepen zeigt ihr akustisch an, dass sie eine SMS erhalten hatte. ›*Wir erwarten Bericht. Melde mich heute Abend 6h. Hoffe Du hattest Erfolg*.‹ Sandra zittert. Sie löscht die Nachricht auch gleich wieder. Das macht sie seit dieser ganzen Geschichte mit allen Nachrichten so. Sie will keine Beweise in ihrem Posteingang.

»Es war gar nicht so einfach, Herrn Staatsanwalt Faber zu überzeugen, oder besser gesagt, ihn zu bewegen, mich den Fall vortragen zu lassen. Als er nämlich hörte, welchem Fall mein brisantes Anliegen galt, wollte er mich gleich abwimmeln. Er sagte, dass der Fall gelöst sei und er seine Zeit besser zu nutzen wisse, als sich mit dem Mann zu befassen, der offensichtlich seinen Beruf verfehlt habe. Na ja, man kann es ihm nicht verübeln. Sie müssen wissen, der Staatsanwalt hat selbst eine Tochter, die vor Jahren von einem Mann, der ihr Vater hätte sein können, entführt wurde. Im Prinzip war es keine Entführung. Das Mädchen ging freiwillig mit ihm, weil sie total verliebt war. Sie lernte den Mann im Internet kennen und die beiden wollten einfach nur ausbrechen. So zumindest versprach es der Typ dem leichtgläubigen Mädchen. Raus aus dem täglichen grauen Trott, sagte er, zusammen irgendwo auf der Welt, wo es Traumstrände gibt, ein schönes Leben führen. Dann war sie wochenlang verschwunden. Als sie zurückkam, war sie missbraucht und völlig verstört. Sie haben sicher von dem Fall in den Medien gelesen und gehört. Das war eben Fabers Tochter«, erklärt Albrecht den Besuchern Endress und Kulau.

»Nun, bei allem Verständnis für das Leid, das seiner Tochter und damit auch ihm durch diese Entführung zugefügt wurde, so habe ich dennoch kein Verständnis dafür, dass er sich einer Wahrheit verschließen und, wider besserer neuer Erkenntnisse, unter eine

Sache definitiv einen Schlussstrich ziehen wollte. Dass er sich nicht auf Anhieb bereit zeigte, einem Gefangenen die Chance einer Aufklärung zukommen zu lassen, die seine Unschuld möglicherweise beweisen könnte«, sagt Celine mit einer Spur der Empörung in ihrer Stimme. »Mit dieser Haltung hätte er Herrn Thomasin chancenlos in Kollektivhaftung mit dem damaligen Täter genommen. Schlimm genug, dass eine Rehabilitierung, nachdem jemand schon verdächtigt wurde, fast nicht möglich ist. Ich hatte die Akte ja gelesen und auch der Beklagte hatte es mir gesagt, dass ihm die Geschichte von Karlsruhe immer wieder unter die Nase gerieben wurde.«

»Frau Endress, ich konnte Herrn Faber ja umstimmen. Wollen wir uns jetzt nicht daran festbeißen, was gewesen wäre, wenn …«, beschwichtigt Albrecht. »Als der Staatsanwalt die neuen Fakten hörte und auch sah war er selbst entrüstet und ist natürlich an einer Aufklärung sehr interessiert. Widmen wir uns nun dem neuen Sachverhalt. So wie ich gehört habe, waren Sie ja zwischenzeitlich ziemlich aktiv. Ich habe meine Leute bewusst zurückgehalten. Manchmal zerstört ein polizeilicher Auftritt mehr, als dass er der Lösung dient. Wir haben es schließlich mit zwei psychisch Labilen zu tun … «, Albrecht schmunzelt, »… und da scheinen sie beide ja bestens geschult, wie ich feststellen muss. Fangen wir mit Xaver, dem schwierigsten Part, an.«

Das war der Startschuss für Friedhelm, über die Ergebnisse seines letzten Besuches bei Xaver zu berichten.

Björn Albrecht und auch Celine sind sehr berührt von Friedhelms Schilderungen, wie er Xaver allmählich aus seiner stummen Welt herausholte, wie der Junge sich ihm immer mehr öffnete und vertraute, wie er plötzlich wieder ins Leben zurückkehrte und wie sie beide eine Form der Verständigung gefunden hatten. Damit verbindet sie nach so kurzer Zeit schon eine tiefe Freundschaft, die ans Herz geht.

»Wenn ich Xaver richtig verstanden habe, saß er an besagtem Tag in der Höhle und träumte einfach nur vor sich hin, bis ihn etwas aufhorchen ließ. Zuerst tauchte Anja auf und dann der da«, Friedhelm zeigt auf den Riesen in Xavers Bild. »Als Anja erschlagen wurde, der Täter schlug mit der linken Hand, wie man sehen kann, habe Xaver einen Schreckenslaut von sich gegeben. Er zeigte mir dann im Bild auf den bedrohlichen Riesen und der hatte ihn deswegen entdeckt. Bevor der Lehrer kam, hatte er ihn in die Höhle zurückgezerrt und ihm den Mund zugehalten. Das ist das schwarze Loch mit den vier Augen hier am Rand dieses Bildes ... sehen Sie? Als der Lehrer wieder weg war, kamen sie wieder aus der Höhle heraus. Der Hüne fing an zu sprechen, sehr schnell und sehr böse und Xaver muss ihm angedeutet haben, dass er nicht sprechen kann. Der Typ fragte ihn gestenreich, ob er taub sei, was Xaver dann verneinte. Dann zeigte er ihm drohend das Beil und sagte ›der Mann, der eben da war, ist der Mörder, klar?‹. Xaver schüttelte den Kopf. Und dann sagte der Kerl ›hast du verstanden, er ist der Mörder? Sonst ...‹ und machte mit dem Beil eine schlagende Bewegung. Dann nahm er das Beil wieder weg und sagte, dass er ihn überall finden würde. Er untermalte seine Rede mit gekonnter Gestik. Er zeigte auf seine eigenen Augen, dann auf Xaver, machte dann eine auslandende Handbewegung, um ein großes Gebiet anzudeuten und als letzte Geste, führte er seine flach ausgestreckte Hand ruckartig quer vor seinem Hals vorbei, was der Drohung ›*sonst bist du tot*‹ gleich kam. Xaver begriff und hatte nur noch Angst. Er mied seither die Wolfsschlucht. Er wollte den Lehrer nicht belasten, aber als seine Mutter das Bild sah und dann mit ihm zur Polizei ging, konnte er nicht mehr anders.« Friedhelm, der bei seinen Schilderungen selbst ziemlich aufgewühlt ist, räuspert sich, weil ein Kloß sich auf seine Stimme gelegt hatte, bevor er weiterfährt. »Xaver begann sogar zu weinen, nachdem er mir das alles begreiflich gemacht hatte ... er habe so Angst gehabt. Ich habe ihn dann in den Arm genommen und versprochen, dass ich ihn beschützen würde. Ich habe den Jungen so sehr ins Herz geschlossen.« Friedhelm schaut in die betroffenen Gesichter vor sich. »Aber jetzt kommt die letzte bedeutende Aussage: der Typ, der im November das Ritual mit der Katze durchgeführt hatte und der Typ, der den Mord begangen und ihn anschließend bedroht hatte, sind in der Tat ein und dieselbe Person, so wie wir es vermutet hatten.«

Der Kommissar schüttelt entsetzt den Kopf. »Das ist ja unglaublich.«

»Dann heißt der Mörder also Andy *No-Name* und ist Linkshänder«, stellt Celine sachlich fest. »Das ist der Mann, in den Sandra sich verliebt hatte. Er hatte sie mit seiner Sektiererei so sehr im Griff, dass sie alles für ihn tat. Und aus diesem Griff kann sie sich heute immer noch nicht befreien. Der Kreis schließt sich also hier ... alle Aussagen ergeben nun einen Sinn. Sandra hatte übrigens mittlerweile auch bestätigt, dass Anja erpresst wurde. Von wem wollte sie mir nicht verraten, aber wahrscheinlich von ihr selbst. Zumindest reagierte sie entsprechend, als ich diese Vermutung äußerte. Denn erstens hatten Mitschüler ausgesagt, dass Anja immer nach Gesprächen mit Sandra bedrückt gewesen sei, und zweitens, nannte Sandra mir selbst, worin die Erpressbarkeit bestand. Auch hier nannte sie mir keinen Namen, aber das Delikt. Es soll sich um Fahrerflucht gehandelt haben. Ich hatte dabei natürlich gleich an Xaver gedacht, der ja vor gut zwei Jahren in den Straßengraben geschleudert wurde und der Fahrer sich entfernte. Eine Bestätigung erhielt ich nicht. Sandra sagte mir dazu nichts Genaues. Natürlich könnte es sich auch um einen anderen Vorfall gehandelt haben … schwer nachzuprüfen, weil sie ja nur sagte, es liege Jahre zurück. Und außerdem wäre es wirklich ein großer Zufall, dass ein indirekt Betroffener, was Xaver in diesem Zusammenhang ja wäre, dann ausgerechnet auch noch Zeuge des Mordes wurde.«

»Aha«, entfährt es Albrecht, während er eine Augenbraue hochzieht. »Nun, das ist ja dann eine andere Sache. Für uns heißt es jetzt eigentlich nur, dass wir herausbekommen müssen, wer dieser Andy ist«, ergänzt er.

»Ich werde mich auf jeden Fall nochmals mit Xaver unterhalten. Vielleicht kann er mir eine Personenbeschreibung geben. Er ist ein Künstler und ich traue ihm zu, dass er so etwas Ähnliches wie ein Phantombild anfertigen kann.«, schlägt Friedhelm vor, fügt aber einschränkend hinzu, dass er Xaver jetzt erst einmal etwas Pause gönnen wolle. Zu viel auf einmal wolle er dem Jungen nicht zumuten. Immerhin hatte er bei seinen Erklärungen beim letzten Gespräch geweint.

»Er soll sich gut fühlen, das ist mir wichtig. Eine Woche werde ich ihm auf jeden Fall zugestehen. Vielleicht kommt er ja auch von sich aus früher auf die Idee, mir ein detailliertes Täterbild anzufertigen, denn ich beabsichtige, die Gresslins auch weiterhin regelmäßig zu besuchen. Da könnte es schon sein, dass Xaver mir meinen Wunsch von den Augen abliest. Es wäre nicht das erste Mal.«

»Bei Sandra kann ich diesbezüglich nicht noch mehr herausbekommen. Denn offensichtlich weiß sie über Andy nichts … sie kennt weder seinen Nachnamen, noch seine Wohnadresse oder seinen Arbeitgeber … absolut nichts … nur, dass er beruflich viel auf Reisen ist, auch im Ausland. Vielleicht ein Handelsreisender. Auf jeden Fall ist sie diesem Kerl naiv aufgesessen, weil er sich sehr um sie bemühte. Er gab ihr etwas, das sie zu Hause nicht bekam. Solche Mädchen sind dankbare Opfer für solche Vorhaben, wie die von Andy. Von Haus aus ist sie nämlich intelligent, aber halt seelisch etwas vernachlässigt«, erklärt Celine.

»Aber vielleicht kennt sie das Motiv dieses Andy. Ein Mörder hat doch ein Motiv und Motive führen erfahrungsgemäß zum Mörder«, wirft Albrecht ein.

»Sandra weiß absolut nichts, und ich glaube ihr auch, dass sie nicht einmal gewusst hatte, dass Anja umgebracht werden sollte. Ich bin überzeugt, sie hätte sie niemals ans Messer geliefert«, sie stoppt einen Moment, »es sei denn, man hätte sie selbst mit dem Tod bedroht. Den Typen ist doch alles zuzutrauen.«

»Wir müssen immer noch davon ausgehen, dass Anja gar nicht gemeint war, sondern Thomasin und, wie wir schon einmal gefolgert hatten, Anja eventuell als Kollateralschaden anzusehen ist«, bringt Friedhelm die alte, schon einmal diskutierte Variante wieder ein.

»Nun, dann werde ich mich halt nochmals mit Sandra treffen. Vielleicht ergibt sich doch noch das eine oder andere Detail. Bis jetzt kam ja immer etwas bei den Gesprächen heraus, auch wenn es nie ins Detail ging, und letzte Fragen leider immer offen blieben. Sandra besteht übrigens seit neuestem darauf, die Gespräche nicht zu Hause zu führen, sondern heimlich irgendwo, wo kaum Menschen sind. Das zeigt mir wieder deutlich, dass sie Angst hat, beobachtet zu werden.«

»Gut, ich würde jetzt einfach mal vorschlagen, dass wir das Phantombild von Xaver abwarten. Die Zeit drängt ja nicht mehr. Es müssen keine Spuren mehr gesichert werden«, schlägt Albrecht vor. »Und Sie, Frau Endress, treffen sich, wie geplant, mit Sandra. Zu Ihnen scheint sie ja Vertrauen zu haben. Sie wird sich nicht gleich sperren, bevor das Gespräch überhaupt begonnen hat.«

»Okay, warten wir das Phantombild ab. Sollte es irgendetwas Nennenswertes schon vorher ergeben, halten wir Sie auf dem Laufenden. Wir werden weiter in sehr engem Kontakt zueinander stehen«, sagt Celine abschließend. Sie und Friedhelm stehen auf, wollen sich gerade verabschieden, als Albrecht noch nachlegt. »Herr Thomasin ist seit Rückzug der Anklageschrift kein Angeklagter mehr, das wissen Sie ja bereits. Ich wollte es aber trotzdem nochmals erwähnt haben.

Nach den Details, die wir heute dank Ihrer hervorragenden Arbeit vom Hauptbelastungszeugen erhielten, ist Ihr Mandant absolut entlastet, das heißt, dass die Voraussetzungen für einen Haftbefehl nicht mehr vorliegen und er nach § 120 StPO somit nicht einmal mehr als Untersuchungshäftling anzusehen ist. Ich werde Herrn Faber detailliert informieren und Antrag auf Aufhebung des Haftbefehls stellen. Ich gehe davon aus, dass ihm die Aussagen des Zeugen für den Moment reichen. Er weiß ja, dass der ehemalige Hauptbelastungszeuge stumm ist, dass er ihn also nicht verhören kann, um sich selbst davon zu überzeugen. Gottseidank fügen sich alle Details, die wir von weiteren Befragten erhielten, passgenau in Xavers Aussagen ein … runden sie perfekt ab. Alle Aussagen ergänzen sich gegenseitig. Was wollen wir mehr. Thomasin wird demnächst ein freier Mann sein. Die Psychiatrische Klinik wird er vermutlich auch gleich mal verlassen können, sobald die Ärzte bestätigen, dass kein erneuter Suizid zu befürchten sei.« Er lacht und fügt hinzu »aber dafür wird es für Herrn Thomasin keine Veranlassung mehr geben. Er wird sich nach dieser Nachricht wie neugeboren fühlen. Natürlich dürfen wir in diesem Stadium die Öffentlichkeit nicht mehr im Unklaren lassen. Wir werden heute noch eine Pressemitteilung herausgeben.«

Friedhelm schaut Albrecht mit erschrockenen Augen an. »Sie werden aber um Himmels Willen nichts über den stummen Zeugen berichten. Das würde ihn in größte Gefahr bringen. Ein weiteres Schockerlebnis ist ihm nicht mehr zuzumuten.«

»Keine Sorge Herr Kulau, wir werden die Mitteilung allgemein halten«, beruhigt Albrecht ihn.

»Außerdem werden die Täter meine Zeugengeschichte von Sandra inzwischen schon erhalten haben. Ich erzählte ihr nämlich, dass ein Liebespaar sie bei der rituellen Zeremonie beobachtet und eindeutig identifiziert hatte und sich für uns nach allen vorliegenden Details ein Zusammenhang mit dem Mord logisch aufdrängte«, erklärt Celine und fügt mit einem schmunzelnden Seitenblick zu Friedhelm hinzu: »Zusammenhänge zu entdecken sind schließlich unsere Spezialität.«

*

Doris geht, die Badische Zeitung unter den Arm geklemmt, beschwingt den langen Flur in der psychiatrischen Klinik in Emmendingen entlang. Ihr Bruder war schon bei ihrem letzten Besuch ein ganz anderer Mensch. Seine Augen hatten wieder den alten Glanz … überhaupt seine ganze Ausstrahlung drückte wieder Lebenswillen aus. Und der heutige Artikel in der Zeitung wird ihn vom Hocker werfen. Sie hatte heute Morgen auch gleich Rainer in Flachslanden angerufen, um ihn zu informieren. Sie hatte ihm damals, als sie ging, ganz klar gesagt, dass sie sich erst melden würde, wenn ein Erfolg der Nachforschungen in Sicht sei. Tja und jetzt war es soweit: der Erfolg lag in greifbarer Nähe und Rainer freute sich ehrlich. Zwar fand sie seinen Kommentar ›*Ich habe nie an meinem Bruder gezweifelt*‹ heuchlerisch, denn so wie sie sich erinnert, hätte er ihn fallen gelassen, wie eine heiße Kartoffel. So, wie Patrizia es auch tat. Aber sie fühlt keinen Groll, dazu ist sie viel zu happy … ›*keine Zeit zum Schmollen*‹, dachte sie, ›*der Erfolg muss gefeiert werden*‹. Auch Rainer hatte gemerkt, dass er jetzt etwas dick aufgetragen hatte. Aber sei's drum, er freut sich mit seiner Schwester.

Schwungvoll betritt sie Heikos Zimmer.

»Hallo Doris. Wow, dein Schwung kann nur bedeuten, dass du heute wieder mit tollen News aufwartest.«

Doris umarmt ihren Bruder und verkündet lachend. »Und ob ich neue Nachrichten habe und wenn du die gelesen hast, wirst du im Dreieck tanzen. Mir zumindest ging es heute Morgen so.«

Sie breitet die Zeitung, die Seite mit dem wunderbaren Bericht gleich obenauf, vor Heiko auf dem Tisch aus und sagt dazu nur, »hier lies!« Dann beobachtet sie ihn mit freudiger Spannung, als er sich in den Artikel vertieft. Es ist eine Freude für sie, die Regung in Heikos Gesicht zu sehen.

Spektakuläre Wende im Mordfall Anja Sailer
- hauptverdächtiger Lehrer entlastet -

LÖRRACH - Im Fall der Mitte Juli ermordeten 17jährigen Anja Sailer, deren Leiche in der Wolfsschlucht bei Kandern gefunden wurde, gibt es eine überraschende Wende. Landesweit hatte dieser Mordfall für große Aufregung gesorgt, denn alle Spuren führten zum Klassenlehrer der Schülerin.

Neueste Zeugenaussagen haben den 34jährigen Hauptverdächtigen nun entlastet. Nach heutigem Stand der Recherchen ist für die Tat eine sektiererische Gruppe verantwortlich. Um welche Art Sekte es sich handelt, wie auch die Namen der Mitglieder und das Mordmotiv sind bis dato noch unbekannt.

In minutiöser Recherchearbeit konnte eine vom Hauptangeklagten engagierte Rechtsanwältin zusammen mit ihrem Kompagnon alle Vorwürfe und Indizien gegen ihn entkräften.

In enger Zusammenarbeit mit der Polizei sollen jetzt weitere Details geklärt werden.

Heiko kann es nach allem, was geschehen war, nach allem, was er durchgemacht hatte, fast nicht glauben, was hier schwarz auf weiß geschrieben steht. Das Leben scheint wieder lebenswert zu werden. Er kann es nicht fassen. Er schaut mit feuchten Augen zu seiner Schwester auf. Dann umarmt er sie innig und flüstert ihr ins Ohr: »Danke, Doris.«

»Ich habe immer gewusst, dass du unschuldig bist Heiko. Aber ohne Celine und ihren Matula wäre eine Aufklärung nicht möglich gewesen. Die beiden sind einfach spitze.« Sie nimmt Heikos Gesicht in beide Hände und schaut ihm voll Rührung tief in die Augen. »Willkommen zurück im Leben. Du kannst übrigens, sobald du hier entlassen bist, das wird heute oder morgen sein, in Celines Wohnung in Freiburg wohnen. Man hat bewusst den Namen von Celine und Herrn Kulau nicht genannt, damit man dich nicht gleich ausfindig machen kann. Kandern wäre nämlich jetzt zu gefährlich für dich. Außerdem wäre Kandern sicher auch nicht angenehm, nach allem, was geschehen war. Jeder Gang in die Öffentlichkeit wäre ein Spießrutenlaufen für dich. Patrizia ist übrigens zu ihrer blaublütigen Familie zurückgekehrt. Wahrscheinlich hält sie schon nach einem neuen männlichen Opfer Ausschau.« Heiko schmunzelt. »Du magst sie nicht sonderlich, nicht wahr?«, stellt er amüsiert fest.

»Du vielleicht?«, fragt Doris zurück.

Heiko schüttelt nur den Kopf. »Sie hat ihr wahres Gesicht gezeigt.«

»Der Unterschied von mir zu dir ist, dass ich Patrizia noch nie leiden konnte. Aber lassen wir es dabei bewenden. Patrizia ist es nicht wert, dass man noch weitere Gedanken über sie verschwendet«, beendet Doris das leidige blaublütige Thema.

*

Aus Sandras Gesicht weicht jede Farbe, während sie den Zeitungsbericht, den ihre Mutter ihr aufs Zimmer gebracht hatte, liest.

»Sandra, hast du mit dem Mord etwas zu tun?«, fragt Frau Schaffner gleichzeitig bedrückt und enttäuscht.

»Nein Mama, ich habe davon nichts gewusst. Wirklich nicht. Bitte glaube mir«, fleht Sandra ihre Mutter an. »Ich gebe ja zu, dass ich in dieser Gruppe war. Ja, und ich habe die Blutweihe über mich ergehen lassen … ich hatte *einmal* das Gefühl, dazuzugehören … wichtig zu sein … anerkannt zu sein … und ich liebte Andy.« Sie schaut ihre Mutter flehentlich an. »Mama bitte …«, sie hat Tränen in den Augen.

»Du musstest doch aber irgendetwas geahnt haben, nachdem Anja ermordet wurde. Du musstest doch gewusst haben, dass der Lehrer unschuldig ist. Du hattest doch diese Fotos von Anja selbst gemacht und ihr zugespielt. Wie konntest du denn zulassen, dass ein Unschuldiger den Kopf hinhalten musste, und dass damit die weitere Zukunft eines Unbescholtenen zerstört würde?«

Sandra senkt den Blick. Tränen laufen über ihr Gesicht. »Mama, ich konnte doch nicht. Wenn ich irgendetwas verraten hätte, hätten die mich vielleicht auch umgebracht. Außerdem wusste ich ja nie wirklich, wer Anja getötet hatte. Ich war doch nicht dabei. Sie sagten immer, dass es niemand aus der Gruppe war.«

»Jetzt erklärt sich mir zumindest dein seltsames Verhalten. Allen machte dieser Mord zu schaffen. Niemanden ließ diese traurige Geschichte kalt. Doch alle hatten sich irgendwann wieder gefangen, ließen den Alltag wieder einkehren ... außer du ... du hattest dich in deinem Zimmer verkrochen, ließest dich krankschreiben und hast seither die Schule nicht mehr von innen gesehen. Dieses Verhalten kann nur mit einem schlechten Gewissen erklärt werden«, resümiert Frau Schaffner.

»Ja«, gibt Sandra kleinlaut zu, »ich hatte ein schlechtes Gewissen, weil ich etwas vermutete. Aber ich wusste nichts, absolut nichts. Ich vermutete nur ... ich kann nicht einmal erklären, was genau ich vermutete. Es passierte einfach etwas für mich Unbegreifliches. Mir fehlten die Zusammenhänge, mir fehlte einfach alles. Ich hatte plötzlich das Gefühl, gar nicht wirklich dazugehört zu haben. Bitte Mama, glaube mir.«

Frau Schaffner schaut ihre Tochter mit einer Mischung aus Enttäuschung und Mitgefühl an. Ihr ist inzwischen klar, dass auch ihre Tochter in gewissem Sinne ein Opfer ist und, das schmerzt natürlich am meisten, dass sie, die Eltern, einen Teil dafür zu verantworten haben, warum ihre Tochter außerhalb des heimischen Territoriums nach Liebe und Anerkennung suchte. Sie ließen es Sandra seit jeher an Nestwärme fehlen. Sandra war keine perfekt funktionierende Maschine, die einfach wunschgemäß produzierte, sondern sie war, wie alle anderen, ein normaler Teenager mit ganz normalen Bedürfnissen.

»Bitte Mama, verstoße mich nicht«, fleht Sandra, als ihre Mutter für einen Moment nachdenklich schweigt. Dieses Flehen verfehlt seine Wirkung nicht. Als Frau Schaffner ihre Tochter wie ein Häufchen Elend so dasitzen sieht, überkommen sie gleichzeitig Schuldgefühle und unendliches Mitleid. Sie nimmt Sandra in die Arme. Diese schmiegt sich an ihre Mutter und weint herzerweichend.

Nachdem sie sich voneinander gelöst hatten, verspricht Frau Schaffner: »Sandra, es wird alles gut. Wir bekommen das in Ordnung. Dann wirst du dein Leben wieder leben können, so wie du es zuvor getan hast … nein, besser. Denn auch wir haben gelernt. Anjas Tod können wir nicht mehr rückgängig machen, aber dein Leben können wir retten und vor allen Dingen schützen.«

»Danke Mama«, sagt Sandra mit immer noch weinerlicher Stimme. Frau Schaffner küsst ihre Tochter noch auf die Stirn, bevor sie deren Zimmer verlässt.

Eine ganze Weile sitzt Sandra noch vor sich hinbrütend da. Eigentlich könnte alles gut werden. Ihre Mutter hat ihr verziehen, macht ihr keine Vorwürfe. Gut, der Vater wird sich ihr gegenüber nicht groß ändern. Auch wenn er wollte, seine Enttäuschung kann er nicht verbergen. Vielleicht mag es auch damit zusammenhängen, dass er selbst einen gestrengen Vater hatte, der viel von ihm verlangte. Gefühle zu zeigen, war in seiner Familie keine Gepflogenheit, im Gegenteil es galt als Zeichen von Schwäche. So kommt es wahrscheinlich, dass er mehr mit seinem Job verbunden ist, als mit seiner Familie.

Doch Mama hat ihr Verhalten ihm gegenüber massiv geändert. Sie kuscht nicht mehr, widerspricht, wenn sie es für notwendig hält, und ist nicht mehr der Meinung, um des Friedens willen, schweigen zu müssen. Sie ist jetzt auch innerhalb der Familie die, die sie außerhalb der Familie ist. Im Geschäftsleben wird sie nämlich als selbstbewusste, geschäftstüchtige Frau wahrgenommen. Das Wichtigste jedoch, Mama steht zu ihr und ist bereit, mit ihr einen Neuanfang zu starten. Soweit kann sie zufrieden sein, wäre da nicht dieser schreckliche Typ, der sie, wie es scheint, rund um die Uhr beobachtet, der immer wieder anruft und ihr immer wieder droht. ›*Warum lassen die mich nicht in Ruhe. Ich habe mich doch an meinen Eid gehalten, habe nie über die BMG gesprochen. Dass sich ein Liebespaar in der Wolfsschlucht versteckt hatte, dafür kann ich ja schließlich nichts*‹. Ja, sie hatte dem Anrufer genau erklärt, dass sie nichts dafür kann. Er hatte ihr trotzdem Vorwürfe gemacht, dass sie die Namen nicht aus der Rechtsanwältin herausbringen konnte. Was stellte der sich vor? Sie war doch kein Übermensch. Genauso wie man ihr absolutes Stillschweigen auferlegt hatte, können doch auch andere Leute sich einem Schweigeschwur unterwerfen. Sandra zuckt zusammen, als ihr Handy klingelt. Ein Blick aufs Display mit der Anzeige ›unbekannt‹ zeigt, dass es wieder dieser Typ ist. Sie zittert.

Dreimal lässt Sandra das Handy klingeln, bevor sie abnimmt. Ziemlich kleinlaut meldet sie sich: »Hallo?«

»Eij Darling, was ist los? Du klingst ja richtig bedrückt«, meldet sich diesmal eine ihr bekannte Stimme frohgelaunt.

Sandra ist überrascht. »Andy?«, fragt sie vorsichtig.

»Klar Liebes. Ich bin's. Freust du dich denn nicht?«

»Ähm ... doch ... ich freue mich«, sagt sie immer noch vorsichtig.

»Na, das klingt aber nicht gerade nach überschäumender Begeisterung. Ich erwartete, dass du vor Freude jauchzen würdest, zumal wir uns so lange Zeit weder hörten noch sahen.«

»Ich freue mich ja. Aber eben gerade deswegen, weil ich so lange von dir kein Lebenszeichen erhielt, bin ich etwas sprachlos. Ich glaubte nicht mehr daran, jemals wieder von dir zu hören«, sagt sie, inzwischen etwas gefasster.

»Aber Darling, hast du so wenig Vertrauen? Ich sagte dir doch, dass ich mich melden würde, sobald ich wieder etwas mehr Zeit habe, vor allen Dingen dann, wenn ich wieder mal in der Gegend bin. Ich war wirklich viel unterwegs«, erklärt er. »Aber jetzt bin gerade auf dem Rückweg von Italien, habe Morgen noch einen Termin in Ascona am Lago Maggiore und anschließend fahre ich gleich zu Dir. Ist das was?«

»Und du bist nicht sauer auf mich?«, fragt Sandra vorsichtig.

»Warum sollte ich denn sauer sein? Es gibt doch keinen Grund dafür. Oder, hast du etwas ausgefressen? Bist du vielleicht fremdgegangen?«, feixt er.

»Nein, ich habe nichts ausgefressen und ich bin auch nicht fremdgegangen. Ich liebe doch dich und sonst niemanden. Aber ich meinte halt, weil der Thomasin jetzt wieder frei ist und weil man die Tat einer Sekte zuschreibt«, sagt sie, denn sie ist sich sicher, dass diese neuste Zeitungsnachricht längst zu ihm durchgedrungen ist, auch wenn er in Italien war. Er hat doch seine Informanten, die ihn immer auf dem Laufenden halten.

»Du kannst doch nichts dafür, Liebste. Und mit dem Mord haben wir ja nichts zu tun, das weißt du doch auch. Dass man nun von der Existenz unserer BMG weiß, ist halt nicht gerade erfreulich. Aber es lag ja wohl alleine an mir, dass es rauskam. Ich war einfach zu unvorsichtig. Hätte ich genauer aufgepasst, dann hätte ich diese beiden Zeugen, also das Liebespaar, entdeckt und deine Weihe abgebrochen. Ich hätte sie dann auf später verschoben und vor allen Dingen an einem anderen Ort durchgeführt. Aber, dass wir das Weiheritual in jener Novembernacht durchführten, heißt doch noch lange nicht, dass der Mord ein halbes Jahr später damit zu tun hatte«, zeigt Andy vollstes Verständnis für alles, und Sandra sieht ihre Vorsätze peu à peu schwinden. Der angenehme Klang seiner Stimme, die Zärtlichkeit, die darin liegt, haben sie gefühlsmäßig wieder voll im Griff. Eine aufsteigende wohltuende innerliche Wärme lässt sie alle Zweifel für einen Moment vergessen.

»Bist du über alles unterrichtet ... ich meine, was so in letzter Zeit abgegangen ist, mit der Rechtsanwältin und ihrem Detektiv und so?«, fragt Sandra.

»Klar, Schatz, bin ich auf dem Laufenden. Ich bin doch der Boss, und der Boss muss immer informiert werden. Ich habe da meine Leute, die haben alles im Griff.«

›Ja, das habe ich zu spüren bekommen‹, denkt Sandra nur, denn sie würde es nie wagen, so mit ihm zu sprechen. Stattdessen fragt sie: »Lässt du mich eigentlich beschatten, Andy? Ich habe das Gefühl, dass tausend Augen und Ohren mich verfolgen.«

»Schau Darling, die Mitglieder unserer Gang sind immer miteinander verbunden, auch wenn sie physisch weit voneinander entfernt sind. Und ganz besonders ich bin sehr nah mit dir verbunden, weil ich dich liebe und du mir fehlst. Und was die Verbundenheit mit den anderen Gangmitgliedern betrifft, so hast du dich nun einmal entschieden, Mitglied in unserer Gang zu sein, und wie du weißt, gilt das Gelübde lebenslang. Alle unsere Leute, nicht nur du, bewegen sich immer unter den Augen von Big-Black-Moon. Das darf dich aber nicht weiter stören. Du hast ja nichts verbrochen und daher auch nichts zu befürchten. Wenn du dich an die Regeln der BMG hältst, wird sich daran auch nichts ändern. Bis jetzt kann man dir auf jeden Fall nichts Negatives nachsagen. Ignoriere einfach alle tausend Augen und Ohren und lebe nach den BMG-Gesetzen. Aber, Darling, wollen wir jetzt wirklich nur über die Gang sprechen? Deswegen rufe ich dich eigentlich nicht an. Ich wollte die Zeit nicht *damit* verplaudern. Es sind doch alles Dinge, über die wir durch unseren Eid schon Bescheid wissen. Nein, ich wollte dir sagen, dass ich mich nach dir gesehnt habe und dich unbedingt treffen möchte. Möchtest du das denn nicht auch?«

Wieder wird es Sandra warm ums Herz. Andy, ihr geliebter Andy hatte sich nach ihr verzehrt und möchte sie treffen, nur sie alleine. Sie spürt für einen Moment dieselben Empfindungen, wie sie sie während der herrlich lauen Sommernacht am Rand der Wolfsschlucht erfahren durfte. Hatte sie ihm vielleicht Unrecht getan, als sie an ihm zweifelte? Sie schämt sich dafür. »Doch, Andy, ich möchte dich treffen«. sagt sie ganz euphorisch.

»Also, dann lass uns etwas ausmachen. Mein Termin Morgen in Ascona ist um neun Uhr. Danach fahre ich gleich durch zu dir. Okay?«

»Ja klar. Was schlägst du vor? Wann und wo wollen wir uns treffen?« Sandra ist schon wieder Feuer und Flamme.

»Wir treffen uns in Kandern. Ich kann noch nicht genau sagen, wann ich da sein werde. Es hängt natürlich auch vom Straßenverkehr ab. Das kann man nie voraussagen. Aber, ich rufe dich von unterwegs an. Es kann aber schon Abend werden. Also sei bitte nicht enttäuscht«, erklärt er.

»Nein, nein, ich werde nicht enttäuscht sein. Egal, wann du kommst, ich freue mich auf dich. Ich erwarte also Morgen deinen Anruf«, freut sich Sandra.

»Prima. Ich kann es kaum erwarten, dich zu sehen … und ähm … Darling, du weißt, kein Wort zu niemandem. Ja? Jetzt, da die Wogen ein bisschen hoch schlagen … immerhin haben die jetzt einen Verdacht. Auch wenn dieser unbegründet ist, müssen wir vorsichtig sein. Wir dürfen uns auf keinen Fall öffentlich zeigen. Irgendwann, wenn die dann ihre Wahrheit gefunden haben und merken, dass wir ganz anständige Leute sind, können auch wir uns outen«, warnt Andy zum Abschluss, während er diesmal versuchte, den liebevollen Klang seiner Stimme, den er zu Beginn angeschlagen hatte, beizubehalten.

»Ja klar, Andy, ich werde nichts sagen«, versichert Sandra. »Ich freue mich auf morgen. Ich liebe dich.«

»Ich dich auch«, erwidert Andy Sandras Liebesschwur und schmatzt ein Küsschen in die Muschel.

*

Sandra ist an diesem Morgen schon früh aufgewacht. Ganz aufgeregt ist sie. Ihr Andy will sich heute mit ihr treffen und ihr hüpft das Herz vor Freude. Sie ist froh, dass ihre Mutter heute den ganzen Tag außer Haus ist. Ein wichtiger Kunde, hatte sie zum Abschied gesagt und dass es spät werden würde. Sie hatte es bedauert, ihre Tochter alleine lassen zu müssen, versprach aber, dass solche langen Abwesenheiten die Ausnahmen bleiben sollen, zumindest so lange, bis es Sandra wieder ganz gut geht. Doch besser konnte es für Sandra gar nicht kommen. Sie sieht darin eine Fügung des Schicksals. Es muss also sein, dass sie sich mit Andy trifft, sonst hätte Mama nicht außerhalb zu tun. Um fünf Uhr klingelt ihr Handy. Obwohl sie den Anruf sehnsüchtig erwartete, schrickt sie zusammen. Sie zögert einen Moment, bevor sie abnimmt, denn sie will nicht, dass Andy ihre Aufregung durch das Telefon spürt.

»Hallo?«, meldet sie sich.

»Hallo mein Schatz. Ich bin unterwegs, kurz vor Basel. Treffen wir uns um sechs beim Brudersloch?«, schlägt Andy vor.

»Brudersloch?«, fragt Sandra erstaunt. Sie ist über diesen Vorschlag etwas überrascht. Dieser Ort scheint ihr als Treffpunkt äußerst ungewöhnlich, da sie über eine steile, in den Fels gehauene mit modrigem Laub bedeckte Treppe nicht so leicht zu erreichen ist. Das sagenumwobene Brudersloch, das sich in der Nähe der Wolfsschlucht befindet, ist schon etwas unheimlich. Es soll hier einst ein seltsamer Eremit, der Gold herstellen konnte, gelebt haben.

»Gefällt dir der Vorschlag nicht? Ich wollte für unser Treffen nach so langer Zeit etwas ganz Besonderes auswählen. Aber ich meine, wenn du nicht willst, können wir auch woanders hin. Ich fände es halt nur schade. Habe extra eingekauft. Mit Kerzen wollte ich eine gemütliche Stimmung in der Höhle schaffen, Sitzkissen und Wolldecken zum Auslegen und halt etwas zum Anstoßen und Knabbern. Mir würde es gefallen. Aber schlage du etwas vor, wenn dir Brudersloch nicht gefällt. Es soll mir auch recht sein.«

»Natürlich gefällt es mir, Andy. Es war für mich nur etwas ungewöhnlich, weil der Weg dort hinauf nicht gerade einfach ist. Aber … ja … warum nicht?«, schwenkt Sandra um. »Ich freue mich riesig.«

»Ich auch, Liebes. Also bis um sechs.«

18

Marc öffnet leise die Tür. Isabell sitzt mit dem Rücken zur Türe in ihrem Rollstuhl und blickt aus dem Fenster. Die Stores sind zurückgezogen.

»Hallo Kleines«, sagt Marc liebevoll, »Zeit zum Ausgehen. Die Sonne scheint. Es ist zwar kalt, aber die Luft ist wunderbar.«

Isabell dreht sich zu ihm um und deutet ein zaghaftes Lächeln an. Ihr Bruder und die Spaziergänge mit ihm sind das einzige, was sie noch hat in ihrem neuen Leben als Krüppel, wie sie sich selbst nennt. Es sind die Momente, in denen sie noch lächeln kann.

»Na, wie geht es dir, Liebes?«, fragt Marc fast etwas überschwänglich und küsst sie zärtlich auf die Wange.

»Wie immer«, sagt sie nur kurz, »Papa war noch nie da«, fügt sie übergangslos hinzu.

»Was willst du, meine Kleine? Lass den Papa doch Papa sein. Solange er dir den Aufenthalt in diesem feudalen Heim bezahlt, ist doch alles gut.« Er blickt sich anerkennend im Zimmer um. »Man sieht an jeder Ecke, dass es sich um eine luxuriöse Bude handelt. Ansonsten brauchst du den Alten doch nicht. Du hast ihn noch nie gebraucht. Du hast doch mich«, sagt Marc zärtlich. »Schau mal, ich habe dir ein Geschenk mitgebracht.« Er reicht ihr ein in seidenes Geschenkpapier eingewickeltes kleines Päckchen. Isabell öffnet es und holt einen taubenblauen Kaschmirschal heraus. Sie nimmt ihn und hält ihn an ihre Wange.

»Ist der schön und so weich«, sagt sie.

»Komm, ich lege ihn dir um«, zärtlich schlägt er seiner Schwester den Schal um den Hals. »Wow, die Farbe steht dir gut.«

»Danke, Marc. Du bist so lieb.«

Marc freut sich, seine Schwester lächeln zu sehen. Dann zieht er ihr ihre warme Jacke und Mütze über und macht sich mit ihr auf zum Spaziergang.

»Du verwöhnst mich so sehr. Immer geht es nur um mich. Ich habe noch nicht einmal gefragt, wie es *dir* geht.«

»Also zuerst einmal ist es wichtig, dass es *dir* gut geht. Erst dann können wir auch mal über mich reden«, beharrt Marc und streichelt von hinten Isabells Wange. »Ich habe übrigens mit dem Arzt gesprochen. Du machst dich gut. Die Therapien sind sehr erfolgreich. Bald wirst du wieder am Unterricht teilnehmen können …«

Isabell erschrickt und ihr Gesicht verdüstert sich im selben Moment. »Was, ich soll in die Schule«, bringt sie entrüstet hervor. »Ich kann mich dort doch nicht mehr blicken lassen.«

»Ach Kleines, du wirst doch nicht in deine alte Schule zurückgehen. Ich habe schon mit Papa gesprochen. Er ist bereit, dir eine Ausbildung in einer privaten Internatsschule zu finanzieren. Er will natürlich unbedingt, dass du dein Abitur machst, dass du irgendwann vielleicht einmal nicht mehr von ihm abhängig sein wirst. Es gibt anspruchsvolle Berufe, die kann man auch vom Rollstuhl aus ausüben.«

»Ich weiß nicht, ob ich wirklich schon so weit bin.«

»Hab ein bisschen Vertrauen in dich selbst. Du kannst das. Du warst doch, im Gegensatz zu mir, immer schon eine supergute Schülerin. Du wirst den Anschluss doch mit links packen und, glaube mir, Nullkommanichts hast du dein Abi in der Tasche«, spricht Marc seiner Schwester Mut zu. Diese wiegt mit dem Kopf, was immer noch Zweifel ausdrückt.

»Beruhige dich, Isabell, du hast noch Zeit, bis nächstes Jahr zum Schuljahresbeginn.«

»Und dann? Sehe ich dich dann nicht mehr?«

»Natürlich, wirst du mich dann immer noch sehen. Ich komme regelmäßig vorbei, dich besuchen«, verspricht Marc ihr hoch und heilig.

»Und wo warst du diesen Sommer? Da bist du kaum bei mir gewesen. Ich dachte schon, dass du mich nun auch noch verlassen hast, so wie Papa.«

»Ach Isabell, Liebes, mach dir bitte nicht so viele Gedanken. Du weißt doch, dass ich in meinem neuen Job viel zu arbeiten habe und auch dass mein Job saisonabhängig ist. Im Zeitraum zwischen Herbst und Sommer ist Hochsaison, da besteht ein erhöhter Bedarf an unserem Service für Schwimmbad- und Gebäudetechnik im privaten und öffentlichen Bereich. Da gibt es praktisch kaum Spielraum für mich. Privates kann ich mir in dieser Zeit abschminken. Aber, ich habe diesen Job nun mal gewählt, und den mache ich auch gut. Ja, und stell dir vor, dieses Jahr hatte ich ein ziemlich großes Projekt, das mich nicht nur in Anspruch genommen hatte, sondern das mir auch noch einen Bonus zum Gehalt einbrachte."

Isabell verzieht ihr Gesicht missmutig bei diesen Worten.

"Ach Schwesterherz", fährt Marc weiter, "ich habe dich doch regelmäßig angerufen, oder nicht? Und jetzt,

jetzt bin ich ja auch da bei dir.«

»Und was ist, wenn ihr, du und Sylvia, heiraten werdet? Dann hast du keine Zeit mehr für mich.«

»Liebste, bis ich mal heiraten werde, bist du längst alleine lebensfähig. Dann hast du wahrscheinlich schon deinen Doktor im Sack und willst dich mit so einem Deppen wir mir überhaupt nicht mehr abgeben.«

»Du bist blöd«, tut Isabell Marcs Bemerkung ab.

»Nun, sind wir doch ehrlich. Man merkt doch ganz klar, dass du Papas Tochter bist. Genauso gescheit wie der, während mein brasilianischer Vater nichts Besonderes war und mir entsprechend auch nichts weitergeben konnte. Ich war doch immer der ungebildete Bastard in der Familie Lorenz.«

»Ach, was nützt die Intelligenz, wenn man nicht lebensfähig ist? Du hast es wenigstens zu etwas gebracht, hast einen guten Job und bist anerkannt. Sieh mich doch an. Ich sitze im Rollstuhl und führe ein Krüppeldasein. Und zu guter Letzt siehst Du auch noch gut aus; ja um deine schönen dunklen Augen und lockigen schwarzen Haare habe ich dich immer beneidet. Und bestimmt warst du in der Schule anerkannt und beliebt, mehr als ich es jemals war oder sein werde. Und du bist es auf jeden Fall noch heute, während ich stets ein Mauerblümchendasein fristete, das um Anerkennung buhlte. Ich bin das kleine hässliche Entlein, mit farblich undefinierbarem Haar. Ich tanze mit meiner Haarfarbe doch förmlich aus der Reihe - es ist weder blond wie bei Papa noch braun wie bei Mama, sondern so etwas dazwischen ... ja, straßenköterblond könnte man es bezeichnen. Und meine farblosen

Augen und meine blasse, durchsichtige Haut machen mich fast unsichtbar. Die Leute schauen doch durch mich hindurch.«

»Ich habe dir schon oft gesagt, dass du dein Licht nicht unter den Scheffel stellen sollst. Ich finde dich schön. Du hast Ausstrahlung und die Intelligenz sieht man dir förmlich an. Ja, und du hast eine Zukunft vor dir, auch wenn du im Rollstuhl sitzt. Und das Wort Krüppel will ich ab sofort nicht mehr hören, verstehst du? So, und jetzt keine Widerrede mehr.«

Den Rest des Spaziergangs genießen sie schweigend.

19

Celine kommt eben von Bad Bellingen, wo sie sich heute mal einen richtig schönen Wohlfühltag in der Therme mit Massage und Sauna gegönnt hatte. Sie fährt in Kandern gerade über die Bahnhofstraße und überlegt, ob sie mal eben in die Hauptstraße abbiegen soll, um bei Sandra in der Gartenstraße vorbeizuschauen. Sie hatte ja noch etwas Zeit bis zur Verabredung mit Friedhelm. Außerdem hat sie als Standardausrüstung immer schicke Ersatzkleidung und Schminktäschchen im Auto, falls sie sich bei einem Termin einmal verzetteln und es später als geplant werden sollte.

Sie hatte gerade den Blinker gesetzt, als sie Sandra von der ›Blumenmühlgasse‹ kommend die Straße ›An der Schwemme‹ überqueren sieht. Trotz Abenddämmerung, die zu dieser Jahreszeit im November schon ziemlich fortgeschritten ist, kann sie sie aufgrund ihrer olivgrünen Blouson-Jacke mit weißen Ärmeln gut erkennen. Sandra scheint es eilig zu haben. Ihr Kopf ist gesenkt, so als wolle sie nicht erkannt werden. Celine biegt nicht ab, sondern fährt mit Abstand sehr langsam hinterher. ›*Wo will sie nur so eilig hin*‹, denkt sie. Es kommt ihr irgendwie spanisch vor. In der Kurve nach der Kanderbrücke fährt sie dann an Sandra vorbei, die sie nicht zu bemerken scheint. Celine beschließt, ihr Auto auf dem Parkplatz des Hieber-Marktes abzustellen und Sandra abzupassen. Sie muss ja auf ihrem Weg dort vorbeikommen. Celine kommt es sehr gelegen, dass der Hieber-Markt zu dieser Zeit noch ziemlich belebt ist. So kann sie sich gut verborgen halten. Sandra senkt den Kopf noch tiefer, als erwarte sie, auf diese Weise unsichtbar zu sein. Eiligen Schrittes geht sie am Markt vorbei, beim Polizeiposten und die Straße ›An der Kander‹ entlang, am Seniorenheim vorbei in den Papierweg. Hier ist es geradezu menschenleer.

Celine folgt ihr in sicherem Abstand. Eigentlich hatte sie sich mit Friedhelm verabredet. Sie wollten zusammen essen gehen und endlich einmal auf den Erfolg anstoßen. Sie wählt Friedhelms Nummer. »Hi Friedhelm. Du … bei mir könnte es etwas später werden. Ich habe unterwegs Sandra gesehen und … wie soll ich sagen? Es scheint mir ein bisschen seltsam. Sie huschte über die Straße und jetzt nimmt sie den Weg in Richtung Wolfsschlucht. Wenn da nicht etwas im Busch ist! Ich muss sie verfolgen.« Sie flüstert während sie spricht.

»Meinst du, dass es wieder losgeht mit der Sektenversammlung?«, fragt Friedhelm.

»Ich hoffe doch nicht. Sie wird nicht so dumm sein und wieder zu Versammlungen gehen. Aber wissen kann man das ja nie. Sektierer sind da unerbittlich. Sie infizieren ihre Mitglieder regelrecht, so dass sie nicht mehr loskommen.«

»Mensch Celine, sei vorsichtig. Mit diesen Leuten ist nicht zu spaßen«, warnt Friedhelm.

»Mach dir keine Sorgen. Ich folge in sicherem Abstand und werde mich bedeckt halten. Ich komme dann also nicht vor unserem Essen zum Kreiterhof zurück, sondern gehe gleich zur Weserei. Wir können uns dann dort treffen. Ich rufe dich auf jeden Fall an.«

Sandra geht zielstrebig eiligen Schrittes durch den Wald. Hier ist es jetzt zu dieser Tageszeit ziemlich finster. Der Weg führt sie über belaubten Waldboden fast lautlos zur Wolfsschlucht. An der Stelle, wo ihre Mitschüler für Anja ein Holzkreuz aufgestellt hatten, bleibt sie stehen, verharrt einen Moment in Gedanken an ihre Freundin. Es ist das erste Mal, dass Sandra nach den Ereignissen im Sommer hier ist. Celine glaubt gesehen zu haben, wie sie mit einem Taschentuch ihre Augen abgewischt hatte. Dann schnäuzt sie kräftig die Nase. Sie blickt auf die Uhr, es ist kurz vor sechs. ›*Die treffen sich doch nicht in der Wolfsschlucht an ihrem angestammten Platz?*‹, wundert Celine sich in Gedanken. ›*So blöd werden die doch nicht sein, sich nach diesem Zeitungsbericht genau dort zu treffen, wo sie früher einmal waren*‹. Doch Sandra geht weiter, scheint es eilig zu haben. Sie läuft noch ein ganzes Stück. Sie müssten laut Celines Schätzung schon bald in Höhe Hammerstein sein. Jetzt biegt Sandra rechts ab und geht den Weg hoch. Sie steigt die in den Fels gehauene Treppe hinauf. Celine kann oben ein schwaches flackerndes Licht ausmachen. Sie bleibt unweit von Sandras Ziel zurück. Viele Möglichkeiten, sich auf diesem engen Wegstück zu verstecken, gibt es nicht mehr. Gott sei Dank ist es inzwischen aber so dunkel, dass die Dunkelheit sie verschluckt. Unweit von Sandra sieht man den Schatten eines Mannes mit dem Rücken zu ihr gewandt. Sie bleibt knapp zwei Meter vor dem Mann stehen und mit fragender Stimme nennt sie Andys Namen. Die Gestalt dreht sich zu ihr um und mit dunkler, fast gespenstig wirkender Stimme sagt er: »Na ... bist du endlich da? Du bist sehr spät.« Doch die

Stimme gehört nicht Andy, es ist die Stimme, die Sandra seit Wochen telefonisch terrorisiert.

»Wer bist du und wo ist Andy?«, fragt Sandra mit belegter, angstvoller Stimme.

»Was bildest du dir ein, du dumme Göre. Andy hat doch für dich keine Zeit«, sagt der Typ angsteinflößend.

»A-aber er hat mich doch angerufen. Er wollte sich mit mir hier treffen«, stammelt Sandra.

»Ach, du glaubst wohl noch an den Storch. Er hatte dich angerufen, weil er sich über dich sehr geärgert hatte ... na ja, wegen des Artikels in der Zeitung. Die wissen inzwischen viel zu viel über uns, und er ist überzeugt, dass wir das dir zu verdanken haben. Je öfter die Rechtsanwältin und ihr Kollege bei dir waren, desto mehr wussten sie anschließend. Du konntest einfach nicht den Schnabel halten. Warum hast du dich nicht stur und beständig in dein Psychotrauma verkrochen? Du hättest hartnäckig schweigen können und die hätten nie etwas erfahren. Jetzt kann die Gang keine Mondtreffen mehr hier in der Wolfsschlucht abhalten ... tja Sandra, und das ist einfach Scheiße ... große Scheiße, die Andy äußerst missfällt. Er hat mich beauftragt, mich deiner anzunehmen. Du kennst es ja, Bestrafung nach Nichterfüllung der eingegangen Verpflichtung.«

Sandra zittert vor panischer Angst, denn sie fühlt sich ausgeliefert. Es ist der Moment, da sie sich nicht mehr die Frage stellt, wer Anja umgebracht hat. Jetzt weiß sie es genau und sie befürchtet, aus dieser Situation nicht mehr lebend herauszukommen. Plötzlich vernimmt sie ein Geräusch hinter sich. Es klang wie ein dumpfer Schlag. Sie blickt zurück, um zu sehen, ob da noch jemand ist. Doch sie kann in der Dunkelheit nichts erkennen.

»Schaust du dich nach Hilfe um?«, fragt der Typ spöttisch. »Das kannst du vergessen, wir haben deine Begleitung eben außer Gefecht gesetzt.« Er weiß Bescheid, denn er wurde direkt via seinen Bluetooth-Empfänger über die Verfolgerin informiert.

Sandra versteht gar nichts mehr. »Meine Begleitung? Ich ... ich hatte doch keine Begleitung«, sagt sie überrascht mit bebender Stimme.

»Du willst doch nicht behaupten, dass du nichts wusstest von deiner schnüffelnden Rechtsanwältin ... dass die sich da hinten versteckt hielt? Ihr scheint ja inzwischen gute Freundinnen zu sein. Also, gib schon zu, dass du Andy ans Messer liefern wolltest.«

»Ich hatte keine Ahnung. Wenn sie da war, ist sie mir heimlich gefolgt.« Sie zittert als sie ein- und wieder ausatmet. Dann nimmt sie allen Mut zusammen, holt nochmals tief Luft, um ihre Stimme möglichst kräftig erscheinen zu lassen und sagt »Ich werde ja, so wie es scheint, rund um die Uhr bewacht. Von der BMG, von dieser Rechtsanwältin ... ich habe ja keine Privatsphäre mehr«, Sie hofft, dass sie sich eventuell aus der misslichen Lage retten könnte, wenn sie nur selbstbewusst genug auftrat. Weicheier hatten in der Gang schon immer einen schlechten Stand. Hier sind starke Leute gefragt, Leute, die sich vor nichts fürchten und die vor nichts zurückschrecken.

»Gangmitglieder haben keine Privatsphäre ... sie haben sich ausschließlich dem Kollektivgeist der Gang zu unterwerfen. Wann begreifst du das endlich.«

Sandra ist entmachtet. Dieser widerliche Typ, stämmig wie eine Eiche mit harten Gesichtszügen wird sich nicht umstimmen lassen. Was hat er vor? Will er sie umbringen, so wie sie Anja umgebracht hatten? Ja, sie ist sich sicher ... sie weiß jetzt, dass sie es wieder tun würden, denn die kennen keine Skrupel.

Es ist der Moment, in dem sie an ihre Eltern denkt. ›*Mama, es tut mir leid. Es tut mir so unendlich leid, dass ich euch solche Sorgen bereitet habe.*‹

*

Durch die Wolfsschlucht streifen sechs Polizeibeamte, die zwei Suchhunde mit sich führen. Friedhelm hatte den Beamten einen Schal von Celine gegeben, damit die Hunde ihre Spur aufnehmen können. Immer wieder versucht er Celine anzurufen, doch sie nimmt nicht ab und er hört auch nicht, dass es irgendwo hier im Wald klingelt. Wenn nur nichts passiert ist, hofft er inständig. Sie hätte Sandra nicht hinterherlaufen dürfen. Das war ein Fehler, viel zu gefährlich.

Das Handy, das sich in Celines Hosentasche befindet vibriert nur. Sie hatte den Ton abgestellt, damit das Handy sie nicht verrät, wenn jemand anrufen sollte. Deshalb trägt sie es auch so nah am Körper, um es zu spüren.

*

Jemand klopft Celine auf die Wange.

»Celine, Celine«, nimmt sie die Stimme eines Mannes wie durch einen Nebel wahr. Sie öffnet vor Benommenheit noch etwas angestrengt ihre Augen und sieht Friedhelm über sich gebeugt. »Hallo Friedhelm, was ist los? Was machen wir hier im Wald?«, fragt sie mit einem gequälten Lächeln. »Und warum liege ich auf dem Boden?« Sie fasst sich an den Kopf. »Autsch, brummt mir mein Schädel.« Mit Friedhelms Hilfe setzt sie sich auf. An der Stirn prangt eine Platzwunde, die sie sich beim Sturz auf dem abschüssigen Gelände zugezogen hatte. Allmählich kommt ihre Erinnerung wieder zurück. »Moment mal, wo ist Sandra? Habt ihr Sandra gesehen?«

»Nein. Die Polizei sucht noch die Umgebung ab, aber Sandra hat sie bis jetzt noch nicht gefunden«, berichtet er.

»Schei…benkleister«, sagt sie mit besorgter Stimme, »Sie ist in Gefahr.«

Jetzt gesellt sich Kommissar Albrecht ebenfalls hinzu. »Das war so aber nicht abgemacht, Frau Endress, dass sie im Alleingang auf Verbrecherjagd gehen«, moniert er Celines Verfolgungsaktion.

»Es hat sich einfach so ergeben. Ich sah Sandra zufällig und es kam mir seltsam vor, weil sie es so eilig hatte … autsch mein Schädel«, sagt sie wieder und hält sich den Kopf. »Ich musste schnell handeln. Der Polizeiposten in Kandern ist zu dieser Zeit ja nicht besetzt … na ja, dann bin ich ihr eben alleine gefolgt.«

»Sie hätten *uns* anrufen können«, belehrt er sie über die logische Alternative. »Nun, wenigstens hatten Sie Herrn Kulau über Ihre Verfolgungsjagd in Kenntnis gesetzt. Der machte sich nämlich berechtigt Sorgen und hat uns gleich alarmiert. Gott sei Dank, nur deshalb haben wir Sie so schnell finden können. Eine Nacht auf dem Waldboden in der Novemberkälte hätte schlimm ausgehen können.«

Celine lächelt Friedhelm an. »Danke Friedhelm«, sagt sie. Dann berichtet sie dem Kommissar, was sie mitbekommen hatte. Sie erzählte, dass Sandra geglaubt hatte, ihr Andy warte hier auf sie. »Doch es war nicht Andy, der sie hier erwartete und ihr massiv Vorwürfe machte, sondern ein ganz anderer, den sie nicht zu kennen schien. Er bezog sich auf den Zeitungsartikel und er hielt ihr vor, dass die Gang ihretwegen keine Mondtreffen mehr abhalten könne. *Mondtreffen* hatte er gesagt. Es muss eine Gruppe sein, die den Mond verherrlicht.« Sie überlegt, wie es kam, dass sie plötzlich das Bewusstsein verlor. »Ja jetzt weiß ich's. Plötzlich hielt mir jemand von hinten eine Hand auf den Mund und flüsterte mir ins Ohr. ›*So, du Schnüfflerin, hör mir mal gut zu. Das hier hast du der Kleinen mit deiner Schnüffelei eingebrockt. Du hast sie in Gefahr gebracht. Sandra wird jetzt aus deinem Leben für immer verschwinden?*‹ Bevor ich richtig denken konnte, verspürte ich auch schon einen Schlag auf den Hinterkopf und plötzlich wurde es Nacht um mich herum.«

»Na, wunderbar«, sagt Albrecht. In seiner Stimme schwingt Enttäuschung mit. »Jetzt haben wir nichts mehr. Zwar gibt es eine Menge Fakten, die beweisen, dass es sich um eine kriminelle sektiererische Gruppe handelt, aber das ist auch gerade alles. Keine Namen nichts. Haben Sie den Kerl wenigstens gesehen? Können Sie ihn beschreiben?«

»Wie denn, es war doch zu dunkel. Ich kann nur seine Statur beschreiben. Er war groß und stämmig. Ein ausgemachter Schlägertyp halt.«

Jetzt mischt Friedhelm sich ins Gespräch mit ein. »Ich habe ja immer noch Xaver, der als einziger diesen

Andy gesehen hat. Ich werde Morgen wieder bei ihm sein. Mal sehen, ob ich ein Phantombild aus ihm herauskitzeln kann. Wenn er hört, dass man Sandra entführt hat, wird er vielleicht spontan reagieren. Lasst mich mal machen.«

»Aber«, sagt Albrecht mahnend, »keine Alleingänge, ja?«

»Nein, keine Alleingänge, ich werde mich nur mit Xaver unterhalten ... ähm ... natürlich auch mit seiner Mutter«, lacht Friedhelm.

Jetzt tauchen Sanitäter mit einer Bahre und ein Arzt auf, um sich gleich Celine, die immer noch am Boden sitzt, anzunehmen.

»Was soll das denn jetzt?«, fragt sie ganz verwundert.

»Ganz einfach, Sie werden jetzt zum Krankenwagen gebracht, der unten in Hammerstein steht«, sagt Albrecht jetzt wieder etwas entspannter.

»Krankenwagen? Ich brauche doch keinen Krankenwagen«, protestiert Celine. »Wir müssen Sandra suchen. Wer weiß, was diese Brutalos mit ihr anstellen?«

»Sie machen erst mal gar nichts«, insistiert Albrecht. »Das ist nämlich Sache der Polizei.«

»Mir geht's doch gut. Ein Pflästerchen auf die Stirn und eine Kopfschmerztablette; damit hat sich's. Dann bin ich wieder einsatzfähig.«

»Nun, meine liebe Celine, das wird sich dann zeigen. Wir wissen ja nicht, ob du vom schwarzen, vielleicht tollwütigen Pudel gebissen wurdest«, schmunzelt Friedhelm.

»Welcher schwarze Pudel? Ich verstehe gar nichts mehr.«

»Ja siehst du, da fängt's schon an«, sagt Friedhelm lachend mit erhobenem Zeigefinger. »Kennst du die Geschichte der Höhle ›Brudersloch‹ denn nicht? In dieser Höhle«, er zeigt in die Richtung, in der Celine Sandra zuletzt gesehen hatte, »wo es auch verborgene unterirdische Gänge geben soll, lebte einst ein seltsamer Einsiedler. Man sagt ihm nach, dass er Gold herstellen konnte und dass ein schwarzer Pudel die Aufgabe hatte, die Schätze zu bewachen. Tja, meine Liebe, die Sage vom Brudersloch steckt voller Geheimnisse. Wenn man da in den Strudel der Geheimnisse mit hineingezogen wird, könnte das sehr gefährlich werden … für Leib und Leben.« Er lächelt schelmisch.

»Nun Spaß beiseite«, unterbricht Albrecht jetzt Friedhelms Sagenerzählung, »wir müssen sicher gehen können, dass Ihnen mit dem Schlag auf den Kopf nicht ernsthafter Schaden zugefügt wurde. Wenn sich bei der Untersuchung herausstellt, dass Sie, sagen wir mal, Glück hatten, sind Sie Morgen schon wieder aus dem Krankenhaus draußen.«

*

»Hallo Xaver«, sagt Friedhelm zu seinem kleinen Freund, der wieder draußen auf dem Stein sitzt. »Ist dir nicht zu kalt?«, fragt er, und macht eine Bewegung des Schauderns, während er seine Oberarme reibt.

Xaver schüttelt nur den Kopf und lacht. Er zeigt auf seine Wollmütze, seine dicke Jacke und seine warmen Schuhe. Friedhelm nickt, um ihm zu zeigen, dass er verstanden hatte. Dann macht er eine einladende Handbewegung und fragt, »kommst du mit?«

Xaver erhebt sich von seinem Stein und läuft neben Friedhelm zum Haus. Seine Mutter beobachtet die beiden durchs Fenster und lächelt liebevoll. Sie ist unendlich dankbar, dass Friedhelm in ihr und Xavers Leben getreten ist. Dann öffnet sie die Türe und begrüßt ihn gleich freundlich. Es ist nicht zu übersehen, dass sie diesem Mann sehr zugetan ist. Auch Friedhelm mag diese Frau. Dennoch halten sich beide diskret zurück. Aber es sind die kleinen sich gegenseitig annähernden Aufmerksamkeiten, die zeigen, dass es zwischen ihnen längst gefunkt hatte und der sensible Xaver hatte es auch schon seit einiger Zeit mit Genugtuung wahrgenommen. Es scheint ihn glücklich zu machen.

Sie sitzen zusammen am Kaffeetisch und Friedhelm erzählt Frau Gresslin vom gestrigen Vorfall. Diese hält sich vor Entsetzen eine Hand vor den Mund. »Um Gottes willen, das ist ja schrecklich«, entfährt es ihr voller Betroffenheit.

»Wir sind froh, dass zumindest Frau Endress nichts weiter passiert ist. Sie konnte heute schon wieder aus dem Krankenhaus entlassen werden. Aber das Schlimmste ist, wir wissen nicht, wo Sandra sich aufhält. Die Kerle haben sie entführt. Frau Schaffner ist gestern sehr spät nach Hause gekommen, und da stand die Polizei schon vor ihrer Türe. Sie erlitt einen Nervenzusammenbruch. Ja, das war eine schlimme Nacht«, erstattet Friedhelm seinen Bericht in aller Kürze.

»Und wie geht es jetzt weiter? Muss ich Angst um Xaver haben?«, fragt sie besorgt.

Friedhelm legt eine Hand auf die Ihre und tröstet sie. Bei dieser Berührung durchzieht sie im Innern eine wohlige Wärme.

»Nein Helga, das brauchst du nicht. Xaver geht ja im Moment nicht in die Wolfsschlucht und hier kann ihm nichts passieren. Wir haben ihn aus allem rausgehalten. Der Bericht unserer ganzen Recherchearbeit erwähnt mit keinem Wort meinen jungen Freund. Außer natürlich der Hauptkommissar, der weiß davon. Der hält aber mit den Informationen zurück. Andere Leute, inklusive Sandra und ihre Eltern, bekamen eine konstruierte Zeugenversion aufgetischt, die mittlerweile auch bei diesem Andy angekommen sein dürfte. Also, niemand weiß etwas über Xaver, absolut nichts«, betont er und lächelt zu ihm hinüber. »Aber, was wir jetzt brauchen, das ist ein Phantombild von diesem Andy. Vielleicht ist der schon aktenkundig. Wenn nicht, kann man ihn anhand des Bildes suchen lassen, unter Umständen über Aktenzeichen XY. Ich hätte aber lieber die erste Variante, schon wegen Sandra, für die es gefährlich werden könnte.« Wieder schaut er zu Xaver. »Xaver du bist der einzige, der diesen Andy, also den Sektenkerl, gesehen hat«, sagt Friedhelm unterstützt mit einer ausführlichen Gestik. »Du könntest versuchen, zu malen, wie der Typ genau ausgesehen hatte.« Es ist phantastisch, wie Friedhelm es versteht, mit seinen Händen und der Mimik seine Worte optisch klar werden zu lassen. Die Kommunikation läuft immer flüssiger. Friedhelm kommt es gar nicht mehr so vor, als wäre Xaver stumm. Xaver lächelt wieder, macht mit der Hand zu Friedhelm eine auffordernde Bewegung mitzukommen. Friedhelm steht auf und folgt Xaver unter den gerührten Blicken seiner Mutter in dessen Zimmer. Dort liegt auf dem Schreibtisch das begonnene Portrait eines unbekannten Mannes. Friedhelm legt seine Hand auf Xavers Schulter. »Du hast es längst aus meinem Gesicht abgelesen, stimmt's?«

Xaver schaut Friedhelm fragend an und dieser wiederholt den Satz mit ausführlicher Gestik. Xaver schmunzelt und nickt.

»Es ist noch nicht fertig, oder?«, fragt Friedhelm, dem es noch zu wenig detailliert erscheint. Xaver schüttelt den Kopf und versucht zu sprechen: »Mongen.«

Friedhelm schaut im tief in die Augen und formuliert das korrekte Wort sehr langsam und akzentuiert. »Du meinst ... Morgen.«

»Ja.«

»Toll, Xaver. Ich danke dir.«

*

Die Sucharbeit läuft auf Hochtouren. Alle drei, Kommissar Albrecht, Celine und Friedhelm, sitzen vor dem Computer und vergleichen Xavers Phantombild mit den Gesichtern in der Verbrecherkartei der Polizei. Verschiedene Kriterien ›dunkelbraunes, lockiges Haar, dunkle Augen‹, die auf das Personenbild dieses Andy zutreffen könnten, wurden als Suchkriterien eingegeben, doch auch nach einer guten Stunde gab es kein befriedigendes Ergebnis. Der Typ scheint ein unbeschriebenes Blatt zu sein.

»Sagt mal«, beginnt Celine plötzlich, »wir stellten doch unter anderem die Möglichkeit in Aussicht, dass der Anschlag ganz speziell Herrn Thomasin gegolten haben könnte, das heißt, dass es zwischen beiden, also

Täter und Heiko, irgendwelche persönliche Differenzen gegeben haben könnte. Wieso fragen wir nicht mal Heiko, ob er dieses Gesicht kennt?«

Albrecht schaut Celine anerkennend an. »Nicht schlecht Frau Endress. Dann sollten wir ihm das Bild doch schnellstens zukommen lassen.«

Celine nimmt ihr Handy und ruft Doris an. »Doris, wo seid ihr gerade?«

»Na bei dir zu Hause. Gibt's irgendwelche Probleme?«, fragt Doris besorgt.

»Nein, nein, keine Probleme. Ich bräuchte Heikos Hilfe. Geht doch bitte in mein Büro und fahrt den Computer hoch. Mein Passwort lautet …«, ihre Stimme wird automatisch etwas leiser, »die Zahl ›1‹, dann gleich anschließend ›Underline‹ und wieder anschließend ›Jurisprudenz‹, ›Underline‹ und nochmals die Zahl ›1‹. Wir senden ein Phantombild und Heiko soll es sich mal anschauen und überlegen, ob er dieses Gesicht schon einmal gesehen hat. Ich rufe nachher wieder an. Ist das Okay?«

»Klar, okay.«

Celine lässt von Doris den Zugangscode nochmals wiederholen, bevor sie das Gespräch beendet.

Eine Viertelstunde später wissen sie mehr. Diesmal ist es Heiko, der sich am Telefon meldet. Seine Stimme hört sich wieder genauso an, wie vor den ganzen Ereignissen, die ihm so zugesetzt hatten. »Ja, ich habe dieses Gesicht schon einmal gesehen, also zumindest sieht es jemandem ähnlich, den ich gesehen hatte. Es war in Karlsruhe, eigentlich noch gar nicht so lange her. Und zwar der Bruder der Schülerin, die mich in Karlsruhe so sehr belastet hatte. Lorenz hieß sie. Wofür braucht ihr diese Identifikation? Glaubt ihr, dass dieser Mann etwas mit dem Mord an Anja zu tun haben könnte?«

Celine ist die Freude über den Erfolg förmlich anzusehen. Während sie Heiko ihre Vermutung erklärt, schaut sie die beiden anderen Anwesenden verheißungsvoll an. »Und ob, der damit zu tun haben könnte.«

»Ich verstehe nicht ganz. Warum soll der eine Schülerin umgebracht haben? Das gibt doch gar keinen Sinn.«

»Du siehst keinen Sinn dahinter? Überlege doch mal Heiko. Wer ist denn für den Mord in den Knast gegangen?«

»Aber, es gab doch keinen Grund für Rache. Seine Schwester hatte ja zugegeben, dass sie alles erfunden hatte. Außerdem muss man höchst kriminell veranlagt sein, wenn man aus Rache irgendeine Schülerin tötet, um jemanden anderen zu treffen«, wendet Heiko ein.

»Ja, Heiko, so ist das. Höchst kriminelle Leute sind zu allem fähig«, bestätigt Celine. »Ja und Rache … warum nicht? Du hast dich mit deinem guten Aussehen schließlich schuldig gemacht. Das reichte für einen Racheakt wahrscheinlich schon aus.«

»Na … also … ich weiß nicht. Das ist schon sehr weit hergeholt. Das müsste ein geistiger Krüppel sein, der so etwas tut.«

»Hach Heiko, du bist zu gut für diese böse Welt«, lacht Celine. Dann beenden sie das Gespräch und die drei im Kommissariat befassen sich nochmals mit der Verbrecherkartei auf Bundesebene. Diesmal geben sie auch gleich den Namen ›Lorenz‹ und den Ort ›Karlsruhe‹ als Suchkriterien ein: mehr braucht es nicht, denn es geht ziemlich schnell bis der Computer zu den eingegebenen Kriterien ein Konterfei anzeigt: einen Jugendlichen namens Marc Lorenz, wohnhaft in Karlsruhe. Diverse Delikte wie Einbruchdiebstahl und leichte Körperverletzung führten zur Verhaftung des damals Siebzehnjährigen. Heute ist dieser Marc 26 Jahre alt. Dennoch passt Xavers Portrait sehr gut zum Gesicht des Jugendlichen.

»Na, wer sagt's denn«, sagt Celine voller Stolz, um aber gleich eine Eigenkritik anzubringen. «Warum sind wir eigentlich nicht früher auf ihn gekommen. Ich hatte ja damals zu Beginn unserer Recherche beim Aktenstudium den Fall Lorenz' immer im Blick.«

»Ganz einfach«, erklärt Friedhelm logisch, »weil wir bisher nach einem Andy suchten. Außerdem war dieser Lorenz bislang ja nur ein jugendlicher Kleinkrimineller, kein Mörder. Wer würde denn an so etwas denken?«

»Sei's drum«, schaltet sich Albrecht nun ein, »wir werden jetzt auf jeden Fall loslegen.« Er setzt sich ans Telefon, um mit den Kollegen in Karlsruhe ein weiteres Vorgehen zu besprechen.

20

Um Sandras Leben nicht zu gefährden, sofern denn sie noch am Leben ist, geht die Karlsruher Polizei die Verfolgung des Falles sehr vorsichtig an. Würde sie Marc Lorenz nämlich gleich schnappen, müsste sie damit rechnen, dass er den Aufenthaltsort von Sandra niemals preisgeben würde. Die Mitglieder der Gruppe, hätte dann freie Hand, mit Sandra nach Willkür zu verfahren. Die Polizei will natürlich außerdem alle Beteiligten, nicht nur Lorenz. Deshalb wird dieser erst einmal unauffällig beschattet. Man sieht ihn, wie er mit seiner an den Rollstuhl gefesselten Schwester Spaziergänge unternimmt. Es beeindruckt die Beobachter, wie liebevoll er mit seiner Schwester umgeht. Für sie fast unvorstellbar, dass dieser fürsorgliche junge Mann ein solches Monster sein konnte. Des Weiteren trifft er sich regelmäßig mit einer jungen Frau namens Sylvia Wagner. Mit ihr scheint er eine engere Beziehung zu unterhalten. Und dann gibt es noch einen Versammlungsort – das Hinterzimmer der Kneipe ›Plan B‹ – wo er sich mit anderen jungen Männern und Sylvia regelmäßig trifft.

Doch die Suche nach Sandra Schaffner, gestaltet sich schwierig. Die Polizei wird ungeduldig, weil sie zu lange keinen Hinweis auf ihren Verbleib hat. Just, als sie gerade zuschlagen will, gibt es eine Spur. Einer von Lorenz' Freunden, ein großer stämmig gebauter Hüne macht sich von der Kneipe aus auf den Weg in Richtung Hardtwaldgebiet. Vater Lorenz besitzt dort ein privates Waldgrundstück mit einer recht großen

Blockhütte, die er schon lange nicht mehr aufsuchte, dafür umso mehr sein Sohn. Die Besonderheit dieser Hütte ist, dass sie unterkellert ist. Ein seitlicher Treppenabgang führt tief unter die Erde. Der Hüne trägt einen Rucksack mit sich. Beim Treppenabgang zum Keller, stellen die Beamten ihn.

»Hallo? Was soll das?«, fragt dieser überrascht. »Ich bin kein Einbrecher, ich habe einen Schlüssel.« Es ist die Stimme, die Sandra lange Zeit telefonisch terrorisierte.

»Ja, das sehen wir«, sagt einer der Beamten. »Lassen Sie uns doch zusammen da hinuntergehen und sehen, was es da unten so gibt.« Blitzschnell fährt die Faust des Hünen aus und trifft den am nächsten stehenden Beamten mitten ins Gesicht, so dass dieser benommen rückwärts taumelt und hart auf der Treppe aufschlägt. Den zweiten Beamten stößt er mit einer ungeheuren Gewalt zurück, dass auch dieser sein Gleichgewicht verliert und ins Straucheln kommt. Einen Sturz kann er gerade noch selbst abfangen.

Diesen Moment nutzt der Kerl, um ins Dickicht zu fliehen, als ein Ruf ihn zum Stehenbleiben auffordert. Anschließend hallt ein Schuss durch die Stille des Waldes. Es ist ein dritter Beamter, der sich etwas entfernter aufhielt und dem Flüchtenden knapp oberhalb des Knies ins Bein geschossen hatte. Ein Schmerzensschrei ertönt, der Kerl stürzt und windet sich vor Schmerzen am Boden. Die anderen Beamten kommen auch wieder hinzu und so können sie den sich heftig Wehrenden mit Handschellen dingfest machen.

Danach steigen zwei Beamte zum Kellerloch der Blockhütte hinunter. Es ist dunkel. Nur eine schwache

Glühbirne spendet schummriges Licht. Hinten in der Ecke, auf einer alten Matratze sitzt zusammengekauert Sandra mit zerzaustem Haar, einem geschwollenen Augenlid und dicker, aufgeplatzter Lippe. Ihre Kleidung ist schmutzig und ziemlich zerrissen. Sie ist barfuß, ihre Füße sind schmutzig. Sie zittert vor Angst und Kälte, ihr Blick ist starr ins Leere gerichtet. Während der eine Beamte an der Türe stehenbleibt, nähert sich ihr der ältere von beiden. Beim Gehen, versucht dieser beruhigend auf Sandra einzureden. Nun verliert ihr Blick die Starre und sie schaut den Beamten verängstigt an. Dabei versucht sie, sich noch weiter in die Ecke zu drücken.

Der Beamte geht vor ihr in die Hocke. »Ruhig Sandra, ganz ruhig. Du brauchst keine Angst mehr zu haben. Wir sind gekommen, um dich hier herauszuholen.« Er hat eine ruhige, väterliche Stimme. Mit einer Hand stützt er sich auf der Matratze ab, die sich feuchtklamm anfühlt und mit der anderen berührt er Sandra am Arm. Sie zuckt zusammen bei dieser Berührung und sofort zieht er seine Hand wieder zurück. Dann streckt er sie nochmals nach ihr aus, diesmal jedoch ohne sie zu berühren. »Komm Sandra, komm, wir bringen dich hier raus«, sagt er mit sanfter Stimme. Sandras Augen blicken ruckartig hin und her. Sie bewegt sich nicht. Er lässt nicht locker, auf diese junge gebrochene Frau beruhigend einzureden. Plötzlich bricht es aus ihr heraus. Sie weint herzerweichend … lässt ihren ganzen Schmerz heraus und als der Beamte den Arm um sie legt, lässt sie es geschehen. Dann führt er sie zum Ausgang, dem Licht entgegen. Das Tageslicht schmerzt in Sandras Augen. Sie blinzelt. Die Beamten bringen sie zum Auto, das nach einem Funkruf inzwischen näher in den Wald hineinfuhr. Eine Beamtin nimmt sich der Gepeinigten an, legt ihr eine Decke um und spricht beruhigend auf sie ein.

Der angeschossene Delinquent wird inzwischen versorgt. Danach geht alles sehr schnell. Auch die Beamten, die Lorenz beschatteten, wurden über Funk benachrichtigt. »Zugriff. Wir haben Sandra. Sie lebt.«

Für Lorenz kommt der Zugriff überraschend. Bevor er überhaupt die Möglichkeit hatte, sich zur Wehr zu setzen, wurden ihm schon die Handschellen um die Gelenke gelegt. »Was wirft man mir vor?«, fragt er immer noch sehr selbstbewusst.

Erst als der Beamte ihn fragt, ob ihm der Name Sandra Schaffner etwas sage, verliert sein Gesicht alle Farbe.

»Aha, dieser Name scheint Ihnen ein Begriff zu sein, wie man unschwer erkennen kann. Wir haben sie übrigens aus dem feuchten, versifften Kellerloch, in das Sie sie einsperren ließen, befreit.« Lorenz spürt unendliche Wut in sich hochsteigen. Er spuckt auf den Boden. »Am liebsten ließe ich dich das wieder auflecken«, sagt der Beamte mit beißender Stimme und, um zu vermeiden, dass jemand mithören kann, fügt er etwas leiser hinzu. »Du bist das größte sadistischste Arschloch, das mir je untergekommen ist.«

Beim späteren Verhör stellt sich heraus, dass Marc Lorenz keiner festen Arbeit nachging. Sein Leben bestritt er bisher mit dem Geld seines schwerreichen Vaters und zusätzlich mit unrechtmäßig erworbenem Geld: Betrügereien, illegales Glücksspiel und illegale Wetten. Nicht, dass er es nötig gehabt hätte, zu betrügen. Nein. Er betrachtete seine kriminellen Aktivitäten mehr als Sport. Er fand es verlockend, Dinge zu tun, die verboten waren, ohne gefasst zu werden. Seine Schwester wusste von all dem nichts. Sie glaubte, ihr Bruder gehe einer rechtschaffenen Arbeit nach.

Am 24. November 2003 war alles vorbei. Sandra wurde ins Städtische Klinikum in Karlsruhe gebracht, wo ihre Eltern ihre übel zugerichtete Tochter besuchen konnten. Marc Lorenz sowie seine Freunde, inklusive Sylvia Wagner sitzen erst mal in Untersuchungshaft.

Aus dem Polizeibericht: Marc Lorenz, alias Andy, halb brasilianischer Abstammung, Linkshänder, hatte ein persönliches Interesse daran, den Lehrer seiner Halbschwester Isabell zu ruinieren. Er wollte Isabell, die den Lehrer damals in Karlsruhe schwer belastet hatte, rächen. ›*Seine Schwester*‹, zu der er eine besonders innige Beziehung unterhält, ›*sei wegen Depression in eine Klinik eingewiesen worden und sitze heute sogar, nach einem Selbstmordversuch, im Rollstuhl, während dieser Schönling Thomasin woanders ein angenehmes Leben beginnen konnte*‹, so Lorenz' lapidare Aussage. Er, Marc Lorenz, sei nach wie vor der Überzeugung, dass an der Sache doch etwas dran gewesen sein musste, auch wenn seine Schwester die Anschuldigung zurückgenommen hatte. Dieser Lehrer wird sie auf irgendeine Art ermutigt haben. Warum sollte sie sonst krank geworden sein und sich schließlich aus dem Fenster gestürzt haben. Er fand, dass Thomasin dafür bestraft gehörte. Es ging ihm auch gar nicht um Erpressung von Geld, wie er der naiven Sandra Schaffner weißmachte, denn davon besaß er genug von seinem Alten.

Auch wenn sein Stiefvater ihn nie so richtig akzeptiert hatte, richtete er ihm zur Vollendung seines achtzehnten Lebensjahres ein Konto mit einem respektablen Betrag ein. Zusätzlich versorgte er dieses Konto jahrelang regelmäßig mit einer Art Unterhaltsbeiträgen, die er aber vor drei Jahren eingestellt habe.

Der Vater erklärte, dass er mit der Einrichtung eines Kontos dem Wunsch seiner inzwischen verstorbenen Ehefrau, Isolde Lorenz, geborene Schubert, geschiedene de Carvalho nachkam, denn die hatte ihn damals und später auf dem Sterbebett nochmals darum gebeten, ihren charakterlich nicht gefestigten Sohn aus erster Ehe nicht seinem Schicksal zu überlassen. Seiner Frau zuliebe, habe er Marc auch adoptiert und ihm seinen Namen gegeben.

›*Das mit der Erpressung hatte Marc Lorenz*‹, wie ein weiterer Beteiligter, Holger Frey, alias Ralph, erklärte, ›*der dummen hörigen Sandra nur so verkauft, damit sie denkt, es handle sich bloß um eine Kleinigkeit, ein Spaß, nichts weiter ... nur ein bisschen Geld erpressen, was ist das schon? In Wirklichkeit wollte Marc den Lehrer so richtig ruinieren, so dass er in keiner Schule mehr Fuß fassen kann. Egal, ob er beim Vorfall mit dessen Schwester schadlos davongekommen war. Es würde trotz alledem ein Fleck auf seiner weißen Weste bleiben, den er nie wieder loswerden würde und ein zweites Mal würde das Schwein nicht so glimpflich davonkommen.*‹

Lorenz gab zu, dass die Sache mit dem Mord an Anja, die einfach nicht so recht spuren wollte und sich vehement weigerte, beim Erpressungsvorhaben mitzumachen, ihm sehr gelegen kam. Den Mord hatte er nach deren Weigerung dann eiskalt geplant. Er hatte für die Vorbereitung genügend Zeit. Als er dann das Beil vom Spaltklotz bei Thomasins Haus entwendet hatte, hatte er ein klares Bild vor Augen, wie er dem Lehrer endgültig das Genick brechen konnte. Ein Mord war noch effektvoller als nur ein Techtelmechtel mit einer Schülerin. Und dann war er auch noch Linkshänder. Er hatte ihn lange genug beobachten können, um das herauszufinden … besser hätte es gar nicht kommen können. Viel besser, als er es sich je ausgemalt hatte. Die SMS-Nachricht von Anjas Handy an den Lehrer hatte Lorenz höchstpersönlich unmittelbar nach dem Mord geschrieben. Er wusste, dass der Lehrer, der ja immer so gerne half, sich sofort aufmachen würde, um sich mit dem Mädchen zu treffen. ›*Die kleine Panne mit dem sprachlosen Xaver Gresslin*‹, so erklärte er fast ein bisschen mit Stolz, weil er sich sehr schnell umstellen konnte und sich mit Zeichensprache verständlich machen konnte, ›*stellte sich dann doch noch als Vorteil heraus*‹. Dem Jungen hatte er nämlich gedroht, dass er ihn genauso kalt machen würde, wie die Anja, wenn er quatschen würde. Zusammen hockten sie dann in der Höhle, und schon da kam ihm die Idee, dass er den Jungen als Zeugen missbrauchen könnte. Soweit hatte ja auch alles geklappt.

Damit Sandra für das ›Projekt Thomasin‹ überhaupt zu gewinnen war, hatte Andy ihr schon im Spätherbst 2002 bei der Auftragserteilung erzählt, er habe erfahren, genau genommen habe er es zufällig gelesen in einer Karlsruher Zeitung als er geschäftlich unterwegs war, dass ihr Klassenlehrer an seiner früheren Schule mal ein Mädchen missbraucht habe. Er befand, dass genau diese Tatsache eine Quelle für einen schnellen, leicht verdienten Euro sein könne. Er sagte ihr natürlich auch, dass der Mädchenschänder der gerechten Strafe zwar entgangen sei, weil er sich herauswinden konnte, dafür jetzt aber zur Wiedergutmachung eine Kleinigkeit berappen könne. Irgendetwas habe er Sandra schließlich erzählen müssen, damit sie verstand, warum dieser Lehrer immer noch an einer Schule unterrichten durfte. Ihre Abscheu gegen einen solchen schweinischen Pädagogen konnte auf diese Weise leicht geweckt werden. Doch von seinen tatsächlichen Absichten erzählte Lorenz ihr nichts. Die Hintergründe sollten ihr verborgen bleiben. Es war ihm auch wichtig, dass sie möglichst nichts von ihm wusste. Sie kannte nicht einmal seinen richtigen Namen. Ihre blinde Verliebtheit kam seinen Absichten sehr entgegen. So jemanden, der hörig war, brauchte er für seine Zwecke. Sandra selbst war ihm egal. Er hatte doch seine Sylvia, alias Sonja.

Die Mitglieder der Pseudo-Black-Moon-Gang, eine kurz zuvor gegründete sektenähnliche Gruppierung, seien alle schon von Anfang an eingeweiht gewesen, außer natürlich Sandra. Sie kamen alle aus Karlsruhe und waren dort schon eine Motorrad-Clique. Ihre Treffs hielten sie im Hinterzimmer einer Szenen-Kneipe namens ›Plan B‹ ab. Im Sommer verlegten sie diese Zusammenkünfte in die Lorenz-Blockhütte im Hardtwald von Karlsruhe, aus der man am 24. November 2003 die entführte Sandra Schaffner befreite. Die Achtzehnjährige war in einer erbärmlichen Verfassung. Man hatte ihr übel zugespielt, gepeinigt, geschlagen und mehrfach vergewaltigt. Der Blockhüttenbesitzer, Lars Lorenz, wusste von allem nichts.

Epilog

Zusammen veranstalteten die vier, Celine, Doris, Heiko und Friedhelm eine kleine Feier in Freiburg. Auf Heikos Freilassung musste schließlich noch angestoßen werden.

Mit feixendem Gesicht zeigte Doris auf Celines Pflästerchen an der Stirn und meinte: »Na, wie war das nochmal mit Matula und seinem Pflästerchen an der Stirn?«

Celine musste lachen. »Tja, da hatte ich mich wohl zu weit aus dem Fenster gelehnt mit meiner Kritik. Ich werde nun immer daran erinnert werden, denn eine Narbe wird zurückbleiben.«

»Die wird deiner Schönheit und deiner sympathischen Ausstrahlung absolut keinen Abbruch tun«, meinte Heiko, und Friedhelm stimmte eifrig zu.

»Apropos sympathische Ausstrahlung, Friedhelm«, nutzte Celine schnell die Gelegenheit, von sich abzulenken, »die Frau Gresslin von Holzen ist ja auch eine sehr sympathische Frau, nicht wahr?«

Friedhelm lächelte ertappt. »Woher willst du das denn wissen, liebe Celine. Du hast sie doch nie kennengelernt«, fragte er scheinheilig.

»Nö du, das brauchte ich nicht. Ich brauche nur dich anzusehen, das reichte.«

Alle lachten und dann gab Friedhelm zu: »Ja Celine, sie ist eine tolle Frau. Sie gefällt mir und ich mag ganz doll ihren Sohn. Ich habe ihn richtig in mein Herz geschlossen. Er ist ein phantastischer Junge. Tja, und ich war sicher nicht das letzte Mal dort.«

»Na, dann hatte ich mich doch nicht verhört, als ich die Nachtigall trapsen hörte.« Wieder lachten alle.

*

Von Rainer erhielt Heiko eine Flasche Champagner verbunden mit den herzlichsten Glückwünschen und der geäußerten Hoffnung, dass sie doch jetzt den Betrieb zu dritt führen könnten.

Am Telefon mit seiner Schwester gab er später dann bedauernd zu, dass er seinem Bruder Unrecht tat und dass er sich dafür schäme. Er bat sie aber, dass sie es für sich behalten solle. Es müsse ja nicht unbedingt breitgetreten werden, so dass die anderen auch noch mit dem Finger auf ihn zeigten. Es reiche, wenn er vor sich selbst ein schlechtes Gewissen habe und sich richtig mies fühle. Ja, das war typisch Rainer. Aber Doris liebte ihn, so wie sie auch Heiko liebte.

*

Es versteht sich von selbst, dass Heiko nach diesem ganzen schrecklichen Albtraum nicht mehr in den Schuldienst zurückkehren wollte. Er hatte beschlossen, das früher einmal geplante Vorhaben ›Doktorarbeit‹ wieder aufzunehmen. Zu diesem Zweck setzte er sich mit seinem damaligen Professor in Verbindung, der die Nachricht mit Freuden aufnahm.

«Die Forschung braucht solche Leute wie Sie, Herr Thomasin. Ich freue mich über Ihre Entscheidung und unterstütze Sie gerne.»

Auch wenn ihm der Abschied von Kandern schwerfallen würde, so freute Heiko sich doch auch auf Bayreuth.

*

Sehr gefreut hatte Heiko sich über die Glückwünsche des Direktors und des ganzen Lehrerkollegiums des Hans-Thoma-Gymnasiums Lörrach. Heiko besuchte das Team, um sich endgültig von ihm zu verabschieden, was der Direktor sehr bedauerte. »Mit Ihrem Abschied verlieren wir einen fähigen Naturwissenschaftler und Pädagogen«, begann er seine Rede. »Das bedaure ich sehr, das ganze Kollegium natürlich mit eingeschlossen. Wir wünschen Ihnen alles Gute zu Ihrem Vorhaben und ich bin überzeugt, dass wir noch einiges von Ihnen zu hören bekommen.«

Heiko bestätigte nochmals, wie sehr er die Arbeit an dieser Schule und gerade mit dieser Klasse, die er bekam, liebte. Er drückte aber auch sein Bedauern aus, dass vielleicht gerade wegen der Blindheit der Erwachsenen, Sandra sich in eine solch abhängige Hörigkeit begeben und somit ein leichtes Opfer für eine sektiererische Gruppe werden konnte, dass dadurch ein wunderbarer Mensch, mit hervorragenden Perspektiven – nämlich Anja – dafür sein Leben lassen musste. Er gab seiner Hoffnung Ausdruck, dass die schwer geschundene Sandra sich bald von diesem Albtraum erholen und wieder ein normales Leben führen könne.

Dann würdigte er natürlich noch die gute Zusammenarbeit im Kollegium und er würde alles hier, einschließlich des schönen Markgräflerlands, mit einem weinenden Auge zurücklassen. Trotzdem freue er sich auf seine neue Aufgabe, die, wie er hoffe, ein würdiger Ersatz für das alles hier sein würde.

Der Direktor bedankte sich für Thomasins positives Feedback und hob sein Glas mit den Worten »Hier in diesem Raum haben wir vor gut einem Jahr das Glas zu Ihrem Empfang erhoben. Nun erheben wir es erneut ... leider zu ihrem Abschied. Wir wünschen Ihnen alles Gute.«

*

Der Fall in der Wolfsschlucht in Kandern hatte eine solche Brisanz, dass davon nicht nur in den Printmedien sondern auch in den Nachrichten der Funk- und Fernsehanstalten berichtet wurde.

Und nicht zu vergessen Celine Endress und ihr ›Matula‹ alias Friedhelm Kulau standen in aller Munde. Sie hatten mit ihrer hartnäckigen und dennoch einfühlsamen Recherche nicht nur einen Menschen gerettet.

*

Patrizia hatte Heiko angerufen und vorgeschlagen, dass ihre Ehe doch noch gerettet werden könne. Sie wäre bereit, die Scheidungsklage zurückzuziehen und ihnen beiden eine zweite Chance zu geben. Sie freue sich jetzt schon, wieder nach Kandern zurückzukehren und in ihrem schönen Haus zu wohnen, hatte sie ihm vorgeschwärmt.

Heiko hatte ihr ruhig zugehört und meinte dann, dass dieses Haus wohl zu groß sei für zwei Leute, und dass da eher eine Familie mit Kindern hineingehöre, was bei ihnen beiden ja nicht der Fall sei. Sie habe ihrer beider Kind ja achtlos weggeworfen. Deswegen schlug er ihr vor, dass sie kommen solle, damit sie den Verkauf des Hauses zusammen in Angriff nehmen könnten.

Der Satz mit dem weggeworfenen Kind war wie ein Stich in Patrizias Herz. Doch sie gab nicht auf.

»Heiko, es ist mir bewusst, dass es ein Fehler war, den ich längst schmerzlich bereut habe. Glaube mir, die Abtreibung habe ich nicht leichten Herzens vornehmen lassen und schon gar nicht so einfach weggesteckt. Das war ein schwerwiegender Eingriff … auch in meine Psyche. Ich hatte schlimm darunter zu leiden. Aber was sollte ich denn tun? Ich wollte doch nicht ein Kind alleine großziehen müssen und mir damit meine Chancen selbst verbauen.«

»Von welchen Chancen sprichst du?«, fragte Heiko ruhig. »Ich verstehe nicht ganz. Meinst du die Chancen auf eine neue tolle Partie, ohne durch einen Klotz am Bein behindert zu sein?«

»Heiko, bitte! Es tut mir leid. Ich habe Fehler gemacht, ja. Gib mir jetzt bitte die Chance, sie wieder gutzumachen.«

»Du hast schon einen verschwenderischen Bedarf an Chancen, Patrizia, findest du nicht auch? Man spürt, dass du von Haus aus gewohnt bist, mit immer neuen Chancen überschüttet zu werden. Welche Chancen hattest du mir zugebilligt in der schwersten Stunde meines Lebens?«

»Ich hatte doch gesagt, dass es mir leid tut. Kannst du meine Entschuldigung denn nicht annehmen?«

»Es tut dir leid! - Hm … vier einfache Worte, für eine tiefgreifende Angelegenheit«, kommentierte Heiko Patrizias Entschuldigungsbemühungen. »Ebenso leicht dahin gesagt, wie damals das Eheversprechen: *›… in guten wie auch in schlechten Tagen. Ich verspreche dir, ganz JA zu dir zu sagen, dir meine Liebe auszudrücken, dich zu verstehen, so gut ich kann, auf dich einzugehen, immer zu dir zu halten, dir immer wieder einen neuen Anfang zu* *gewähren ... so wahr mir Gott helfe.‹* Ich frage mich, was dir wirklich leid tut? Ist es nicht eher die Tatsache, keine Gallionsfigur mehr neben dir zu haben, die deinen blaublütigen Ansprüchen gerecht würde?«, sagte Heiko etwas sarkastischer, während er aber immer noch sehr ruhig sprach.

»Gut, dass du diesen Teil des Eheversprechens erwähnt hattest ... das besagte doch auch ganz klar ›*...dir immer wieder einen neuen Anfang zu gewähren*‹. Habe ich dir jetzt nicht einen Neuanfang angeboten?«, fragte sie, überzeugt davon, dass sie ihrem Versprechen damit doch treu geblieben sei. Heiko lachte bitter.

»Du bist ein Unikat, Patrizia. Man spürt so richtig, welche Kinderstube du durchlaufen hast. Ist es nicht vielmehr so, dass du einen Neuanfang von mir erflehst und nicht umgekehrt? Aber, lassen wir diesen Satz mit dem Neuanfang einmal so stehen, wie du eben gemeint hattest ... bezogen auf dich natürlich. Nur darfst du dabei nicht vergessen, dass er nicht isoliert, sondern im Zusammenhang zu betrachten ist. Diesem ›*neuen Anfang gewähren*‹ steht nämlich etwas ganz Entscheidendes vor. Ich wiederhole es gerne nochmals für dich zur Erinnerung. Es hieß ›*immer zu dir zu halten*‹. Du hattest mich aber in meiner schlimmsten Stunde verlassen, und das, nicht ohne mich vorher sehr gekränkt zu haben. So etwas vergisst man nicht so leicht, Patrizia.«

Patrizia versuchte ihrer Stimme etwas Flehendes zu verleihen, was ihr nur schwer gelang. Bei ihr kam, wie gewohnt, das Fordernde durch, als sie sagte: »Aber, Heiko, es ist doch nichts zu spät. Lass uns beide neu anfangen. Lass uns in Kandern in unserem wundervollen Haus leben. Für Kinder ist es doch auch noch nicht zu spät. Ich bin gerade mal vierunddreißig. Findest du nicht auch, dass es wirklich schade wäre, alles hinzuwerfen und unser wunderschönes Haus zu verkaufen?«

Jetzt erst, zum Ende des Gesprächs, wurde Heikos Ton sehr bestimmt ... sehr streng: »Patrizia, ich habe beschlossen, ein neues Leben zu beginnen, ein Leben, in dem du keine Rolle mehr spielst.«

Nachdem er ihr für ihre Zukunft alles Gute wünschte, legte er auf, ohne eine Antwort darauf abzuwarten.

Danksagung

Ich danke Ingo Krebs, stellvertretender Leiter des Polizeipostens Markgräflerland in Kandern, der mir einiges über Polizeiarbeit erzählte. Ebenso danke ich Hubert Bernnat, Schulleiter des Hans-Thoma-Gymnasiums in Lörrach, Mick Gäntzel, Inhaber des Cafés Barcode in Lörrach sowie Armin Kreiter, Eigentümer des Kreiterhofes in Wollbach-Egerten für die Erlaubnis, die Lokalität ihres jeweiligen Wirkungskreises zugunsten der Authentizität in meinem Roman beschreibend zu erwähnen.

Und, wie immer, danke ich meinem Mann Dieter, der sich der sorgfältigen ersten Lektüre angenommen hatte und der vor allen Dingen mein erster Kritiker war. Seine Meinung ist mir stets sehr wichtig.

Des Weiteren danke ich Ingrid Merten, die sich als Lektorin zur Verfügung stellte. Auf meine Anfrage hin sagte sie mir spontan zu und ging, obwohl auch ihre Zeit stets knapp bemessen ist, sofort akribisch an diese Aufgabe. Sie war dabei sehr kritisch.

Danke an David Jentzen, denn er unterstützte mich bei der Produktion des Covers. Er ist ein Fachmann, der meine Gestaltungsvorschläge bestens umsetzte.

ALLEN EIN HERZLICHES DANKESCHÖN!!!

Weitere Bücher von Ellen Heinzelmann

Der Sohn der Kellnerin

ISBN 978-3-8423-5995-6
212 Seiten, Paperback
E-Book: EAN 978-3-8448-6282-9

Das Leben der Studentin Hannah nimmt eine überraschende Wendung. Unerwartet wird sie schwanger und ein schwerer Schicksalsschlag trifft sie. Doch tapfer stellt sie sich dem Leben mit ihrem Kind, einem ganz besonderen Jungen, der klare Merkmale eines Genies zeigt.

BLUTSVERWANDT

ISBN 978-3-8423-6856-9
212 Seiten, Paperback
E-Book: EAN 978-3-8448-4537-2

Mit dreißig Jahren entdeckt Boris Petrow zufällig, dass sein verstorbener Zwillingsbruder Ilja gar nicht sein Bruder war. Sein wirklicher Zwillingsbruder mit Namen Eric wuchs 60 km entfernt in einer anderen Familie auf und er lebt. Durch seine Recherchen gerät Boris in große Gefahr, denn Adrian, Erics Vater, setzt einen Berufsverbrecher auf ihn an.

Wir seh'n uns in der Hölle

ISBN 978-3-8482-0935-4
216 Seiten, Paperback
E-Book: EAN 978-3-8448-3761-2

Mario der älteste und auch tüchtigste von insgesamt drei Söhnen der Galanisfamilie hat es mit seiner Steinmetzkunst zu Wohlstand gebracht. Zwanzig Jahre lebt die Familie gut und gerne von Marios Wohlstand. Doch im Hintergrund schwelt der Neid. Die unstillbare Gier führt zu Hass und blinder Zerstörungswut. Und die gierige Gesellschaft merkt nicht, dass sie am Ast sägt, auf dem sie selbst sitzt. Mario wird an den Abgrund seiner Existenz getrieben. Auf der Suche nach dem ›Warum‹, stößt Mario auf ein dunkles Familiengeheimnis.

Maurice

ISBN 978-3-7386-3651-2 **NEU**
240 Seiten, Paperback
E-Book: EAN Nr.

Während eines Workshops in Montpellier hatte Dr. Norman Falcon eine kurze aber sehr intensive Affäre mit einer Französin, einer außergewöhnlichen Frau. Dass dieses Abenteuer nicht ohne Folgen blieb, erfährt er erst acht Jahre später, nachdem er längst eine Familie mit zwei Kindern gegründet hatte und in sorgenfreiem Wohlstand in der Schweiz lebt. Diese Folgen haben einen Namen: **Maurice**.

Verhängnisvoller Deal
Der Markgräfler Krimi

ISBN 978-3-7386-0352-1
248 Seiten, Paperback
E-Book: EAN Nr. 978-3-7386-8599-2

Joachim Winterstein, Geschäftsführer einer renommierten Firma in Lörrach, war ein erfolgreicher, aber auch ausgekochter Geschäftsmann, dessen Nebengeschäfte und sonstige Aktivitäten vor dem Auge des Gesetzes nicht immer auf Wohlwollen gestoßen wären. Daher sah er sich auch immer wieder mal genötigt, ungeliebte Mitwisser durch großzügige Vereinbarungen zum Stillhalten zu bringen. Doch einer dieser Deals stellte sich als verhängnisvoll heraus.